Arthur W.
Upfield

Der Kopf im Netz

Kriminalroman

Aus dem Englischen
von Dr. Arno Dohm

Orbis Verlag

Der Originaltitel: »The Mystery of Swordfish Reef«

Genehmigte Sonderausgabe 1999
Orbis Verlag für Publizistik, München
in der Verlagsgruppe Bertelsmann GmbH

Druck und Bindung: Elsnerdruck, Berlin
Made in Germany
ISBN 3-572-01052-7

I

Ein Tief hatte sich lange vor der Südostküste von Australien aufgehalten, so daß Tag für Tag berghohe Brecher gegen das wie eine Schutzmauer vor der kleinen Stadt Bermagui liegende Felskap donnerten. Überraschend schnell schlug das Wetter um, der Wind drehte auf Nord, das Tief zog über die Tasmanische See südwärts ab. Warm breitete die Frühlingssonne ihr Licht aus, das Gras auf den Hängen hinter dem Fluß glänzte wie grüner Samt. Jack Wilton und sein Partner Joe Peace arbeiteten noch am Rumpf der ›Marlin‹.

Vor einer Woche hatten sie bei Flut die schön gebaute, seegängige Barkasse an den schmalen Strand in der Flußmündung verholt. Wie viele Flüsse an dieser Küste hat auch der Bermaguee ›Zähne im Maul‹, in Gestalt einer Sandbank, die für die kleinen Schiffe bei jedem Wetter passierbar ist, aber gefährlich wird, wenn die schweren Oststürme über die weite Bucht an der Mündung brausen. Die Bank bildet eine Trennungslinie zwischen dem Ozean und dem Fluß, in dem viele Fischerbarkassen einen sicheren Hafen finden. Mit der schmalen Pier und den immer vertretenen Zugvögeln bildet die Flußmündung eine riesige Fischfalle.

Obwohl für den Thunfischfang jetzt die günstigste Zeit war, hatte Wilton, als zwischen den vielen Vereinbarungen mit Sportanglern eine Woche offenblieb, die Gelegenheit wahrgenommen, den Rumpf seiner 8½ Meter langen, seetüchtigen Motorbarkasse gründlich zu reinigen, denn nach dem Thunfisch kam die noch wichtigere Zeit zur Jagd auf den Schwertfisch, die von Dezember bis April dauert. Dann gab es selten freie Stunden für solche Arbeiten. Und das Schiff mußte gerade dann in tadellosem Zustand sein, weil die Angler am Ende eines langen Tages auf See immer rasch in den Hafen zurückwollten.

An diesem ruhigen Tag, dem dritten Oktober, war die Überholung der ›Marlin‹ beendet, gegen Mitternacht bei Hochwasser sollte sie wieder auf ihren Platz an die Pier, die hölzerne Brücke, gebracht werden. Von den zwölf Barkassen, die nachts an dieser kleinen, aus Pfählen und mit eisernen Klammern gebauten Pier lagen, waren heute bei Tage acht an der Trosse geblieben. Die anderen vier hatten Angler in See gefahren, die sich draußen auf die gewaltigen Schwärme von Thunfischen und Königsfischen stürzen wollten. Hierher kamen begeisterte Angler aus

Melbourne und Sydney, aber auch aus dem fernen Neuseeland und sogar aus England und Amerika.

Die beiden Männer, die an der ›Marlin‹ arbeiteten, konnten von ihrem Platz aus die Sandbank nicht sehen, die verdeckt war durch das niedrige Vorgebirge, von dem die Bucht mit der Flußmündung halb umschlossen ist. Sehen konnten sie nur ein Stück der erst wachsenden Stadtsiedlung Bermagui, deren Hauptteil jenseits eines größeren Kaps liegt, das, wie das kleinere vor dem Fluß, auch mit seiner Spitze an der Küste entlang nach Norden weist. Beobachten konnten sie das Lastauto, das über die Straße nach Cobargo fuhr. Es hielt am Strand, am Fuße der Pier. Zwei Männer stiegen ab. Auch bei der ziemlich weiten Entfernung erkannten Wilton und Peace in den beiden den ehrenamtlichen Sekretär des Klubs der Großfischangler von Bermagui, Mr. Edward Blade, und den Besitzer der Garage, Mr. Parkins, der ihm in der Fangzeit beim offiziellen Wiegen der Jagdbeute zu helfen pflegte.

»Sieht aus, als ob die erste Barkasse bald reinkommen muß«, sagte Jack Wilton, dem die ›Marlin‹ gehörte.

Joe, sein ›Macker‹, starrte unter grauen, buschigen Brauen hervor auf die beiden Gewichtsprüfer, die jetzt über den Laufsteg der Pier bis zu dem nach See weisenden Kopfende gingen, wo ein starker Pfahl zum Anhängen der Waage errichtet war. An der Barkasse standen zwei Frauen, die sich mit dem Besitzer unterhielten, ein paar Tagesgäste folgten den Gewichtsprüfern.

»Muß ja eigentlich draußen ein ganz guter Fangtag gewesen sein«, sagte Joe mit seiner tiefen, kraftvollen Stimme. »Na, dieses Schiff ist für ein dreiviertel Jahr nun wohl in Schuß.«

Ein gewichtiger Mann, dieser Joseph Peace. Er bewegte sich schwerfällig und bedächtig, aber wenn die ›Marlin‹ auf dem Ozean wie ein Kork im Mühlbach tanzte, konnte er fix und gewandt zupacken. Neugierige, die gern mehr über Joe Peace erfahren wollten, hätten in ganz Bermagui keinen Menschen gefunden, dem er schon jemals mit Hut oder in Stiefeln begegnet wäre. Ja, es wäre ihm schon schwer geworden, festzustellen, wann einmal jemand Joe Peace frisch rasiert getroffen hätte. Seine gut anderthalb Zentimeter langen angegrauten Barthaare schienen im Wachstum gehemmt zu sein, und seltsamerweise trotzte seine Haut der Sonne und dem Wind, sie wurde nie dunkler. Um so eher ließ sich das von seinen Hosen aus derbem Köperstoff sagen und von dem wollenen Pullover, dem man ansah, daß er oft mit rauher Hand gewaschen worden war. Joes kleine graue Augen waren jetzt, im Zustand der Zufriedenheit, ganz ruhig, die starken, kurzen Finger holten gerade aus dem Ledergurt, der seinen mächtigen Leib umspannte, eine der beiden hölzernen Shagpfeifen, die er dort ständig trug. Langsam sagte er: »Die ›Do-me‹ wird ja vielleicht abgegeben, wenn Mr. Ericson hier Land kaufen sollte und eine Barkasse braucht. Dann wird wohl Bill Spinks die neue jahrein, jahraus für ihn fahren.«

Ein braunes Augenpaar wandte sich ihm fragend zu, Augen in einem wachen, sonnengebräunten Gesicht. Jack Wilton, von mittelgroßer Gestalt, war jung, stark und geschmeidig, sauber wie die See, die so sehr zu seinem Leben gehörte wie die Luft über ihr.

Joe sprach jetzt ein bißchen grob. »Na ja, wenn die Sache so läuft, wie die Marion Spinks gesagt hat, nach deinen eigenen Worten, dann kann Bill Spinks doch mit der ›Do-me‹ nicht mehr viel machen.«

»Vielleicht nicht, Joe. Angenommen, Marion hätte recht. Angenommen, Ericson kauft das Land und baut sich da ein Haus; angenommen, er kauft auch eine schöne Barkasse und nimmt Bill für immer in Dienst; angenommen, Mama Spinks und Marion geben ihr Haus auf und wohnen bei Ericson, die Mutter als Köchin und Marion als Mädchen für alles; und angenommen, Bill entschließt sich, die ›Do-me‹ zu verkaufen – glaubst dann etwa du, wenn du sie kriegen solltest, daß du als Schiffsbesitzer besser dastehst als jetzt, als mein Steuermann?«

»Kann schon sein«, antwortete Peace.

»Nee, du nicht, Joe«, sagte Wilton in allem Ernst. »Eine Barkasse für Angler fahren ist nämlich ein Geschäft, genau wie ordentliche Landwirtschaft. Da mußt du ins Schiff viel von dem, was es dir verdient hat, wieder reinstecken. Du bist zu bequem, weißt du. Würdest alles, was geht, aus der ›Do-me‹ rausholen, aber nichts für Reparaturen und Überholung aufwenden. Und dann säßest du bald in der Tinte. Als mein Steuermann brauchst du dir um nichts den Kopf zu zerbrechen und von dem viertel Anteil, den du an ihr hast, nichts wieder hineinzustecken. Außerdem sind wir doch lange gute Kameraden gewesen, wir beide.«

Die grauen Augen blickten unentwegt nach der Pier. Aus der gewaltigen Brust unter dem blauen Pullover kam ein tiefes Brummen. Ganz plötzlich senkte sich der Blick der grauen Augen in die braunen, als wollten sie ihnen Kampf ansagen, und wanderten wieder zurück zur Schiffsbrücke. »Ha –. Also schön. Wenn du auch recht hast, daß wir lange zusammen gefahren sind und ich zu bequem bin, um so Geld zu verdienen wie ein Besitzer«, gab Joe zu, noch immer in bissigem Ton, »wo wolltest du wohl bleiben, wenn ich 'ne eigene Barkasse hätte! Glatt aufgeschmissen wärst du! Alles, was du von dieser Küste und den

Fischen weißt, die's hier gibt, habe ich dir beigebracht, du aufgeblasener junger Spund!«

»Richtig, Herr Alleswisser.«

»Was soll das heißen?«

Wilton lachte, daß die weißen Zähne in seinem braunen Gesicht blitzten, während Joe schnaubte und vor sich hinmurmelte: »Alleswisser? Ich? Stimmt, daß ich alles weiß, was es hier an der Küste und auf See zu wissen gibt.« Und laut sagte er: »Na, bleiben wir nun bis zur Flut hier beim Schiff, oder gehen wir mal nach Hause, etwas essen?«

»Nach Hause und futtern, mein lieber Kumpel!«

»Kumpel!« rief Joe höhnisch. »Du gehst 'n bißchen zuviel ins Kino, will ich dir mal sagen. – Da, die ›Gladious‹ kommt als erste wieder rein.«

In ihrem Gesichtskreis glitt eine geräumige Barkasse mit weißem Rumpf und braun gestrichenem Schutzverdeck über Ruderrad und Kajüteingang. Der Besitzer steuerte sie, in der Plicht saßen zwei Angler, die ihre Geräte klarierten.

Joe und Wilton stiegen in ihr Dinghy, das Joe ums Heck der ›Gladious‹ ruderte, als diese am Kopf der Pier längsseits ging, um den Fang ihrer Angler wiegen zu lassen. Er brachte das Boot neben einen uralten Nachen, der an der Pier lag und seit langem für die Hinaufkletternden eine Treppenstufe bildete. Sie beobachteten mit ihrem nie erlöschenden Interesse am Angelsport das Abwiegen der schweren Thunfische, als ein elegantes Fahrzeug hinter der Sandbank in Sicht kam. Es war die ›Edith‹. In mühelosem Anlauf schwang sie gleichsam den Bug empor und schien, als sie über die Sandbank setzte, von einer Kraft getrieben, die stärker war als ihr Motor, sie aber, nachdem sie das Hindernis genommen hatte, sogleich verließ. Sanft schwimmend wie eine Möwe näherte sie sich der Pier. Hinter ihr, noch außerhalb der Bank, kam ein schweres Fahrzeug heran: die ›Snowy‹.

Eine nach der anderen lieferten die Barkassen beim Klubsekretär ihre größten Fische zum Wiegen ab, zwanzig, dreißig und vierzig Pfund schwere Burschen, und eine nach der andern steuerten sie dann auf ihre gewohnten Liegeplätze an der hölzernen Pier. Die Angler eilten zu ihren am Strand parkenden Autos und fuhren zum Hotel Bermagui. Die nur zum Zuschauen gekommenen Tagesgäste schlenderten langsam zu ihren Wagen und sammelten ihre Familien ein, um nach Hause zu fahren. Joe begab sich in seinem rollenden Gang heimwärts, so daß außer Wilton nur Remmings von der ›Gladious‹ und Burns von der ›Edith‹ an der Pier blieben, um vor dem Abendbrot ihre Schiffe noch zu säubern. Wilton rief von oben den Frauen, die auf dem Lukendeckel der

›Lily G. Excel‹ saßen, einen Gruß zu. »Bill kommt ein bißchen spät heute, Mrs. Spinks«, sagte er zu der Älteren. »Vielleicht hat Mr. Ericson sich vorgenommen, auf dem Rückweg noch mit einem Hai zu kämpfen. Was sagen Sie zu meiner ›Marlin‹, wie? Eben sind wir fertig geworden, heute nacht machen wir sie wieder flott.«

»Sieht sehr hübsch aus, so frisch angestrichen, nicht wahr, Mutter?« erwiderte die Jüngere, indem sie gewandt von der Bordkante auf den Laufsteg kletterte, so daß sie neben Wilton stand. Er errötete ein wenig, seine Augen verschleierten sich, als er Marion Spinks anblickte. Galant half er der Mutter nach oben, die freundlich sagte: »Ja, sieht wirklich fein aus. Nach dem Reinigen wird sie eine Meile mehr in der Stunde schaffen, Jack. War das Wetter heute nicht herrlich? Die See muß draußen glatt wie ein Tisch sein, wir haben ja fast gar keine Brandung.«

Die Kleidung der beiden Frauen verriet durch den strengen, schlichten Schnitt, daß sie sie mit Fleiß selbst geschneidert hatten. Beide waren etwas über mittelgroß, aber nur in der Form ihres Mundes bewies sich die Familienähnlichkeit. Die Mutter war blond, ihr Körper hatte durch die harte Arbeit langer Jahre eckige Linien bekommen. Marion war brünett und kräftig gebaut, ihre harmonischen Formen hatten schon mehr als einen Kunstmaler erfreut. Für Wilton war sie das Schönste in unserer die Schönheitsbegriffe so oft wechselnden Welt.

»Na, ich muß jetzt machen, daß ich zum Abendessen komme«, sagte er, absichtlich etwas zögernd. »Gehen wir ein Stückchen zusammen?«

»Jetzt nicht, Jack«, erwiderte Mrs. Spinks, »wir wollen nämlich mit Mr. Ericson über den Vorschlag sprechen, den er uns gemacht hat.«

»Daß Sie für ihn arbeiten sollen, wenn er sein Haus gebaut hat?«

»Ja. Er will heute abend Bescheid haben, um sich entsprechend einzurichten. Wenn Bill bereit ist, in seinen Dienst zu treten, sind wir es auch. Wir halten viel von Mr. Ericson, und ich glaube, wir werden sehr gut mit ihm auskommen.«

»Er ist hochanständig«, stimmte Wilton ihr bei, indem er Mutter und Tochter abwechselnd anblickte. »Sie tun gewiß gut daran, wenn Sie sein Angebot annehmen. Bill wird das ganze Jahr regelmäßige Arbeit haben und für Sie beide wird das Leben leichter sein, als es jetzt ist. Na, ich muß dann wohl allein losgehen, wenn Sie noch auf die ›Do-me‹ warten wollen. Wie wär's mit Kino heute abend, Marion? Hättest du Lust?«

»Wenn du mich mitnehmen willst, gern«, entgegnete sie, ihn offen anblickend.

Wilton machte sich vergnügt auf den Heimweg. Es gab Zeiten, in denen er alles ganz schwarz sah, denn Marion Spinks konnte sich noch immer nicht mit dem Gedanken vertraut machen, seine Frau zu werden.

Als er nachher schon den guten blauen Anzug anhatte, hörte er seine Mutter in ihrer Wohnküche mit jemandem reden. Es war schon ziemlich spät geworden, halb acht. Durchs offene Fenster drang kühle Luft, die weichen Blütenduft aus dem gutgehaltenen Vorgarten in seine Schlafkammer trug. Draußen war es ungewöhnlich still. Sonderbar wirkte, daß ein ewig gegenwärtiges Geräusch fehlte: das Brausen der Brandung.

Bei seiner Mutter befand sich Marion Spinks. »Hallo«, rief er, »was gibt's denn, Marion?«

»Die ›Do-me‹ ist noch immer nicht eingelaufen«, sagte sie. In ihren Augen stand Besorgnis.

»Noch nicht? Na und? Auch wenn die noch eine ganze Weile ausbleibt, braucht ihr euch gar keine Sorgen zu machen.«

»Das sage ich zu Mutter auch, doch du weißt ja, wie sie ist. Und ... und ...«

Ihre Stimme erstarb wie der Laut rieselnden Regens auf staubtrockenem Land, ihr Gesicht bekam einen gespannten Zug, der Unruhe des Herzens verriet. Mrs. Wilton wiederholte wie ein Echo die Worte ihres Sohnes, daß die ›Do-me‹ ja Zeit habe und ihr längeres Ausbleiben kein Grund zur Sorge sei. Jack Wilton kam näher und fragte Marion leise: »Nun?«

In ihren weitgeöffneten blauen Augen las er eine Bitte. Sie faßte ihn beim linken Arm. »Mir war schon den ganzen Nachmittag unruhig zumute, Jack. Jetzt habe ich das bestimmte Gefühl, daß Bill und dem jungen Garroway und Mr. Ericson etwas passiert ist. Du weißt doch, wie ich mit Bill stehe.«

»Aber was sollte bei denen denn schiefgehen?« widersprach Wilton. »Die See ist den ganzen Tag ruhig wie ein Gartenteich gewesen. Es ist noch nicht einmal ganz dunkel, und selbst dann könnte Bill die ›Do-me‹ über die Sandbank und an die Pier steuern.«

»Trotzdem ...« Die blauen Augen hatten jetzt etwas Zwingendes, die kleinen Nasenlöcher weiteten sich ein wenig, und über die Hand, die sie auf seinen Arm gelegt hatte, klammerte sie noch die andere. »Ich fühle – ich weiß es, daß der ›Do-me‹ ein Unglück passiert ist«, sagte sie langsam und leise. Er meinte, eine merkwürdige Kraft, die von ihr auszustrahlen schien, zu verspüren. »Den ganzen Tag hat nicht die kleinste Brise geweht, und Alf Remmings hat gesagt, daß es draußen dunstig war. Auch jetzt geht kein Wind. Ich war vorhin auf dem Oberland. Die

See sieht aus wie eine Bleiplatte. Wenn nun bei der ›Do-me‹ der Motor versagt hat – mit dem Segel können sie nichts anfangen. Vielleicht hat die Strömung sie auf die Klippen gesetzt?«

Wilton sagte, indem er in die angstvoll bittenden Augen blickte: »Das wäre schon möglich, doch ich glaube es nicht. Bill kennt seinen Motor wie seine Tasche. Aber ich will dir was sagen: Ist die ›Do-me‹ noch nicht zurück, wenn wir aus dem Kino kommen, dann werde ich mit Burns oder Remmings rausfahren und sie suchen. Da meine ›Marlin‹ noch nicht seeklar ist, könnte ich bei einem von den beiden an Bord gehen. Aber bis dahin wird die ›Do-me‹ wieder hier sein. Zum Donnerwetter, Bill ist doch einer unserer besten Barkassenführer.«

Marion biß sich auf die Unterlippe. »Ich hätte am Film jetzt keine Freude, Jack, wenn ich immerzu denken muß, denken und denken –«

»All right, wenn es so ist, ziehe ich mein Seezeug wieder an und gehe gleich bei Remmings oder Burns fragen. Und du gehst fix nach Hause und redest deiner Mutter die unnötige Angst aus.«

»Ja, Kind, das wäre am besten«, pflichtete Mrs. Wilton bei, »alles übrige können Sie ruhig Jack überlassen.«

Eine Stunde später überquerten die drei Barkassen ›Edith‹, ›Gladious‹ und ›Ivy‹ die Sandbank und glitten wie Schatten über die leichte Dünung in der Bucht zur Spitze des Kaps und in das offene Meer. Marion und ihre Mutter warteten zu Hause, bis ihre Unruhe ihnen das Warten im engen Raum unmöglich machte. Es war fast Mitternacht, als sie über den Strandweg zur Pier gingen, wo sie auf die ›Snowy‹ stiegen, die mit mehreren anderen Barkassen dort festgemacht war, und sich auf zwei ungepolsterte Anglerstühle setzten. Sehen konnten sie bei der Finsternis nichts, doch es beruhigte sie, hier sitzen zu können. Inmitten der vertrauten Geräusche am Fluß, beim Geschrei der Möwen, dem ›Honkhonk‹ eines Schwans in der Ferne und dem leichten Plumpsen kleiner Fische, die von größeren gejagt wurden, fühlten sie sich wohler als im bedrückenden Schweigen des Hauses. Sehen konnten sie nichts von dem Lebendigen ringsum, aber es war ihnen vertraut. Der Ozean draußen war so still, als habe er sich bis zu den Sternen am samtschwarzen Himmel zurückgezogen. Kein Laut drang von ihm herein, nur das musikalische Rauschen der schwachen Brandung, das nicht die Stimme des Meeres war, wie sie es sonst kannten, dieser schwere Anschlag, das Gedonner der meilenlangen Brecher.

Um 2 Uhr nachts kam die ›Edith‹ mit Eddy Burns und Joe Peace an Bord wieder in den Hafen. Die Männer berichteten, daß sie am

Schwertfisch-Riff mehrmals in beiden Richtungen entlanggekreuzt seien, ohne die ›Do-me‹ zu sichten. Bei Tagesanbruch befanden sich die Frauen noch immer auf der Pier. Erst als die ›Edith‹ zum zweitenmal ausgelaufen war, eilten sie nach Hause, um etwas zu essen, und gingen dann gleich bis zur Seeseite des großen, vor der Stadt liegenden Kaps. Gegen Mittag waren alle zur Suche ausgelaufenen Barkassen wieder zurück. Niemand hatte die ›Do-me‹ gesichtet, auch wurden an der Küste keine Wrackstücke gefunden. Marion und ihre Mutter aßen schweigend, als Wilton in ihre Wohnküche trat.

»Hat keinen Zweck, daß ihr euch Sorgen macht«, sagte er, »sicher wird von irgendwoher ein Telegramm kommen.«

Marion ging zu ihm und streckte ihm, zum erstenmal von selbst, beide Hände entgegen. »Sag uns mal, Jack, was du wirklich meinst und was die andern denken«, bat sie.

»Wir denken, daß die ›Do-me‹ – wahrscheinlich beim Kreuzen vor dem Schwertfisch-Riff – ihre Maschine beschädigt hat«, antwortete er aufrichtig. »Da die Strömung seit über vierundzwanzig Stunden nach Süden gelaufen ist, wird auch sie Südkurs genommen haben. Wir glauben, daß sie an dem Trawler, der seit gestern früh querab von Kap Bunga gefischt hat, vorbeigetrieben ist und sich jetzt ungefähr im Seegebiet von Eden befindet.«

»Oh, was sollen wir denn da bloß unternehmen?« fragte Mrs. Spinks ängstlich. Ihr Gesicht war bleich und verzerrt, in ihren Augen leuchtete es seltsam.

»Ich habe mir gedacht«, erklärte Jack weiter, »wir müßten Polizeimeister Telfer bitten, die Polizei in Eden anzurufen und sie aufzufordern, daß sie mit einem unserer Barkassenführer nochmal extra in See geht und nach der ›Do-me‹ sucht. Remmings hat heute ganz früh schon den Fischdampfer angerufen, der sie aber auch nicht gesichtet hat. Trotzdem muß sie weiter südlich zu finden sein, und Joe meint, die Strömung könnte sie nicht an Land geworfen haben, weil gar kein Wind ging.

Wie man's auch nimmt, es besteht noch kein Grund zur Sorge. Ich werde mit der ›Marlin‹ in See gehen, sobald wir Treiböl aufgenommen haben. Vielleicht sind wir bis heute abend noch nicht zurück, weil Joe meint, wir müßten vom Schwertfisch-Riff an noch weiter südlich suchen, bis wir die ›Do-me‹ finden. Sie kann höchstens Maschinenschaden haben, denn die See ist ja spiegelglatt. Seit Jahren habe ich sie nicht so gesehen. Schließlich muß ja irgendein Schiff unseren Bill sichten und ihn ins Schlepptau nehmen oder wenigstens seine Position funken.«

»Nett von dir, Jack, und von den anderen, daß ihr suchen wollt«, sagte Marion.

»Ja, wirklich«, ergänzte ihre Mutter. »Das können wir bestimmt nie wieder gutmachen.«

»Doch, Sie können«, sagte Wilton, indem er Marion scharf ansah. »Nämlich indem Sie aufhören, sich Sorgen zu machen. Und eins bedenken: daß Bill, wenn einer von uns vermißt würde, der erste wäre, der hinausfährt. Na, dann bis bald! Also: Kopf hoch und unbesorgt!«

Jack blieb noch einen Moment stehen, indem er mit fragend gehobenen Brauen und einem erzwungenen Lächeln in Marions gequältes Gesicht blickte. Impulsiv drückte sie ihm fest die Hände, und das war ihm schon Lohn genug für eine durchwachte Nacht. Er mußte sich zwingen, sie nicht an sich zu ziehen, um von ihren blauen Augen den Ausdruck der Furcht fortzuküssen. Doch er sagte nur noch: »Wie ist dir jetzt zumute wegen Bill?«

»Er schwebt in großer Gefahr, Jack, ich weiß es! In großer Gefahr –.«

Wilton nickte, sprach aber kein Wort mehr. Er wußte ja, daß Marion und Bill Spinks Zwillinge waren.

2

Mr. Edward Blade hatte, da er im Klub der Großfischangler von Bermagui schon seit dessen Gründung als ehrenamtlicher Sekretär tätig war, ein reiches Wissen von der Sportfischerei in den Gewässern vor der Südküste von Neusüdwales, von den an ihr beteiligten Männern, Schiffen und Geräten. Für seine Stellung hätte sich wohl kaum eine bessere Kraft finden lassen, denn Blade war sowieso ein seltenes Exemplar eines Mannes, da ihm die Fähigkeiten eines Klubsekretärs gleichsam angeboren waren und er seine geschäftlichen Erfahrungen mit liebenswürdigen Manieren zu verbinden wußte. Sein Leben in Bermagui verlief recht gleichmäßig, dank seinem Temperament, da er unerschütterlich blieb, wenn wichtiges Angelgerät nicht zur vereinbarten Zeit ankam oder es hieß, den schwierigen Wunsch eines Anglers zu erfüllen, der unbedingt noch eine Barkasse mieten wollte, während sämtliche Fahrzeuge schon für lange Zeit vergeben waren. Das Verschwinden der ›Do-me‹ allerdings – so beunruhigende Ereignisse hatte er noch nicht mitgemacht. Zum erstenmal wurde ihm klar, daß etwas Ernstliches geschehen sein mußte, als Polizeimeister Telfer, nachdem Mrs. Spinks und ihre Tochter eine ganze Nacht vergeblich auf das Schiff gewartet hatten, um vier Uhr nachmittags in sein Büro trat. Telfer, ein großer, robuster Mensch mit rotem Gesicht, nahm den Stuhl, den der kleinere Blade mit dem rosigen Teint, der sich so flott zu bewegen wußte, ihm anbot.

»Mir will die Geschichte mit der ›Do-me‹ absolut nicht gefallen«, kündigte Telfer an.

»Sie wird sich bis zur Abenddämmerung, wenn die ›Do-me‹ mit den anderen Barkassen wieder einläuft, wohl geklärt haben«, sagte Blade. »Spinks ist ein guter Seemann, gerade mit kleinen Fahrzeugen, und versteht die Fischerei aus dem Effeff. Er würde sich mit einem Angler an Bord in keine Gefahr begeben. Sehr wahrscheinlich wird er melden, daß er wegen einer Havarie die Nacht in irgendeiner kleinen Bucht zugebracht hat.«

»Weshalb zum Beispiel?« fragte Telfer fast grob.

»Motorschaden. Oder der Brennstoff ist ihm ausgegangen.«

Der Polizist nahm seine Mütze ab und legte sie neben die Schreibmaschine auf den mit Papier überladenen Tisch.

Während er mit schwerer Hand Tabak in den Kopf einer uralten Pfeife preßte, erfaßten seine vorstehenden dunklen Augen alle Einzelheiten in dem Zimmer, als befände er sich hier zum erstenmal. Dabei kannte er längst jedes Bild an der Wand: Bilder von hoch über die Wasserfläche schnellenden Schwertfischen, von Haifischen auf der Waage am Ende der Pier, von weltberühmten Sportanglern, fotografiert auf dem Stuhl, auf dem er selbst jetzt saß. Er kannte den Inhalt der Koffer aus dickem Leder: riesige, auf Kugellagern laufende, verstellbare Stahlspulen, die gut 800 Meter Angelschnur von 8 mm Stärke aufnehmen konnten, und die an Wandhaken hängenden langen Zylinder, in denen sich schwere Angelruten befanden, für die das Wort Rute bestimmt nicht paßte, denn so ein Ding vermochte sogar er, der muskulöse Telfer, nicht über dem Knie zu biegen. Obwohl selbst nie zur Jagd auf die Riesen des Meeres draußen gewesen, aus Furcht vor der Seekrankheit, war er immerhin begeisterter Flußfischer.

»Alf Remmings von der ›Gladious‹ erklärte mir, daß Spinks gestern morgen genug Brennstoff für dreißig Stunden an Bord genommen hat«, sagte er langsam. »Die ›Do-me‹ hat den Hafen gestern früh um acht Uhr verlassen, so daß ihr Brennstoff bis heute nachmittag um zwei gereicht hätte. Spinks kennt genau den Stundenverbrauch seines Motors und wäre heute morgen lieber etwas früher als nötig eingelaufen, wenn er mit seinem Angler vereinbart haben sollte, die ganze Nacht zum Fischen draußen zu bleiben.«

»Sind Sie mit den anderen Polizeistellen auf beiden Seiten der Küste in Verbindung getreten?«

»Ja. Mit sämtlichen Polizeidienststellen bis hundert Meilen nördlich und südlich von Bermagui. Und nicht eine hat mir irgend etwas über die ›Do-me‹ melden können.«

»Ich nehme an, Sie sind orientiert, daß zur Suche nach der ›Do-me‹ die ›Gladious‹ und die ›Ivy‹ die ganze letzte Nacht draußen waren und die ›Edith‹ ungefähr die halbe Nacht?«

»Natürlich«, erwiderte Telfer.

»Und wissen wohl auch, daß Wilton auf seiner ›Marlin‹ heute morgen ausgelaufen ist, um am Schwertfisch-Riff entlang nach Süden zu suchen, weil gestern die Strömung südlich versetzt hat? Und ferner, daß Spinks seinem Angler vorgeschlagen haben soll, oberhalb des Riffs auf Haie zu jagen?«

»Selbstverständlich weiß ich das. Wozu bin ich sonst Polizist? Die ›Ivy‹ ist heute nach Süden gelaufen, sie hält sich dicht unter der Küste, und die ›Dorothea‹ sucht in Richtung zur Montague-Insel. Ich komme eben vom Oberland. Der Ostwind frischt auf. Ich habe die ›Gladious‹ und die ›Edith‹ weit draußen beobachtet: Sie laufen bereits wieder ein. Sonst ist kein Segel in Sicht, das die ›Do-me‹ sein könnte, wenn sie nach Ausfall der Maschine Land zu erreichen suchte.«

Polizeimeister Telfer zückte sein Notizbuch. »Mrs. Spinks und ihre Tochter haben ausgesagt, daß Bill Spinks kein Extrazeug mitgenommen hat und an Verpflegung nur das, was sie ihm in den Imbißkorb gepackt haben«, las er monoton vor. »Um sieben Uhr dreißig gestern früh lieferte der Lastwagen von der Garage sechs Kanister Dieselöl à sechs Gallonen an die ›Do-me‹ ab, und der Fahrer sagte aus, Spinks hätte ihm erklärt, er habe damit seine volle Ladung Brennstoff an Bord und brauche für die Fahrt an diesem Tag weiter keinen. Im Hotel wurde ausgesagt, daß Mr. Ericson nur kalte Verpflegung und in einer Thermosflasche etwas zu trinken als Mittagessen mitnahm und den Bescheid hinterließ, wenn Mr. Martin, der Rechtsanwalt aus Cobargo, schon vor seiner Rückkehr in Bermagui einträfe, er auf seine – Ericsons – Kosten ein Zimmer mit Verpflegung bekommen solle. Daraus geht hervor, daß weder Mr. Ericson noch die zwei Männer in der Barkasse damit gerechnet haben, daß sie nicht bis zum Abend zurück sein würden. Und dabei sind sie jetzt noch nicht zurück – zweiundzwanzig Stunden überfällig.«

Blade erlaubte sich eine Bemerkung. »Das ist bestimmt nicht normal bei dem ruhigen Wetter, das wir hatten.«

»Nein, ist es auch nicht. Hätten wir starken Nordost gehabt, so könnten wir sagen, die ›Do-me‹ wird als Schutzhafen die Insel Montague aufgesucht haben, die zum Festland keine andere Nachrichtenverbindung hat als den nur bei klarer Sicht brauchbaren Semaphor. Aber, Blade, wir hatten keinen Sturm, die See war so ruhig, wie es nur alle Jubeljahre vorkommt.«

Der Klubsekretär fand im Schubfach seines Schreibtisches eine Pakkung Zigaretten und zündete sich eine an. Dann stand er auf, ging ans Barometer und klopfte vorsichtig mit dem Fingernagel daran. Der Zeiger fiel ohne Schwanken ein ganzes Stück.

»Hm. Barometer fällt. Sie sagten, wir haben jetzt Ostwind, ja? Dann könnte die ›Do-me‹ noch leicht vor dem Abend zurückkehren.«

»Hoffe, Sie haben recht mit dieser Vermutung«, meinte Telfer trokken.

»Und«, fuhr Blade fort, »wenn sie nicht kommt, werden ein paar Barkassen aus Eden abends beim Einlaufen eine Nachricht von ihr mitbringen. Ich mache mir bisher noch keine großen Sorgen, weil ich viel Vertrauen zu Bill Spinks habe, der von unserer Küste und den vor ihr laufenden Strömungen mehr versteht als alle anderen, mit Ausnahme von Joe Peace.«

»Mir mißfällt die Geschichte trotzdem«, wiederholte Telfer. »Hören Sie doch einmal genau zu: Gestern sind mit der ›Do-me‹ drei Barkassen draußen gewesen, wie Ihnen bekannt, die ›Gladious‹, die ›Snowy‹ und die ›Edith‹. Zuletzt gesehen wurde die ›Do-me‹ von der ›Gladious‹, kurz nach elf Uhr mittags. Da fischte die ›Do-me‹ noch nach Osten, in Richtung aufs Schwertfisch-Riff.«

Blade musterte den Polizisten ganz gelassen. »Sie haben einen arbeitsreichen Tag hinter sich. Aber bitte weiter«, sagte er.

»Eine Stunde, nachdem Remmings die ›Do-me‹ zuletzt sah, war er mit seiner ›Gladious‹ schon fünf Meilen südlicher. Über der See lag Dunst, der die Sicht auf wenige Meilen begrenzte, und die am Südrand des Schwertfisch-Riffs laufende Strömung drückte mehr südwärts als gewöhnlich. Sollte der Motor der ›Do-me‹ versagt haben, nachdem Remmings sie aus der Sicht verlor, so wäre sie ziemlich schnell nach Süden abgetrieben, weil zum Segeln nicht genug Wind ging. In diesem Fall hätte also ein Fischdampfer, der sechs bis sieben Meilen südlich der ›Gladious‹ arbeitete – und ebenso weit von Land – die ›Do-me‹ leicht sichten können, zumal diese Trawler, im Gegensatz zu den Barkassen, eigentlich immer die ganze Nacht im selben Seegebiet fischen. Und vorige Nacht, genauer gesagt, heute in aller Frühe, ist Remmings bei dem

Fischdampfer längsseit gegangen und hat mit dem Kapitän gesprochen. Kein Mensch an Bord hat die ›Do-me‹ gesehen.

Heute morgen fischte der Trawler ein Stück nördlich Eden und ungefähr acht Meilen von der Küste. Die Polizei in Eden fuhr mit einer Barkasse hinaus. Der Beamte fragte bei dem Fischdampfer an, kurz nach zwölf Uhr, und auch bis dahin hatte niemand die ›Do-me‹ gesichtet. Das Boot aus Eden kreuzte in der Gegend mehrere Stunden, aber ohne Erfolg. Es war gerade, ehe ich herkam, wieder eingelaufen, und ich erhielt sofort telefonisch die Meldung aus Eden.«

Nach dieser langen und ausführlichen Darstellung blickte Polizeimeister Telfer sehr zufrieden Mr. Blade ins Gesicht. Blades Augen wichen ihm aus, er betrachtete nachdenklich die Schreibmaschine. Erst nach ein paar Sekunden sagte er: »Was Sie vorbringen, klingt nicht gerade günstig.«

Telfer schnaubte, ehe er fortfuhr: »Bevor ich zu Ihnen kam, habe ich auf der Pier mit Harry Low gesprochen, der mit seiner ›Lily G. Excel‹ heute nicht draußen war. Er meint auch, die Sache sähe nicht gut aus, weil wir heute vormittag ganz glatte See und ausgezeichnete Sicht hatten. Die Männer auf der Brücke des Trawlers, die bestimmt ihren Ausguck besetzt hatten, hätten den Mast der ›Do-me‹ auf acht, vielleicht sogar auf zehn Meilen Entfernung sehen müssen.«

Beide Männer versanken in Schweigen, Telfer sog heftig an seiner alten Pfeife, Blade trommelte mit einer Hand auf dem Schreibtisch. Er sah die Sache mit der ›Do-me‹ im Geist schon sich zu einem folgenschweren Ereignis auswachsen. Nach einer Weile fragte Telfer: »Was kann einer Barkasse alles passieren, wenn sie allein auf dem Ozean ist, unsichtbar für menschliche Augen und, infolge des Nebels, ohne Verbindung mit einem anderen Schiff oder mit dem Land?«

»Passieren? Oh! ... Sie könnte in Brand geraten. Wäre das aber gestern geschehen, so müßten Remmings oder der Trawler den Qualm bemerkt haben. Außerdem hat die ›Do-me‹ ein kleines Beiboot, in dem hätten ihre Insassen leicht zum Strand rudern können.«

»Low sagt«, begann Telfer, » – er ist ja früher vor Eden auf Walfang gewesen –, er sagt, ein Wal könnte eine Barkasse, wenn er unter ihr hochkommt, glatt umwerfen, ehe die Insassen merken, was los ist.«

»Das halte ich auch für möglich«, gab Blade zu, »aber damit ist doch wohl kaum zu rechnen. Ich habe jedenfalls noch von keinem derartigen Fall gehört. Mir kommt das ebenso unwahrscheinlich vor wie das Seemannslatein von Überfällen durch Seeschlangen oder die Sagen von Meermännern.«

»Aus welchem Grunde könnte nach Ihrer Ansicht die ›Do-me‹ sonst noch gekentert sein?«

»Dem Fahrzeug selbst kann eigentlich bei ruhiger See außer einem Brand nichts Ernstliches zugestoßen sein«, erwiderte Blade. »Vergessen Sie nicht, daß es ein sehr stiller Tag war. Die ›Do-me‹ ist in puncto Seetüchtigkeit eines der besten Schiffe von Bermagui.«

Quietschend fuhr der Stuhl des Polizeimeisters zurück, als er aufstand. Betont bedächtig schob er sein Notizbuch in die Brusttasche, während er auf den sitzenden Blade hinabblickte.

»Eines Tages werden wir vielleicht erfahren, was mit der ›Do-me‹ geschehen ist«, sagte er. »Für Mrs. Spinks und das Mädel ist es ja hart, keine Ahnung zu haben, was los ist. Sie sind jetzt auf dem Oberland, schon seit dem Frühstück. Und vorher waren sie auch schon da. – Also dann bis später.«

Nachdem er hinausgegangen war, fiel es Blade ein, sich die Uhrzeit zu notieren. Es war 4 Minuten vor 5. Das Sonnenlicht fiel durchs Fenster und die offene Tür schräg ins Zimmer. Er begann, auf der Maschine einen Brief an eine Sportartikelfirma zu schreiben, gab es wieder auf und ging zur Tür, von wo er den Himmel aufmerksam betrachtete, der mit Wolken wie mit spinnwebfeinen Strichen bezogen war. Im Büro klopfte er noch einmal an das Barometer, das noch mehr gefallen war. Abermals vor die Tür tretend, blickte er nach Norden, an der Stadt vorbei nach dem weit hinter der großen Bucht liegenden Dromedarberg. Dünne Wolken umgaben den Gipfel. Gegenüber dem Büro, über die Straße und das unbebaute Land hinweg, konnte Blade die sich am Rande des niedrigen Vorgebirges ausweitende Flußmündung sehen. Auf der durch diesen Höhenzug geschützten Wasserfläche riffelten sich dunkel kleine Wellen, die ›Katzenpfoten‹. »Wird eine schlimme Nacht werden«, murmelte er, während er sich aus den verschiedenen Wetterzeichen ein Bild zu machen suchte.

Marion Spinks kam eben, auf dem Weg nach Hause, an seinem Büro vorbei. Ihr Haar war ganz zerzaust vom Wind auf dem Oberland, der ihr auch hier auf der Straße den Rock um die Beine schlug.

»Die ›Do-me‹ schon gesichtet, Miss Spinks?« fragte er sie.

Kopfschüttelnd antwortete Marion: »Ich will nur nach Hause und Tee kochen, um ihn Mutter zu bringen. Sie will unbedingt auf dem Oberland bleiben und nicht zu Hause warten.« Mit ihrer Beherrschung war es nach der langen Aufregung und der durchwachten Nacht zu Ende, sie begann zu schluchzen. »Oh, Mr. Blade, ich habe solche Angst, solche Angst!«

»Aber Miss Spinks, bei diesem Wind wird die ›Do-me‹ schon irgendeinen Hafen anlaufen.«

»Ja, die Hoffnung habe ich auch; Angst habe ich jetzt um Mutter, weil sie sich's so zu Herzen nimmt. Ich kann nichts mit ihr anfangen, und nach Hause kommen will sie durchaus nicht. Sie sagt, sie muß auf dem Oberland bleiben und nach der ›Do-me‹ ausschauen.«

»Waren Sie denn beide den ganzen Tag da oben?«

Sie nickte ganz kleinmütig. Blade wußte sofort Rat. »Also passen Sie mal auf: Während Sie jetzt den Tee holen, gehe ich nach Hause und sorge dafür, daß meine Frau Sie begleitet und Ihre Mutter dazu bringt, daß sie heimkommt. Meine Frau ist ja als Krankenschwester ausgebildet und wird mit Ihrer Mutter schon fertig werden.«

»O ja, das glaube ich auch.«

»Ganz bestimmt. Ich werde mit ihr schon hiersein, wenn Sie mit dem Tee kommen.« Er lächelte Marion aufmunternd an. Als sie sich schnell auf den Weg machte, blickte er ihr nach. Wie groß waren ihre Augen vor Angst gewesen! Aber eine natürliche Würde hatte dieses Mädchen – alle Achtung!

Blade wartete kurze Zeit später mit seiner Frau schon im Büro, als Marion mit einem Korb und einer Deckelkanne voll Tee zurückkam. Er blieb in der Tür stehen und schaute den Frauen nach, bis sie das Ende der Straße am Hotel vorbei erreicht hatten und den schmalen Weg zum Oberland einschlugen.

Die erste an diesem Abend einlaufende Barkasse war ein schnittiges Schiff, die ›Vida‹, deren Eigner berichtete, daß der Seegang draußen bei dem zunehmenden Wind schwerer geworden war und für die Nacht mit Sturm zu rechnen sei. Von der vermißten ›Do-me‹ konnte er nichts melden. Auch von den übrigen Barkassen, die schnell nacheinander im Hafen ankamen, konnte seiner Ansicht nach keine etwas berichten.

Als letzte lief die ›Myoni‹ ein. Ihr Schiffer, Williams, erklärte Blade, daß er seinen Angler sogar bis zum Kap Bunga gebracht und die ›Marlin‹ nach 9 Uhr früh aus den Augen verloren habe. Jetzt war es kurz nach sechs. Das Donnern der Brandung übertönte bereits das Heulen des Windes in der Takelage der wieder im geschützten Hafen liegenden Schiffe. Vor der Flußmündung wühlten die anlaufenden Seen schaumigen Gischt auf, einzelne schlugen bereits über die Sandbank.

»Wir kriegen wieder Ostwind«, klagte Alf Remmings. Sein Schnurrbart hatte kleine Salzkrusten, das tiefgebräunte Gesicht glänzte von den Tropfen des stechend scharfen Gischtes. »Kann der Wind nicht mal aus 'ner anderen Ecke kommen? Sieht schon aus, als wenn wir wieder tagelang im Hafen hocken müssen. Wenn Jack Wilton und Joe mit der ›Marlin‹ nicht bald 'rankommen, werden sie sich nicht mehr über die Sandbank wagen können und müssen bis zur Montague-Insel laufen, um den Sturm abzuwarten.«

»Die beiden wissen sich schon allein zu helfen«, sagte Burns, der gerade nach Hause gehen wollte und an Remmings vorbeikam. »Hatten ja Südkurs, also werden sie wohl für die Nacht nach Eden einlaufen. Ich glaube bestimmt, daß die ›Do-me‹ dort hinsteuert, unter Segel. Bei diesem Wind schafft sie das sogar, wenn sie fünfzig Meilen in See abgetrieben ist.«

Kurz nach 7 Uhr erfuhr Mrs. Wilton, die schon um die ›Marlin‹ besorgt war, telefonisch, daß ihr Sohn mit seiner Barkasse in Eden sei und die Nacht dort bleiben werde. Von der ›Do-me‹ hatte er nichts gesichtet.

Um 7 Uhr 30 schloß Edward Blade sein Büro zu und ging nach Hause, wo er kein Abendessen vorfand, da er seine Frau fortgeschickt hatte. Er zog sich wärmeres Zeug an und stieg aufs Oberland. Das schwarz wogende Meer war mit weißen Kämmen gesprenkelt, am Himmel hingen dunkle Wolken wie zerfetzte Flaggen, deren Spitzen nach den in klarem Umriß vor der sinkenden Sonne stehenden Bergen zeigten. Endlos rollten, von hochschäumendem Gischt gekrönt, die langen Brecher ihre rechten Flanken am Kap vorbei in die große Bucht nördlich von Bermagui. Links schoben sie sich in die Flußmündung, wo sie, in der Finsternis unheimlich weiß leuchtend, am Vorgebirge abprallten, während die Wassermassen ihrer Mitte weit über die Sandbank schlugen.

Blade fand seine Frau bei Mrs. Spinks und ihrer Tochter. Die Mutter benahm sich wie nicht gescheit, während Marion sie weinend bat, doch nicht mehr hier draußen zu wachen.

Mrs. Spinks kreischte: »Laßt mich zufrieden! Ich bleibe hier, bis die ›Do-me‹ zurückkommt. Ich gehe nicht mit, sage ich euch, auf gar keinen Fall! Mein Bill ist draußen, und ich gehe nicht nach Hause!«

Über ihr Aussehen war Blade entsetzt ... Es gelang weder Marion noch seiner Frau oder ihm selbst, sie zur Vernunft zu bringen. Er ging schnell in den Ort zurück, um Polizeimeister Telfer zu holen. Sie mußten Gewalt anwenden. Auf dem ganzen Wege vom Oberland bis zu ihrer Wohnung kreischte Mrs. Spinks und hörte erst auf, als der Arzt gerufen worden war und ihr eine Morphiumspritze gab.

3

Die Voraussagen der Wetterkundigen in Bermagui trafen nicht ein. Am nächsten Morgen stieg die Sonne an einem klaren Himmel empor, und ein heißer Südwind begann schon früh die gefährlichen weißmähnigen Brecher zu besänftigen. Bei Tagesanbruch rief Joe Peace seinen Partner zum Frühstück, das er auf einem Primuskocher zubereitet hatte. »Es klart auf, Jack«, verkündete er, »wir können auslaufen, wenn du Lust hast.«

Eine Stunde später rannte die ›Marlin‹ gegen und über die Wasserberge, während die beiden Männer in dem verglasten Aufbau standen, der das Ruder und den Rudergänger, die Plicht und den Kajütniedergang schützte. Der Wind war kalt, die See sah aus wie gewaschen, denn die Wellentäler waren dunkelblau, die Kuppen leuchteten hellblau und die Brecher grellweiß. Achteraus standen die schroffen Klippen gleichgültig unter den fortwährenden Attacken der schäumenden Brecher. Auf den Klippen saßen wie grüne Hüte die Grasflächen, hinter ihnen ragte dichter Wald auf, und weiter entfernt lagen schwarzblau die Gebirgszüge.

Wilton hatte sich bei der Polizei in Eden, das ungefähr vierzig Seemeilen südlich Bermagui liegt, erkundigt, ob über die ›Do-me‹ eine Nachricht eingetroffen sei, aber weder von einem Schiff noch von Land her war etwas gemeldet worden, man hatte auch kein Wrackstück gefunden. So hatte er im Herzen nur noch wenig Hoffnung.

Joe hatte gar keine mehr. »Sie ist gekentert, Jack, wenn ich's dir sagen soll«, grollte er, während er die Hände leicht in den Speichen des Steuerrades ruhen ließ und mit den Zähnen hart auf das Mundstück seiner Pfeife biß. »Gestern haben wir sie den ganzen Tag gesucht – heute werden wir wohl nach Ölspuren und nach Wrackteilen suchen müssen.«

Wortlos nickte Wilton, sein Gesicht war maskenhaft starr. Er ging in die Kajüte. Ein Blick aufs Barometer zeigte ihm, daß es stieg. Er stellte den Motor auf eine Stundengeschwindigkeit von sieben Meilen ein und schmierte die Lager der Kurbelwelle. Als er wieder zu Joe kam, sagte er: »Ja, wir werden nach Öl und Wrackstücken suchen. Heute sollst du das Kommando haben. Die Strömung drückt fast überall nach Norden. Wann mag sie ihre Richtung geändert haben?«

»Bestimmt erst nach Mitternacht, denn so lange war ich wach und da hatten wir noch Ostwind.«

»Schön, also leg du den Kurs, du kannst ja besser als ich berechnen, wie der Strom südlich vom Schwertfisch-Riff gelaufen sein muß, seitdem die ›Do-me‹ zum letztenmal von der ›Gladious‹ gesichtet wurde. Ich müßte mir den Kopf zerbrechen und würde es doch falsch machen.«

»All right«, erklärte Joe sich bereit.

Wilton drehte eine Zigarette, zündete sie an und sog den Rauch tief ein. Dann kletterte er auf der schmalen Kante neben dem Aufbau nach vorn und stellte sich breitbeinig gegen den Mast. Heute mußte er ständig Ausguck halten, nicht nach den Rückenflossen begehrter Fische, sondern nach Spuren einer Tragödie, die sicherlich seinen lebenslangen Freund ereilt hatte und die vielleicht auch seine Hoffnung auf Glück an der Seite von Bills Schwester zerstörte. Er hatte jetzt das Steuer des Schiffs einem Mann überlassen, der vom Ozean vor dieser Küste, seinen weiblichen Launen und männlichen Gewohnheiten geradezu unheimlich viel verstand. Bisher hatten sie auf gut Glück nach der ›Do-me‹ geforscht, aber heute galt es, nach vielleicht nur geringen Ölspuren oder Wrackteilen genauer zu suchen.

Der Fischdampfer hatte inzwischen das Gebiet verlassen, um seinen Fang nach Sydney zu bringen. Aus Norden kam der Küstendampfer ›Cobargo‹, um Eden anzulaufen, weiter draußen zog ein Frachter seinen Kurs nach Melbourne; der Rauch aus seinem hohen Schornstein lagerte sich dicht über dem Kielwasser.

Um die Mittagszeit stand die ›Marlin‹ fünfzehn Meilen nördlich Eden und etwa zehn von Land. Der Frachtdampfer war in der Ferne verschwunden, die ›Cobargo‹ in den Hafen von Eden eingelaufen, um Güter zu löschen und zu laden. Die See war leer. Auch wenn die ›Marlin‹ auf einen besonders hohen Wellenberg gehoben wurde, konnte Wilton nichts Schwimmendes ausmachen. Aus dem wild kämmenden Gewoge wurde eine Dünung, die der südliche Wind bald in einen kurzen, kabbeligen Seegang umwandelte.

Jack ging nach achtern, um sein Essen und die Thermosflasche zu holen, setzte sich damit auf das vordere Luk und aß, den Blick unentwegt auf die See gerichtet. Er sah die Rückenflosse eines Haifisches und Schwärme kleiner Fische, die aufgeregt unter dem Meeresspiegel hin und her flitzten, um größeren Verfolgern zu entrinnen. Eine Schule graugrüner Schweinsfische tummelte sich vor dem Bug, als wollten sie durch ihre Schnelligkeit und Gewandtheit die Vorzüge der Stromlinienform demonstrieren.

Nachdem Wilton sich satt gegessen hatte, nahm er den Eßkorb wieder und trug ihn in die Kajüte. Eine Minute überprüfte er den Motor, dann stand er neben Joe, um ihn am Ruder abzulösen.

»Laß den Kurs noch eine Weile so«, sagte Joe. »Ich nehme mein Essen mit nach vorn und halte Ausschau. Von Zeit zu Zeit gebe ich kleine Abweichungen, wir wollen das untere Ende des Riffs von Osten ansteuern. Behalte mich dauernd im Auge, klar?«

Schweren Schrittes ging er am Aufbau entlang und setzte sich aufs vordere Luk, von dem Wilton eben aufgestanden war. Mit seinem dünnen grauen Haar spielte der Wind, doch sein Körper schien unbeweglich wie ein Felsblock. Peace war ein Mann, den jeder, der ihn auf den ersten Blick unsympathisch fand, damit falsch einschätzte.

Beim Wiedereinpacken seines Eßgeschirrs stutzte er plötzlich, blickte scharf zur Küste und schlug mit seiner schwieligen Hand neben sich auf den Lukendeckel. Er wies nach Westen. Wilton folgte seinem Blick mit dem Fernglas. Er hörte ihn rufen, verstand aber die Worte nicht. So ließ er das Steuer los und beugte sich weit über das Dach des Schutzverdecks vor.

»Flugzeug!« schrie Joe, wieder nach Westen weisend.

Wilton entdeckte die Maschine. Sie flog niedrig über der See, ihr Kurs zeigte ihm, daß sie nicht auf planmäßiger Route sein konnte. Offenbar suchte sie nach der ›Do-me‹ oder ihren Trümmern. Also hatte sich die Nachricht, daß die Barkasse vermißt wurde, schon verbreitet, denn das Flugzeug mußte von Sydney gekommen sein. Obgleich es zwei Motoren hatte, handelte der Pilot ziemlich leichtsinnig, so weit über See zu fliegen. Jetzt kam er in geradem Kurs auf die ›Marlin‹ zu, Wilton konnte die Maschine gut beobachten. Er steuerte währenddes mit dem linken Fuß, den er zwischen die Radspeichen stellte.

Joe stand auf und winkte dem Flugzeug. Als die Maschine über ihre Köpfe donnerte und Kreise zu ziehen begann, konnten sie in ihr zwei Männer unterscheiden. Der eine winkte ihnen zu, während er die Barkasse durchs Glas betrachtete. Dann glitt die Maschine, wie ein Albatros schwebend, nordwärts davon.

Joe kam mit seinem Imbißkorb nach achtern. »Möchte da oben nicht drinsitzen, lieber hier«, sagte er als echter Seemann. »Leg vier Strich nach Steuerbord zu, wir wollen in die Strömung einschwenken, die hier zwischen zwei Riffen durchläuft.«

»Telfer muß das Verschwinden der ›Do-me‹ weitergemeldet haben«, meinte Wilton, der wieder vor dem Ruder stand und den Befehlen seines Partners nachkam. »Das Flugzeug kam bestimmt aus Sydney. Eine Maschine von der Luftwaffe.«

»Verdammt wenig Hoffnung, jetzt die ›Do-me‹ noch zu sichten«, brummelte Joe. »Und nach dem Wetter in der Nacht auch kaum eine

Chance, Ölspuren zu finden. Und wenn die von da oben wirklich einen Ölfleck gesehen haben, wissen sie noch längst nicht, ob der von der ›Do-me‹ oder von einem Dampfer stammt.«

»Und woran willst du das erkennen, wenn wir einen sehen?«

»Falls wir auf Öl stoßen, Jack, wird es wohl von der ›Do-me‹ sein. Weißt du, wieso? Weil wir von dem Punkt ab, wo sie gesunken sein muß, jetzt genau der Strömung folgen. Öl, das nicht in dieser Strömung treibt, stammt wahrscheinlich von einem Dampfer. Jedenfalls ist es nach dem Wetter heute nacht schon schwer genug, hier von Bord aus einen Ölfleck überhaupt zu bemerken, und vom Flugzeug aus erst recht schwer, wenn's auch so niedrig geflogen ist. Laß mich jetzt lieber mal ans Ruder, ich muß hier ein bißchen lavieren, wegen der Riffe. Wenn wir etwas finden, ist das ungefähr eine bis zwei Meilen von unserer jetzigen Position zu erwarten.«

Wilton stand am Mast. Etwa vierzig Minuten später drehte er sich ruckartig um und hob beide Arme. Sofort schaltete Joe den Motor auf Leerlauf und reckte sich, um über das Verdeck blicken zu können. Wilton wies aufs Wasser dicht beim Schiff. »Was hältst du davon, Joe? Ist das Öl?«

Peace machte große Augen. Er sprang in die Plicht und spähte gebückt hart über der Bordkante auf die hinter den kleinen Kabbelseen wogende Dünung. In dieser Haltung blieb er ungefähr eine halbe Minute, dann kletterte er nach vorn, stellte sich neben Wilton und sagte, während sie beide auf die Wasserfläche starrten: »Ja, es ist Öl, Jack. Es ist dünner auseinandergezogen als man's sonst sieht, weil wir heute nacht einen so schweren Seegang hatten. Aber Öl ist es, und es kommt mit der Strömung vom Schwertfisch-Riff. Laß mich jetzt mal nachdenken.«

Sein Gesicht wurde zu einem Musterbild scharfer Konzentration, er sah beinahe aus wie ein Schuljunge, der sich anstrengen muß, eine Aufgabe zu wiederholen. Tatsächlich arbeitete sein Gehirn an einem Problem, das sogar einem Mathematikprofessor einiges Kopfzerbrechen gemacht hätte, denn er suchte die Antwort auf folgende Fragen: Wie weit entfernt von einem Ölfleck, der dem Wind äußerst geringe Angriffsflächen bietet, kann Treibgut von dem Schiff, von dem das Öl stammt, gefunden werden, wenn der Wind eine Stundengeschwindigkeit von soundso viel Meilen hatte, wenn er aus der und der Richtung wehte, bevor er in diese oder jene Richtung drehte, und wenn die Strömung soundso viel Meilen in der Stunde lief, wie weit sie lief, bevor sie auf eine andere, mit der und der Geschwindigkeit laufende traf?

»Wir wollen noch ein Stück weiterfahren«, sagte er grob. »Du bleibst vorn und paßt ganz scharf auf. Wenn du nur den kleinsten Holzsplitter siehst, sag sofort Bescheid, klar?«

Das Flugzeug befand sich noch über der See, in Höhe von Kap Bunga, das zehn Meilen südlich von Bermagui liegt. Die ›Marlin‹ war jetzt sechs Meilen südlich des großen Vorgebirges und sieben Meilen von der kleinen Siedlung Tathra entfernt. Bei dem klaren Wetter konnten sie sogar das dortige Gasthaus erkennen.

Joe holte aus der Kajüte einen Petroleumkanister und stellte sich darauf. So konnte er frei nach allen Seiten und über das Schutzverdeck blikken. Das Steuer bediente er mit den nackten Füßen. Er ließ die Maschine mit nur zwei Meilen Geschwindigkeit laufen, beobachtete die Küste bei Tathra genau und peilte fortwährend Kap Bunga an. Den Oberkörper aufs Verdeck gelehnt, schirmte er die Augen mit den Händen gegen das Gleißen des Wassers. Scheinbar ohne Steuermann, begann die Barkasse in Zickzacklinien, Bogen und weiten Kurven zu fahren.

Jack Wilton vorn am Mast, eine Hand am Backbordstag, spähte so konzentriert auf die See, wie er noch nicht einmal auf der Haifischjagd nach Flossen suchte. Die ungewöhnlichen Kapriolen seines Schiffes störten ihn gar nicht, denn zu seinem Partner hatte er, wenn es sich um den Einfluß des Windes auf die Strömungen oder um Riffe unter Wasser handelte, das höchste Vertrauen. Er erlaubte sich kein einziges Mal, nach dem Festland oder dem Flugzeug auszuschauen, so konzentriert beobachtete er die sonnenglitzernde Meeresfläche.

Der Wind flaute ab, der kurze, harte Seegang ließ nach, das Meer dünte jetzt weich, in abgerundeten Wellen. Aus Minuten wurde eine Stunde, wurden zwei Stunden, und noch immer stand Joe Peace auf dem Blechkanister und steuerte mit den nackten Füßen. Er spähte nicht in die See, sondern nach dem Land und zum Kap Bunga, um durch ständiges Anpeilen des Kaps und anderer Landmarken bei den rasch wechselnden Bewegungen der ›Marlin‹ seiner Position stets sicher zu sein.

Das Flugzeug war mittlerweile verschwunden. Hoch in Nordosten zog eine Barkasse ihres Weges. Nur ihr Mast ragte über die Kimm, wie ein einzelnes Haar auf einem kahlen Kopf.

Wilton war ebenso überzeugt wie Joe, daß von der ›Do-me‹, wenn sie gesunken war, Treibgut und Öl zurückgeblieben sein und ihr Schicksal verraten mußten. Die Ölspur, durch die sie gefahren waren, stammte sehr wahrscheinlich von der vermißten Barkasse, denn Joe steuerte sie ja über eine unsichtbare ›Straße‹ zum Schwertfisch-Riff, wo sie nach seiner Vermutung gesunken war. Stimmte diese Annahme, so mußten in der Nähe der Untergangsstelle vom sinkenden Schiff auch Gegenstände abgetrieben sein, zum Beispiel ein Kissen vom Anglersitz, hölzerne Köderkästen, ein Hut oder ein Frühstückskorb, oder Flaschen. Falls das Schott zum Maschinenraum zur Zeit der Katastrophe offen gewesen war, konnte auch noch alles mögliche Zubehör aufgeschwommen sein. Irgendwo auf seiner schmalen unsichtbaren Straße erwartete Joe mit Bestimmtheit treibendes Gut – wenn, wie gesagt, das Schiff gesunken war. Seine Fähigkeit, diesen verborgenen Weg der Unterströmungen ohne jeden äußeren Anhaltspunkt zu finden, war bewundernswert.

Ah! Jack stand nach wie vor am Mast, doch eben hatte er kräftig aufs Deck gestampft, um seinen Partner aufmerksam zu machen. Er drehte sich nicht um, sondern starrte weiter nach Steuerbord voraus über den Bug, als fürchte er, schon bei einem flüchtigen Seitenblick den entdeckten Gegenstand aus dem Auge zu verlieren. Joe änderte den Kurs entsprechend den Zeichen, die Wilton ihm mit ausgestreckten Armen gab. Und sogleich sah er ein kleines Stück voraus einen schaumigen Streifen, einen dünnen, mehrfach unterbrochenen Streifen. Er wußte genau, daß das die Grenzlinie war zwischen einer nach Land und einer nach See zu laufenden Strömung, eine Grenze, auf der die kreidig weißen Rückenschalen von Tintenfischen, die Körper toter Krebse und anderer Auswurf des Meeres entlangtrieben.

Und rasch hatten Joes Augen mitten darin das erspäht, was seinen Partner so erregte. Es reflektierte beim Tanzen auf dem Wasser die Sonnenstrahlen. Joe schaltete auf Leerlauf, in verlangsamter Fahrt glitt die ›Marlin‹ auf den blitzenden Gegenstand zu. Wilton schrie: »Eine Thermosflasche!«

Er rannte nach achtern, sprang in die Plicht und hängte sich dort über Seite, während Joe in fachmännischem Schwung die Barkasse nahe an die Flasche manövrierte. Wilton klemmte seinen gestiefelten rechten Fuß in die seitlichen Eisenstreben des im Heck festgeschraubten Anglersitzes und beugte sich weit über Bord, um der See das Stück Treibgut zu entreißen.

Joe half ihm schnell wieder innenbords. Zusammen betrachteten sie die Thermosflasche.

Der Schraubdeckel war fest angezogen, aber nicht angerostet. Auch auf dem Gewinde befand sich kein Rost. Die noch neue Flasche hatte also vermutlich noch nicht lange im Seewasser gelegen. Der Kork war in den Glasbehälter kräftig hineingedrückt. Wilton zog ihn heraus und träufelte sich etwas von dem Inhalt in die Handfläche. Es war Tee. Er probierte ihn und sagte zu Joe: »Schmeckt frisch, als wäre er erst heute früh aufgegossen. – Hallo, was sehe ich da?«

In den Boden der Außenflasche waren zwei Buchstaben gekratzt. Die Kratzer waren noch blank, konnten also auch erst kürzlich gemacht worden sein.

»Wer ist bloß B. H., zum Donnerwetter?« fragte Joe. »Das sollen doch Anfangsbuchstaben von einem Namen sein, was?«

»Ja, klar. B. H.? Hooper von der ›Lily‹ kann's nicht sein, der hat M. H.«

»Nee. Auch Ericson nicht, Spinks und sein Steuermann Garroway ebenfalls nicht. Die Flasche kann nicht von der ›Do-me‹ stammen.« Aus seinen Worten klang tiefste Enttäuschung. Er ging wieder ans Ruder, schaltete den Motor ein, stieg auf den Petroleumkanister und lehnte sich gebeugt, wie vorher, über das Verdeck, als wollte er durch diese Haltung andeuten, daß Wilton an der Enttäuschung schuld sei.

Wilton packte in der Kajüte das Fundstück in seinen Eßkorb und ging wieder auf seinen Platz vorn am Mast. Langsam brachte Joe die ›Marlin‹ auf parallelen Kurs zu der schaumigen Linie und schlängelte sie, anscheinend ebenso ziellos wie diese gewundene Linie, an ihr entlang. Im Lauf der nächsten Stunde barg Wilton aus der See noch ein Kistenbrett, an dem allerdings kleine Muscheln hingen – ein Beweis, daß es schon längere Zeit im Seewasser lag –, und eine Butterkiste, von der sich dasselbe sagen ließ.

Nichts, was wichtigen Aufschluß über das Schicksal der ›Do-me‹ geben konnte, wurde gefunden, und von der Thermosflasche hielten die beiden Männer in dieser Beziehung nicht viel.

Die Zeit verging ihnen beim Suchen schnell, bis die Sonne, nach ihrem Rundweg über die fleckenlos strahlende Himmelskuppel, für einen Moment auf dem Strich der Kimmung stand und dann von der See verschluckt ward. Noch immer kroch die ›Marlin‹ auf der ›unsichtbaren Straße‹ weiter, beide Männer noch genauso gespannt und aufmerksam wie zu Beginn ihrer Suchfahrt. Erst als ihnen mit der einsetzenden Dämmerung die Sicht bis auf wenige Meter beschränkt war, kam Jack Wilton nach achtern und sagte: »Wir wollen zurück jetzt, können ja morgen weitersuchen.«

»All right, dann fangen wir gleich beim Schwertfisch-Riff an«, stimmte Joe Peace ihm zu. »Finden wir auch morgen nichts, dann schwimmt die ›Do-me‹ noch irgendwo.«

Kurz vor Mitternacht erst näherte sich die ›Marlin‹ der jetzt unsichtbaren Sandbank, durchquerte das über ihr kräuselnde Wasser und tukkerte gemächlich zur Pier in der Flußmündung.

Drei Mann, die offenbar gewartet hatten, standen oben.

»Na, Glück gehabt, Jack?« fragte der eine, Mr. Blade.

»Nein, ich glaube nicht.«

»Was heißt ›glaube nicht?‹« fragte ein Mann, den Wilton nach den dunklen Umrissen seiner Gestalt vor dem Sternenhimmel gleich als Fremden erkannte.

»Was geht denn Sie die Sache überhaupt an?« wollte Joe wissen, der gerade mit dem Tau zum Festmachen auf den Steg kletterte.

»Sie haben hier Detektiv-Sergeant Allan vor sich«, sagte Polizeimeister Telfer.

»Und wenn schon!« schnaubte Joe, als habe dieser Detektiv weder moralische noch gesetzliche Rechte, hier auch nur zu atmen.

Wilton sagte, als er oben war, zu den dreien: »Wir haben von der ›Do-me‹ nichts gesichtet, nur das Flugzeug haben wir bemerkt. Gesucht haben wir nach Wrackstücken oder Treibgut, und zwar da, wo die ›Do-me‹, wenn sie nicht mehr existiert, nach Joes Meinung gesunken sein müßte. Haben nichts gefunden, was von ihr stammen könnte. Überhaupt weiter nichts als eine neue Thermosflasche. Hier ist sie. In den Boden sind die Buchstaben B. H. eingekratzt.«

»Ah!« murmelte Allan außerordentlich befriedigt. »B. H. heißt: Bermagui-Hotel. An dem Morgen, als die ›Do-me‹ zum letztenmal hinausfuhr, hat eins von den Zimmermädchen Mr. Ericsons Thermosflasche fallen lassen, die dabei entzweiging. Sie füllte ihm eine der drei neuen, die das Hotel sich gerade angeschafft hatte, und gab sie ihm mit. Der Kellner hat gleich auf alle drei die Buchstaben gekritzelt.«

4

Bevor die große Chaussee gebaut wurde, war Bermagui ein abgelegenes Fischerdorf, höchstens zu Weihnachten und Ostern ein wenig belebt durch einen geringen Zustrom von Farmern aus dem Hinterland und aus dem Marktstädtchen Cobargo. Aber auch nach Fertigstellung dieser Straße hatte der Ort noch immer den Nachteil, sieben Meilen von ihr entfernt zu liegen. ›Gemacht‹ wurde Bermagui durch seine Majestät, den Schwertfisch.

Die Entdeckung von Schwertfischen in den Gewässern vor der Südküste von Neusüdwales war einem Zufall zu verdanken, denn die Fischer hatten nach den sich schnell bewegenden Rückenflossen diese Fische immer für eine Art Haie gehalten. Eines Tages aber brachte ein Fischer, der zum Lachsfang ausgefahren war und eine Handleine mit künstlicher Fliege benutzte, einen schönen, starken Lachs, der von einem riesigen Fisch verfolgt wurde, an sein Boot. Als dieser große Fisch dicht beim Boot an die Oberfläche kam, enthüllte er nicht nur seine Rückenflosse, sondern auch sein ›Schwert‹.

Eine Zeitlang wurde das für ein ›Fischergarn‹ gehalten, bis ein gewisser Roy Smith sich vornahm, die Geschichte nachzuprüfen. Am 2. Februar 1933 konnte er den Beweis ihrer Wahrheit erbringen, denn er fing mit Angel und Rolle einen schwarzen Schwertfisch, der 236 Pfund wog. Es wurde aber auch jetzt noch allgemein bezweifelt, daß Schwertfische regelmäßig vor diesen Küsten anzutreffen seien, obgleich viele Fischer nun erklärten, deren schnelle Rückenflossen jeden Sommer beobachtet zu haben. Als dann Mr. Roy Michaelis und Mr. W. G. Wallis zusammen an einem Tag neun Schwertfische einbrachten, begannen die Hochseeangler in der ganzen Welt aufzuhorchen, und nachdem später der bekannte Schriftsteller Zane Grey in Bermagui gewesen war, wurde der Ort berühmt als Treffpunkt für Großfischangler.

Als der Sportangler Ericson und die Männer der von ihm gemieteten Barkasse ›Do-me‹ verschwanden, erlitt der Ruf von Bermagui einigen Schaden, denn es wurde vielfach der Schluß gezogen, daß, wenn eine kleine Barkasse durch eine unaufgeklärte Katastrophe verschwand, auch die übrigen Spezialschiffe zu gebrechlich für den offenen Ozean sein müßten. Sie könnten allzuleicht auf einem noch unvermessenen Riff scheitern oder gar ein Opfer der Wale oder ›Meermänner‹ werden. Der Beweis, daß diese ›Logik‹ auch Glauben fand, kam alsbald in Form von Abbestellungen gecharterter Barkassen und gebuchter Hotelzimmer.

Die Suche nach der ›Do-me‹ hatte nichts weiter gebracht als die Bergung einer Thermosflasche.

Detektiv-Sergeant Allan hatte einen großen Ruf, neigte aber leider sehr zur Seekrankheit. Als Jack Wilton und Joe Peace mit ihm hinausfuhren, um ihm zu zeigen, von welchem Standort aus Remmings auf der ›Gladious‹ die ›Do-me‹ zuletzt sichtete, wurde der arme Allan so entsetzlich seekrank, daß er sein berufliches Interesse am Schauplatz verlor und sich fortan auf die Ermittlungstätigkeit an Land beschränkte.

Ein Mann in Bermagui begann sich jetzt zu wundern, wer und was

Mr. Ericson eigentlich gewesen sein mochte, oder was er war, falls er noch lebte. Klubsekretär Blade verfolgte die intensiven Nachforschungen sowohl in der Hoffnung auf ihren Erfolg als auch in dankbarer Anerkennung der Tatsache, daß die Behörden sich die größte Mühe gaben, den störenden Schatten, den das geheimnisvolle Geschehen auf Bermagui als Anglerparadies geworfen hatte, zu beseitigen.

Von Sydney wurde noch ein zweites Flugzeug zum gründlichen Absuchen der See und der Küste ausgeschickt. Sergeant Allan schlug vor, auch die ›Marlin‹ von Amts wegen zur Suche nach Treibgut einzusetzen, so daß Wilton und sein Steuermann gut vierzehn Tage in den Genuß staatlicher Besoldung kamen. An Land organisierte Allan zwei Trupps zum Suchen am Strand und unter den Klippen, an den Stellen, die ein Schiff nicht erreichen konnte. Sie sollten hauptsächlich auf Wrackteile achten, die vermutlich von einem Flugzeug aus nicht zu bemerken waren. Aber auch nach drei Wochen war die von Wilton geborgene Thermosflasche noch immer der einzige Hinweis auf das Schicksal der ›Do-me‹.

Durch diese Flasche ließ sich allerdings gar nichts beweisen. Fest stand zwar, daß sie dem Wirt des Hotels Bermagui gehörte und mit Tee gefüllt in Ericsons Eßkorb gepackt worden war, doch das erklärte noch nicht, wie es gekommen war, daß sie in See trieb: Ob sie vom Deck der Barkasse gespült wurde, als sie sank, oder nur zufällig über Bord gefallen war. Durchweg wurde die erste Theorie vertreten, weil die Flasche – wie Joe Peace meinte – wieder an Bord geholt worden wäre, wenn jemand sie unabsichtlich ins Wasser gestoßen hätte. Außerdem sei es doch unwahrscheinlich, daß ein Gegenstand wie eine Thermosflasche unbemerkt über Bord fiel. Wenn der Angler sie benutzte, das heißt, sie aus seinem Imbißkorb nahm, saß er doch, wie immer, in der Plicht, also innerhalb der hohen Bordkante.

Sergeant Allan und Detektiv-Sergeant Light, der zur Assistenz auch noch gekommen war, wollten Joe Peace nicht so recht glauben, wenn er von seiner genauen Kenntnis der Strömungen sprach. Noch skeptischer waren die vielen Reporter. Eine Zeitlang waren die in Bermagui verfügbaren Gästezimmer voll beansprucht, denn die polizeiliche Suchaktion erstreckte sich über drei Wochen. Kein Wunder, wenn Mr. Blade schließlich dachte, der vermißte Angler müsse ein Mann von Weltbedeutung und der Name Ericson ein Pseudonym sein. Nachdem Sergeant Light in einem der Flugzeuge wieder nach Sydney zurückgekehrt war und die Suchtrupps aufgelöst waren, forschten Wilton und Joe noch weiter nach Beweisen für das Verschwinden der ›Do-me‹, und

Polizeimeister Telfer vertraute Blade an, Sergeant Allan habe geheimen Auftrag, bei diesem Job bis auf Widerruf zu bleiben.

Der Oktober verging mit ruhigem, warmem Wetter, doch im November gab es gleich einen Nordoststurm, der tagelang tobte, so daß die Barkassen nicht auslaufen konnten und die wenigen Angler dauernd in der Hotelbar hockten.

Nach der einen schlimmen Wache durch einen Tag und eine Nacht wurde Mrs. Spinks wieder fast normal, wenn auch nicht ganz, denn in einem Punkt schien ihr Verstand ernstlich gelitten zu haben. Sie weigerte sich strikt, zu glauben, daß die ›Do-me‹ gesunken und ihr Sohn tot sein könnte. Jede Gelegenheit, der sorgsamen Überwachung durch ihre Tochter zu entgehen, nahm sie wahr, um aufs Oberland zu eilen, wo sie angestrengt über das Meer spähte. Oft ging sie auch zu Blade ins Büro und bat ihn, an vorbeifahrende Schiffe funken zu lassen, der Kapitän möge ihren Sohn bitten, sofort nach Hause zu kommen, da er sein Unterzeug wechseln müsse.

Jedermann hatte Mitleid mit ihr, und sie fand in ihrem Glauben, daß die ›Do-me‹ nicht gesunken sei, starke Unterstützung bei ihrer Tochter, deren Verstand freilich durch das traurige Ereignis nicht getrübt wurde. Bei Marion vermißte man nur eins: ihr ansteckendes fröhliches Lachen. Sie sagte, wenn jemand sie bemitleiden wollte, nur kopfschüttelnd: »Bill ist nicht tot, sonst würde ich das fühlen.«

Der 6. November prägte sich Blade unauslöschlich ins Gedächtnis, nachdem ihn am Nachmittag Jack Wilton und später ein auswärtiger Angler, Mr. George Emery, besucht hatten.

Wilton verschwendete keine Zeit mit einleitenden Worten. »Ich wollte mit Ihnen über Marion Spinks und ihre Mutter reden«, sagte er. »Es geht ihnen schlecht, geldlich. Sie wissen ja, daß der alte Spinks ein Säufer war und die Familie in Schulden zurückließ. Bill ging es zu der Zeit zufällig mal gut, er brachte die Verhältnisse allmählich in Ordnung. Durch den Bau der ›Do-me‹ geriet er wieder in Schulden, die er gerade jetzt, kurz bevor die Barkasse verschwand, abgetragen hatte.

Marion hätte ja gewiß irgendwo eine Tätigkeit gefunden, aber jetzt muß sie sich noch mehr um ihre Mutter kümmern als gleich nach dem Tod des Vaters. Ich liebe Marion. Schon seit wir als Kinder zusammen in die Schule gingen. Und ich wollte sie gern heiraten – das heißt, das will ich noch –, aber sie konnte sich bisher nicht dazu entschließen. Und jetzt zögert sie noch mehr als früher. Da wollte ich Sie um eine Gefälligkeit bitten. Darf ich?«

»Selbstverständlich, Jack.«

»Tja, ich hatte mir gedacht, ich wollte eine Sammlung für die beiden veranstalten, aber daß gerade ich das mache, gehört sich eigentlich nicht. Marion hat ihren Stolz und ihren eigenen Kopf, verstehen Sie? Hier habe ich nun hundert Pfund, eben von der Bank geholt. Sie könnten ja sagen, Sie hätten die von einem reichen Gönner in Sydney oder sonstwo bekommen, klar?«

Wilton, der das Geld in fest gebündelten Banknoten auf den Tisch packte, legte daneben ein kleineres Bündel und sagte: »Dies ist von meinem Partner, Joe Peace. Siebenundzwanzig Pfund sind's. Zusammen also hundertsiebenundzwanzig. Wenn Sie nun noch dreiundzwanzig aufbringen würden, damit es volle hundertfünfzig werden, könnte man Marion den Rat geben, den Laden von Nott zu übernehmen. Mrs. Nott möchte gern nach Melbourne ziehen und ist bereit, für hundertfünfzig, den Rest unter Verzinsung, zu verkaufen.«

Blades Blick wanderte von dem vor innerer Erregung gespannten Gesicht seines Besuchers zur Schreibmaschine. Er schaute auch nicht auf, als er fragte: »Glauben Sie denn, daß Miss Spinks gern so einen Laden haben möchte?«

»Ich denke, ja – wenn sie weiß, daß nicht ich das veranlaßt habe. Wir sprachen noch gestern abend darüber. Sie meint, ihre Mutter wäre dann nicht mehr so ruhelos, wenn sie da Tee und Abendessen zubereiten muß und so weiter.«

»Na schön, Jack, ich werde den fehlenden Betrag beschaffen.«

»Danke vielmals, Mr. Blade, ich wußte, daß ich auf Ihre Hilfe zählen konnte. Aber Sie erwähnen nichts von mir und von Joe, klar?«

»Wenn Sie das wünschen...«

Blade merkte, daß Wilton noch wartete, aber nicht recht wagte, noch eine andere Bitte anzubringen. So sagte er, um ihm Mut zu machen: »Sie dürfen sich darauf verlassen, daß ich für Miss Spinks und ihre Mutter tun werde, was ich nur kann.«

»Fein. Und – und würden Sie dann auch mal die Geschäftsbücher nachprüfen und so? Marion und ich, wir wissen in diesen Sachen nicht Bescheid.«

»Gern will ich das machen, Jack.«

Wilton stand auf, aus seinem Gesicht war alle Besorgnis weggewischt. »Diesen Sommer wird's ziemlich magere Zeiten geben«, sagte er nachdenklich, »nicht für alle Leute im Ort, aber gerade für uns Barkassenführer. Bei mir sind schon zwei Anmeldungen für den Schwertfischfang rückgängig gemacht worden, und bei den anderen sieht's ähnlich aus.

Joe und ich, wir werden wohl noch zu Strandfischern werden müssen, Lachse für die Fischfabrik fangen, mit dem Netz! So weit kommt's noch. Eine Affenschande, daß wir Thunfische nicht loswerden können, die wimmeln jetzt zu Millionen vor der Küste 'rum, alles Burschen von fünf bis fünfzehn Pfund.«

Blade lächelte. »Ich glaube kaum, daß wir uns große Sorgen zu machen brauchen, Jack. An die Geschichte mit der ›Do-me‹ wird von Weihnachten ab keiner mehr denken, zumal für die Zeitungen der Fall als erledigt gilt.«

Kaum war Wilton zehn Minuten fort, da trat Mr. Emery ein. Ein stattlicher, gewichtig auftretender Herr, von Wind, Sonne und Gischt jetzt hochrot im Gesicht. Mit ausgestreckter Hand ging er auf Blade zu. »Ich muß nach Sydney zurückreisen«, sagte er. »Das Geschäft ruft, Blade. Ach, ewig das Geschäft! Eigentlich hätte ich gestern schon abfahren müssen, aber Sie wissen ja, wie den richtigen Angler sein Sport packt.«

»Na, ich hoffe, Sie kommen bald wieder zu uns.«

Mr. Emery strahlte. »Wiederkommen? Donnerlüttchen, Blade, ich kann's ohne Bermagui gar nicht aushalten, und wenn sämtliche Barkassen hier absaufen! Natürlich komme ich Anfang Januar wieder, zum Schwertfischfang. Für die beiden Frauen ist diese Geschichte freilich schwer. Habe sie gestern abend, als wir 'reinkamen, auf dem Oberland stehen sehen. Die Tochter wollte anscheinend ihre Mutter bewegen, mit nach Hause zu gehen. So sah's jedenfalls aus.«

Jetzt kam Blade ein Gedanke. Nachdem er Mr. Emery zum Schweigen verpflichtet hatte, berichtete er ihm von seinem Gespräch mit Wilton. Und Emery rief bereitwillig: »Geben Sie mir 'n Füllhalter.« Er schrieb hastig einen Scheck aus, erhob sich und sagte: »Geben Sie den beiden Kerls ihre Ersparnisse zurück. Wenn ich nicht mehr noch vor dem Frühstück dreihundert Pfund verdienen kann, dann ist mit mir nichts mehr los. Also Wiedersehen jetzt. Und wenn Sie mal 'ne Minute Zeit haben, schreiben Sie mir kurz, wie's mit der Angelei aussieht, ja? Ich denke schon jetzt andauernd an die Schwertfische im Januar.«

Strahlend drückte er Blade die Hand und ging. Der Klubsekretär starrte recht verblüfft auf den Scheck über dreihundert Pfund, den er zu Marions Vorteil eingeheimst hatte. Die Zahlen waren mit größter Sorgfalt geschrieben, die Unterschrift ihm vertraut, obwohl er sie nicht hätte entziffern können. Blade war erstaunt, wenn auch nicht übermäßig, denn das Schwertfischangeln ist ein Sport reicher Leute, und manchmal sind reiche Leute ja Philanthropen.

Mitte November waren Marion Spinks und ihre Mutter schon Besitzerinnen des kleinen Ladens mit Erfrischungsraum. Die Hoffnungen des jungen Mädchens erfüllten sich. Solange die Mutter eine Beschäftigung hatte, schien sie sich über die saubere Unterwäsche ihres Sohnes keine Gedanken mehr zu machen. Gelegentlich allerdings, meistens gegen Abend, verschwand sie heimlich zum Oberland. Dann mußte Marion zu Mrs. Wilton laufen und sie bitten, auf den Laden aufzupassen, während sie ihre Mutter zurückholen ging.

Kurz vor vier Uhr, am Nachmittag des 20. November, bog um das Kap, mit der Nase zur Dampferanlegestelle, ein rostiges, vernachlässigtes Schiff von etwa zweitausend Tonnen. Der einzige anständig aussehende Teil dieses Fahrzeugs war seine ganz eingeglaste, frisch weißgestrichene Brücke. Zu beiden Seiten des stumpfen Bugs trug es die Bezeichnung ›A. S. 3‹.

Zufällig standen, als die ›A. S. 3‹ in Sicht kam, Edward Blade, Detektiv-Sergeant Allan und Mr. Parkins, der Besitzer der Garage, im Gespräch miteinander vor dem Eingang des Klubhauses.

»Hallo, was will der denn hier bei uns?« rief Mr. Parkins, ein Mann von fünfzig Jahren mit scharfem Blick. »Schon ewig habe ich hier keinen Trawler einlaufen sehen.«

»So, das ist also ein Trawler, der mit Schleppnetzen fischt, ja?« fragte Sergeant Allan sanft. Schon der Anblick dieses Schiffes erinnerte ihn an seine heftige Seekrankheit.

»Ja«, antwortete Blade. »Vielleicht hat jemand von der Besatzung einen Unfall gehabt. Etwas Ernstes muß schon vorliegen, sonst liefe das Schiff hier nicht ein. Wir wollen hingehen und uns erkundigen.«

Die drei Männer gingen die Hafenstraße hinab, am Hotel vorbei, das zu dieser Tageszeit verlassen wirkte, und kamen an die Anlegestelle, als gerade zwei Mann in einem kleinen Boot, die eben das Schiff an der Festmacheboje vertäut hatten, zum Schiff zurückruderten, während der Kapitän durchs Sprachrohr seine Befehle über Deck brüllte. Langsam wurde das Schiff mit Hilfe der Schraube und einer Winsch an die Hafenmauer ›gekantet‹. Die Art, wie die Besatzung arbeitete, ließ erkennen, daß es nicht allzu lange in Bermagui liegen sollte. Unmittelbar hinter der Brücke befand sich die Funkerbude, in ihrer Tür stand der Funker, ein junger Mensch, der entweder von zarter Gesundheit war oder noch unter Seekrankheit litt. Nachdem der Kapitän mit Brüllen fertig war, schrie Blade hinüber: »Was nicht in Ordnung, Käpt'n?«

»Eine Kleinigkeit«, kam die gebrüllte Antwort, »ich brauche den Konstabler. Ist er in der Nähe?«

»Nein, ist heute nachmittag gar nicht in der Stadt. Meuterei gehabt?«

Die Besatzung begab sich über eine Laufplanke auf die Kaimauer, der Kapitän stieg von der Brücke an Deck und ging ebenfalls an Land zu Blade und seinen Begleitern. »Wann wird der Konstabler wieder zurück sein?« fragte er. »Ich kann nicht den ganzen Tag hier 'rumliegen.«

»Wird wohl Abend werden, Käpt'n. Aber wenn Sie Schwierigkeiten an Bord haben, hier ist Detektiv-Sergeant Allan, der wird sich Ihrer Sache annehmen.«

»Ah, guten Tag, Sergeant. Bitte kommen Sie mit.«

Der Kapitän schritt, gefolgt von Allan, Blade und Parkins, wieder an Bord. Sie gingen durch die Unordnung an Deck zum Brückenaufgang, wo der erste Steuermann sie kühl musterte. Blade, dem schon aufgefallen war, wie die Mannschaft beim Vorbeigehen hinter ihnen herstarrte, bemerkte, als sie auf der Brücke waren, den Ausdruck des Entsetzens im Gesicht des jungen Funkers. Der Kapitän blieb beim Ruder stehen. Dicht am Rad lag ein Stück geteertes Segeltuch, so, als ob es einen kleinen Gegenstand zudeckte. Mit grimmiger Miene sagte der Kapitän: »Um zwei Uhr dreißig heute nachmittag befahl ich, das Schleppnetz einzuholen. Wir hatten es anderthalb Stunden über Grund gezogen, auf einem ungefähr zum Schwertfisch-Riff parallelen Kurs, in einer halben Meile Abstand. Zwischen den Fischen und so weiter fand sich im Netz das hier. Schauen Sie her...«

Er bückte sich rasch und riß das Stück Persenning hoch.

Mr. Parkins schrie laut: »Allmächtiger Himmel!«

Blade pfiff durch die Zähne, Allan gab einen Zischlaut von sich.

Vom Fußboden der Brücke starrte ein Menschenkopf sie an. Er sah viel gräßlicher aus als die polierten Skelette im Museum. Das Fleisch war von Krebsen abgefressen, aber auf dem Schädel saß noch die dunkelgraue Haardecke.

Blade merkte, daß ihm jetzt nicht anders zumute war als dem jungen Funker. Er fand es sehr mutig von Allan, als der sich sofort bückte, um das Grausige genauer zu betrachten. Mr. Parkins stand wie versteinert da, die Stimme des Kapitäns schien ihn aus weiter Ferne zu erreichen.

»Dieser Kopf hat nicht Monate, aber länger als ein paar Tage im Wasser gelegen«, sagte der Kapitän. »Vielleicht ist er von einem der armen Kerle von der ›Do-me‹.«

»Fanden Sie nur den Kopf – den Körper nicht?« forschte Allan.

»Nein Sergeant, der Körper war nicht mit im Netz, nur das hier. Ich bin mir noch nicht recht klar, wie der Kopf ins Netz geraten konnte, weil wir es ein Stückchen oberhalb des Seegrunds gefahren haben – Sie verstehen mich. Von Rechts wegen mußte es am Grunde schleifen. Also eigentlich bloß Zufall. Komisch, wie Mord so ans Tageslicht kommt, was?«

»Komisch!« rief Mr. Parkins empört, doch der Kapitän warf ihm einen finsteren Blick zu.

»Mord?« fragte Allan leise.

Wieder bückte sich der Kapitän, und als er sich jetzt aufrichtete, hielt er das Fundstück zwischen den Händen. Er hob es hoch, bis in Augenhöhe der drei Männer. Dicht hinter der rechten Schläfe sahen sie ein rundes Loch mit glattem Rand. Der Kapitän drehte den Totenkopf herum: Weit hinter der linken Schläfe sahen sie ein zweites Loch, größer und mit weniger glattem Rand.

»Schußlöcher«, sagte Sergeant Allan.

»Schußlöcher«, kam es wie ein Echo von Blade.

»Jedenfalls meine Meinung«, bestätigte der Kapitän. »Der Unglückliche, der früher diesen Kopf auf seinem lebendigen Leib trug, ist nicht ertrunken, sondern erschossen worden – ermordet.«

»Und er war an Bord der ›Do-me‹«, ergänzte Mr. Parkins. »Halt, sehen Sie sich die Haare mal an – genau! Es muß Mr. Ericsons Kopf sein...«

5

Wäre das Ereignis nicht schon so vielen Leuten bekannt gewesen, so hätte Detektiv-Sergeant Allan die Entdeckung des Menschenkopfes geheimgehalten. Die ganze Besatzung des Trawlers wußte davon, und der Kapitän hatte seiner Reederei den Vorfall und seine Absicht, den Totenkopf zur Polizei in Bermagui zu bringen, schon durch Funk gemeldet. Allan hielt die ›A. S. 3‹ über zwei Stunden im Hafen fest, um die von Kapitän, Steuermann, Funker und vier Matrosen gemachten Aussagen zu Protokoll zu nehmen. Als der Fischdampfer zu seiner regulären Tätigkeit wieder auslief, saß Allan schon, den Totenkopf in einer Kiste zu seinen Füßen, in einem gemieteten Auto und sauste nach Sydney.

Blade war sofort nach Verlassen des Schiffes zu Marion Spinks gegangen, damit sie die Nachricht von dem gefundenen Kopf zuerst von ihm erfuhr und er sie gleich beruhigen konnte, daß es sich bei dem Toten nicht um ihren Bruder handelte. Sie stand, adrett in ihrem bunt bedruckten, blauen Overall, ganz gefaßt hinter dem Ladentisch und sah ihm gespannt in die Augen, als er ihr die böse Tatsache schilderte. Da ihm selbst noch der Schreck in den Gliedern saß, bewunderte er im stillen ihre Ruhe.

»Ich glaube nicht, daß Bill tot ist«, sagte sie. »Daß er sich in einer schlimmen Lage befindet, fühle ich, doch tot ist er nicht. Er ruft nach mir, daß ich ihm helfen soll. Immerfort höre ich das, deshalb schlafe ich nachts kaum. Bill und ich, wir haben doch immer so zusammengehalten, Mr. Blade. War er glücklich, dann war ich's auch, und wenn einer von uns unglücklich war, konnte der andere nicht froh sein. Nein, tot ist Bill nicht.«

»Aber, Miss Spinks –« Blade unterbrach sich, denn wie sollte er vor ihr, die so fest daran glaubte, daß Bill noch lebte, seine Überzeugung vertreten, daß die ›Do-me‹ mit allen drei Mann gesunken war? Angesichts ihrer festen Haltung traf es ihn, als er wieder an die Schußlöcher in dem Schädel dachte, wie ein Schlag, zu welchem Schluß man fast zwangsläufig kommen mußte, wenn Bill wirklich noch lebte. Denn wer, außer Bill Spinks oder Bob Garroway, hätte denn Ericson töten können? Einer der beiden mußte den Angler erschossen haben und dann – falls er nicht auch seinen Schiffskameraden umgebracht hatte – die ›Do-me‹ für den Tag weit aus dem Gesichtskreis der anderen Barkassen gesteuert haben, um erst bei Dunkelheit zurückzukehren und sich irgendwo an der Küste den Nachforschungen zu entziehen.

Sergeant Allan kam von Sydney nicht wieder nach Bermagui, an seiner Stelle erschien Detektiv-Inspektor Handy, der mit Wilton und Peace hinausfuhr und drei Tage auf See blieb. Zwei Tage verwendete er zur Ergründung des Vorlebens von Bill Spinks, sprach zwischendurch oft mit Marion und versuchte auch, ihre Mutter auszuhorchen, die ihm aber sofort mit Feindschaft begegnete und kaum ein Wort sagte. Nachdem er noch festgestellt hatte, wie Marion zu dem Geld für den Laden gekommen war, fuhr er, zur Erleichterung vieler Leute und zur besonderen Freude von Polizeimeister Telfer, wieder nach Sydney ab.

In Bermagui glaubte man, die Ermittlungen über das Verschwinden der ›Do-me‹ seien endgültig ergebnislos. Blade war froh, daß die allgemeine Sympathie nach wie vor den vermißten Seeleuten und nicht Ericson galt. In einem kleinen Ort wie Bermagui, wo jeder über den Nachbarn genau im Bilde war, wußte man auch, daß weder Bill Spinks noch Bob Garroway eine Pistole besaßen, sondern daß sie an Bord als einzige Schußwaffe ein Gewehr hatten, Kaliber acht Millimeter, das nur beim Haifischfang verwendet wurde. Ein Motiv zur Ermordung Ericsons konnte sich niemand vorstellen, denn es war allgemein bekannt, welche Pläne er in Bermagui hatte, Pläne, die der Familie Spinks nur Vorteile bringen konnten.

Den ersten Schwertfisch der neuen Fangsaison brachte ein Mr. Rockaway zur Waage, der sich an der kleinen Wapengo-Bucht, zehn Meilen südlich von Bermagui, ein hübsches Haus und einen Landesteg für seine 15 Meter lange Barkasse gebaut hatte. Nach seinem Fang gab sich Bermagui die größte Mühe mit den Vorbereitungen zur kommenden Großfischjagd. Weihnachten ging vorüber. Am Neujahrstag brachten sechs Angler insgesamt sechs Schwertfische und zwei Haie zu Mr. Blade an die Waage. Es sah wirklich aus, als sollte sich Blades Hoffnung erfüllen, daß der Schatten, der über Bermagui lag, bald ganz verschwand.

Kurz nach 3 Uhr am 10. Januar trat ein Mann von durchschnittlicher Größe in einem eleganten zweireihigen Anzug aus hellgrauer Wolle ins Geschäftszimmer des Klubsekretärs. Er hatte blaue Augen, schwarzes, ganz wenig gewelltes Haar und eine dunkle Hautfarbe. Ein gut aussehender Mann, ohne Zweifel, aber kein reinrassiger Weißer.

»Mr. Blade – Mr. Edward Blade, ja?«

»Ganz recht. Bitte nehmen Sie Platz.«

»Danke. Darf ich rauchen?«

Eine Zigarette wurde so schnell gerollt, wie Blade das noch nie gesehen hatte. Er war ganz gefesselt von dem Vorgang. Sogleich erklang wieder die angenehme, klare Stimme. »Detektiv-Sergeant Allan hat sich sehr lobend über Sie ausgesprochen, Mr. Blade. Er sagte mir, ich könnte Ihnen großes Vertrauen schenken, und Sie seien jedem gern gefällig. Besonders betonte er, daß Sie hier alle Leute und das Werden der Stadt in jeder Beziehung kennen und mich auch mit Vergnügen beraten würden, wie ich zum perfekten Angler werden kann.«

»Das war sehr nobel von Sergeant Allan. Ich werde Ihnen wirklich mit Freuden in jeder Weise zur Verfügung stehen.«

Blade empfand sogar eine gewisse Ehrfurcht vor diesem neuen Gast in Bermagui, der so tadellos aussah, sich so liebenswürdig benahm und doch in gewisser Weise völlig von den Herren abstach, mit denen ihn der Angelsport zusammenführte. Er verglich ihn insgeheim mit einem indischen Fürsten. Seine Sprache war jedoch reinstes Englisch, und neben seinem Äußeren und der feinen Sprechweise fiel vor allem sein großes Selbstbewußtsein auf.

»Ich glaube kaum, daß Sie von mir schon gehört haben – ich bin Napoleon Bonaparte.«

Blade verbeugte sich in seinem Sessel hinter dem Schreibtisch. Der Name interessierte ihn, obgleich er von dessen Berühmtheit nichts wußte. Hätte sein Besucher sich Marco Polo oder Nero genannt, so wäre er nicht erstaunter gewesen, daß ein Mann in heutiger Zeit einen so historischen Namen trug, den er doch gesetzlich leicht ändern lassen konnte.

»Ich darf mich also auf Ihre Diskretion verlassen?« fragte Mr. Bonaparte.

»Aber gewiß.«

»Darf ich also darauf rechnen, daß Sie alles, was ich sage, streng vertraulich behandeln werden?«

Blade nickte zustimmend, während Mr. Napoleon Bonaparte ihn mit seinen blauen Augen anstrahlte. Trotz seiner reichlichen Vorworte war er Blade sehr sympathisch.

»Da es nicht meine Absicht ist, hier in meiner beruflichen Eigenschaft bekannt zu werden, Mr. Blade, habe ich Vorsorge getroffen, daß ich im Hotel als Viehzüchter aus dem Norden gelte, der sich hier längere Zeit erholen will. Ruhm kann so rasch zu einem verzehrenden Feuer werden, daß ich meinen lieber durch einen Kochtopf verdecke. Ich habe gemerkt, daß Sie mich nicht gleich für einen Polizisten hielten, obwohl ich Ihnen meinen Namen nannte. Ich bin Detektiv-Inspektor bei der Kriminalpolizei in Queensland, augenblicklich infolge Vereinbarung mit meinem Chef der gleichen Behörde in Neusüdwales zugeteilt.«

»So, so«, murmelte Mr. Blade.

»Mein Aufenthalt in Bermagui hat einen doppelten Zweck. Ich bin gebeten worden, die Affäre mit der vermißten Barkasse ›Do-me‹ aufzuklären und sehe dabei gleichzeitig eine feine Gelegenheit, mich auf Kosten anderer Leute einem Sport zu widmen, der, wie man mir erklärt, der schönste auf der Welt sein soll – Schwertfischfang.«

Inspektor Bonapartes Gesicht war unbeweglich, doch in seinen Augen lauerte ein stiller Humor, in dem Blade eine gewisse Spottlust zu erkennen glaubte. Er fand jedenfalls diesen Mr. Bonaparte wirklich charmant.

»Also hat die Polizei den geheimnisvollen Fall noch nicht ad acta gelegt?« fragte er.

»Keineswegs. Im Gegenteil: Die Arbeit beginnt erst jetzt, da man mich gebeten hat, die Sache in die Hand zu nehmen. Sergeant Allan mußte sich leider geschlagen geben. Er klagte über den Mangel an Anhaltspunkten, verfluchte alles, was mit Seefahrt zu tun hat, insbesondere eine Barkasse ›Marlin‹, die ihn geärgert zu haben scheint. Inspektor

Handy fand auch keinen rechten Anhaltspunkt, hatte aber gegen Seefahrt und Barkassen nichts einzuwenden. Nachdem ich die Berichte der Herren und ihre Sammlung von Protokollen gelesen habe, fand ich, daß diese Affäre ein schöner Knochen mit Fleisch für mich ist, an dem ich sozusagen die Zähne meines Gehirns ausprobieren kann.

Ungewöhnlich ist der Fall, das kann man wohl behaupten. Ich muß zugeben, daß ich für Gewaltverbrechen wenig übrig habe, bei denen es um Fingerabdrücke und Revolver, Leichen und vermißte Wertobjekte geht und Informationen für ein Glas Bier zu haben sind. Ich habe lieber Fälle ohne Leichen und möglichst auch anfangs ganz ohne Spur. Deshalb hat der Fall ›Do-me‹ so starke Anziehungskraft für mich. Drei Mann gehen auf einer Barkasse in See und verschwinden mit ihrem Schiff. Dann wird im Schleppnetz eines Fischdampfers ein Kopf aufgefischt – wie sich herausstellt, der Kopf des durch einen Schuß ermordeten Mieters der Barkasse. Für den Mord scheint es kein Motiv zu geben, und nichts deutet darauf, daß entweder der Barkassenführer oder sein Begleitmann die Täter sein müßten.«

»Ich freue mich, daß Sie dieser Ansicht sind, Inspektor«, unterbrach ihn der Klubsekretär. »Ich kenne die Familie Spinks schon jahrelang. Bill war fleißig, zuverlässig, offen und ehrlich. Sein Begleitmann Bob Garroway, der erst neunzehn ist, wohnt seit fünf oder sechs Jahren im Ort und ist beliebt.«

»Schön, eines Tages wird das alles aufgeklärt werden, Mr. Blade. Bisher habe ich jeden Fall, mit dem ich zu tun hatte, geklärt und ich kann mir einfach nicht vorstellen, daß dieser eine Ausnahme bilden sollte. Ich glaube, über Ericson können Sie mir keine besonderen Angaben machen?«

»Nein.«

»Dann will ich Sie über ihn aufklären, Mr. Blade, denn mir liegt an Ihrer Mitarbeit, weil mich diese Affäre weit aus meinem gewohnten Milieu führt und ich mit der Seefahrt nicht vertraut bin. Ericson war bis vor drei Jahren, als er in den Ruhestand trat, Oberinspektor bei Scotland Yard in London, und zwar einer von den berühmten ›Großen Fünf‹. Jahre vor seinem Ausscheiden lernte er den jetzigen Polizeichef von Neusüdwales kennen, mit dem ihn seither eine herzliche Freundschaft verband.

Ericson war, als er seinen Beruf aufgab, ein reicher Mann, da er eine Erbschaft gemacht hatte. Er baute sich ein Haus in Warsash, in der Nähe von Southampton, besaß dort eine eigene Jacht und beschäftigte sich hauptsächlich mit Fischfang. Nachdem er einen Artikel über den

Schwertfischfang vor Bermagui gelesen hatte, schrieb er seinem australischen Freund und bat ihn um nähere Auskünfte über die hiesigen Lebensverhältnisse. Kurzum, er folgte dann einer Einladung dieses Freundes, wohnte bei ihm und fuhr von dort hierher, um es mit dem Schwertfischfang zu probieren.

Er traf am 3. September hier ein. Vier Tage später ging er zum Zahnarzt, der auch seinen Freund behandelte, und ließ ein paar Reparaturen machen. Daher konnte dann sein Kopf identifiziert werden. Er pflegte hier alles durch Schecks zu bezahlen, ob es die Hotelrechnung war oder der Wochenlohn für Spinks. In seiner Brieftasche, bei den Sachen in seinem Hotelzimmer, befanden sich nur wenige Pfund. Demnach kommt Raub als Tatmotiv vermutlich nicht in Frage. Da Ericson plante, sich hier anzusiedeln und eine Barkasse zu kaufen, die Spinks für ihn fahren sollte, und außerdem beabsichtigte, dessen Mutter und Schwester in Dienst zu nehmen, ist jede Theorie, wonach Spinks am Verschwinden der ›Do-me‹ schuld sein sollte, abwegig. Ericson wurde nur das Leben geraubt. Nach seinem Charakter dürfen wir annehmen, daß er keinerlei Grund hatte, Spinks zu hintergehen, vielmehr muß sein Tod für Spinks einen klaren Verlust bedeuten.

Es gibt hier einen Mann namens Joe Peace, der mir noch sehr nützlich sein wird. Er wurde von meinem Vorgänger nicht für voll genommen, weil er behauptet, die genaue Richtung einer Reihe unterseeischer Strömungen verfolgen zu können. Vielleicht nimmt man auch mich nicht überall ernst, weil ich Fußspuren verfolgen kann, die der Durchschnittsmensch überhaupt nicht bemerkt. Peace ist, soweit ich informiert bin, der ständige Begleiter von Jack Wilton, der eine Barkasse mit dem Namen ›Marlin‹ besitzt. Diese Barkasse mit den beiden Männern hätte ich jetzt gern gemietet.«

»Darüber würde Wilton sich sehr freuen«, warf Blade eifrig ein. »Das Verschwinden der ›Do-me‹ hat einen Schatten auf Bermagui geworfen und der Popularität des Ortes geschadet. Wenn Sie diesen Schatten auslöschen können, wird Ihnen hier jeder dankbar sein. Wie lange werden Sie voraussichtlich die Barkasse benötigen?«

»Solange ich hier im Ort bleibe. Das kann Monate dauern. Wie ich schon andeutete, werden mir die Unkosten aus Ericsons Nachlaß vergütet.«

»Und wie steht's mit Angelgerät?«

»Sergeant Allan sagte mir, ich könnte es von Ihnen leihen. Muß mich da ganz auf Sie verlassen, denn vom Schwertfischfang habe ich keine Ahnung.«

»Schön, ich kann Ihnen eine komplette Angelausrüstung für Großfische gegen eine Gebühr von fünf Pfund wöchentlich leihen: Angelrute und Rolle, Schnur, Vorläufer, Haken, Leibgurt mit Schultergehänge, Lockmittel und was sonst dazugehört. Wenn Sie mir eine Empfangsbestätigung geben, kann Wilton die Sachen für Sie abholen und alles bereithalten. Wollen Sie morgen schon 'rausfahren?«

Bonaparte sah bereits ganz erwartungsvoll aus. »Aber sicher«, erwiderte er und fügte lächelnd hinzu: »Die oberste Pflicht eines Detektivs ist, den Schauplatz des vermutlichen Verbrechens zu studieren, also muß ich mich schon deshalb zum Schwertfisch-Riff begeben und – vielleicht – auch einen Schwertfisch fangen. Im übrigen aber bin ich für die Leute im Ort der Viehzüchter aus dem Norden. Wilton und seinem Maat – so nennt man ihn wohl am besten – werde ich erst auf den Zahn fühlen, bevor ich sie ins Vertrauen ziehe. Wie ich hörte, ist der Schwertfischfang als Erlebnis noch aufregender als die Büffeljagd oder sogar die Jagd auf Tiger.«

Blade seufzte, Bonaparte las in seinen Augen Erinnerungen, die ihn noch heute entzückten.

»Ich wüßte kein zweites so spannendes Erlebnis zu nennen wie das Gefühl, wenn ich einen Schwertfisch von fast drei Zentner Gewicht an einer fünfhundert Meter langen Angelschnur fest habe«, sagte Blade langsam. »Je höher der Seegang dabei, um so aufregender ist es. Seekrank werden Sie doch nicht etwa, oder?«

»Diese Frage glaube ich entschieden verneinen zu können. Nichts wird mich –«

Eiliges Getrappel harter Füße auf dem Bürgersteig vor dem Büro unterbrach seinen Satz. Ein kleiner Junge sauste durch die offene Tür ins Zimmer. »Mr. Blade, Mr. Blade«, schrie er piepsig, »eben läuft die ›Gladious‹ ein und hat 'n Schwertfisch!«

»Oh! Hat sie die blaue Flagge gesetzt?«

»Ja, Mr. Blade, hat sie. Darf ich mit auf dem Lastwagen zur Brücke 'runterfahren?«

»Darfst du, mein Junge. Lauf schnell mal zu Mr. Parkins und sag ihm auch Bescheid. – Wollen Sie mit zur Pier kommen, Mr. Bonaparte? Ich muß nämlich hin, die Beute abwiegen.«

Bony war schon aufgestanden. »Etwas anderes kann ich im Moment sowieso nicht beginnen, Mr. Blade«, sagte er.

6

Bony frühstückte am nächsten Morgen im Hotel in Gesellschaft von Mr. Emery, dem Marion Spinks den Laden zu verdanken hatte. Emerys Angelbeute vom Vortag war jetzt an dem dreieckigen Gerüst zwischen Hafen und Stadt zur Schau aufgehängt. Er musterte Bonaparte mit seinen kleinen Augen ganz kurz und sagte: »'Morgen. Wollen Sie auch zum Angeln?«

»Ja. Es soll mein erster Vorstoß auf Schwertfische werden. Was halten Sie von den Aussichten?«

Wieder traf den Mischling ein kurzer, scharfer Blick, doch sonst verriet Mr. Emery mit keiner Miene, wie er über Bonys Herkunft dachte. Wahre Bildung macht sich in Stimme und Tonart bemerkbar, und beides wurde hier abtaxiert von einem an schnelle Entscheidungen gewöhnten Mann. Obgleich Emery bestimmt wußte, daß es bei seinem Alter nicht gesund war, schlang er sein Essen in Hast hinunter und redete mit vollem Munde.

»Wie ein Tag verläuft, weiß man vorher nie«, sagte er in einem Ton, der Bony an ein Kasperletheater erinnerte. »Ich bin jetzt schon die dritte Fangzeit in Bermagui. Gerade durch die Ungewißheit ist ja das Angeln so reizvoll. Wenn der Mensch jeden Tag von morgens bis abends Beute 'reinholte, würde er schließlich stark wie ein Ringkämpfer. Na, das werden Sie ja gewiß selbst feststellen. Ich nenne es schon großes Anglerglück, drei Schwertfische in einer Woche zu schnappen, und manchmal, wenn die Flachwasserfische, denen er nachjagt, nicht da sind, entdeckt man die ganze Woche keinen einzigen. – Sind Sie mit dem Wagen hergekommen?«

»Nein, mit dem Flugzeug.«

»Na, wenn Sie sich beeilen, will ich Sie mit zur Pier nehmen. Schon einen Imbißkorb bestellt?«

»Ja.«

»Werden Sie seekrank?«

»Niemals.«

»Dann sind Sie fein 'raus. Mich packt's die ersten paar Tage immer ganz scheußlich.« Emery schob eine schwerbeladene Gabel in den weit geöffneten Mund. »Aber die Seekrankheit hält mich vom Angeln nicht ab. Nee! Am ersten Tag diesmal fühlte ich mich hundeelend, so daß ich auf meinen Köder nicht richtig achten konnte. Was soll ich Ihnen sagen: ein Hammerkopf beißt an! Das ist eine Haifischart, große stockdumme Biester, die sich nicht einmal wehren. Na, trotzdem mußte ich mich 'ne

Weile mit ihm 'rumschlagen, denn er wollte absolut auf Tiefe gehen und sich wohl vor Wut ertränken, und – was soll ich Ihnen sagen – ich vergaß dabei ganz, daß ich seekrank war!« Kleine Pause. »Wenn ich zu Hause so essen würde wie hier, hätte ich mir für vier Wochen den Magen verkorkst und müßte den Arzt bezahlen. Nun mal los, Herr, sputen Sie sich, die Tage sind zu kurz, um noch lange beim Frühstück zu hokken.«

Sie beendeten rasch ihre Mahlzeit, Bonaparte spürte schon den prikkelnden Reiz vor der Jagd.

»Schwertfischfang geht einem ins Blut wie Whisky«, stotterte Emery kauend. »Ich habe früher zwei Flaschen täglich weggekippt, also muß ich's wohl wissen. Wenn Sie erst einmal einen Schwertfisch hochgebracht haben, werden sie aufs Angeln verrückter als auf den Schnaps. Ich habe bis jetzt zehn gefangen. Früher träumte ich immer, daß ich Mädchen vor Schurken retten wollte, und jetzt träume ich von einem bei Sturm gefangenen Schwertfisch, der an die zehn Zentner wiegt. Der australische Rekord ist bis jetzt einer von sechs Zentner fünf Pfund, einer von der schwarzen Sorte, gefangen von Mr. I. Porter aus Melbourne. Es muß aber auch mal ein Tausendpfünder vor die Angel kommen.«

»Hoffen wir, daß einer von uns ihn fängt.«

»Ich halte uns sämtliche Daumen.«

»Prächtiges Städtchen, dieses Bermagui«, bemerkte Bony etwas später. »Überall Fische und, wie ich höre, gar keine Moskitos.«

»Bermagui kann einem Mann zum Paradies werden. Ich fühle mich jedenfalls anderswo gar nicht mehr wohl. – Sind Sie nun fertig? Gut. Wollen los!«

Sie eilten zur Kredenz, wo sie ihre Tagesverpflegung in Körben und Thermosflaschen vorbereitet fanden. Emery wirkte gegen Bony schäbig angezogen. Vor dem Hotel stand ein Luxusauto erster Güte mit uniformiertem Chauffeur. Vom Hotel bis zur Pier war es kaum ein Kilometer. Ein Spaziergang hätte Emery gewiß gutgetan, aber er meinte, die Zeit sei zu kostbar.

»Welche Barkasse haben Sie gechartert?« fragte er Bony, als sie im Wagen saßen, und zum Chaffeur sagte er: »An dem Fisch langsam vorbei, Fred, den möchte ich mir ansehen.«

»Die ›Marlin‹«, erwiderte Bony.

»Oh. Schönes Schiffchen, und der Wilton soll auch ein tüchtiger Seemann sein. Soll ich Ihnen einen Tip geben?«

»So viele Sie haben.«

»In einer Minute. – Was halten Sie von dem Fisch, der da hängt? Habe dreiundfünfzig Minuten gebraucht, bis ich den am Haken hatte. Hübsches gestreiftes Exemplar, was?«

»Ja, ein schöner Fisch, Mr. Emery«, bestätigte Bony mit einem Seufzer.

»Wenn Sie so einen gestreiften Marlin einbringen, der 255 Pfund wiegt, dürfen Sie behaupten, einen guten Fang gemacht zu haben«, sagte Emery. »Die gestreiften kämpfen, glaube ich, härter als die schwarzen, obgleich das von manchen Leuten bestritten wird. Sehen Sie sich seinen Kopf an, und dieses Schwert – nadelspitz. All right, Fred, mit Tempo weiter. – Ach, ich wollte Ihnen doch einen Tip geben.«

»Bitte, ja«, drängte Bony.

»Hören Sie zu, er ist nämlich gut. Lassen Sie Ihrem Barkassenführer freie Hand, daß er hinfahren kann, wo er will, und lassen Sie ihn merken, daß Sie ihn als Kapitän anerkennen, der vom Fischfang an dieser Küste mehr versteht als Sie, klar? Er wird dann gern tun, was Sie wünschen, weil er selbst darauf aus ist, die größte Anzahl Fische der Saison einzubringen. Noch ein Tip gefällig?«

»Sie sind wirklich sehr freundlich.«

»Sagen Sie dem guten Mann, Sie hätten keine Ahnung von dem Sport und wären ihm für seinen Rat dankbar. Hier sind schon viele Leute gewesen, die ein paar kleine Fische gefangen haben und sich nun einbilden, sie verstünden etwas vom Schwertfischangeln. Die nehmen von einem ordinären Barkassenführer keinen Rat an, und der ist dann entsetzt, wenn er sieht, wie sie vor Aufregung die Angelruten zerbrechen, die Schnur reißen lassen oder gerade den Fisch verlieren, mit dem sie den Saisonrekord vollmachen wollten. Und nachher hören wir diese Herren in der Kneipe, wo sie noch groß angeben, wie sie ihren Fisch verloren haben. Bei denen bleibt meistens der Schwertfisch der Sieger. Wir sind schon da. Kommen Sie.«

Auf der Hälfte der Barkassen, die an der schmalen Pier vertäut lagen, machten die Besatzungen für ihre Angler alles bereit: Sie wickelten die am Vortage benutzten Angelleinen von den Trockengerüsten ab auf schwere stählerne Rollen, wobei sie jedes Stückchen der 900 Meter langen Leinen genau prüften, damit nicht durch schadhafte Stellen ein Fisch verlorenging. Sie verstauten unter Deck die Kanister mit Benzin und Öl, befestigten die schweren Angelruten an den Vorderkanten der Drehstühle für die Angler und ordneten alle Kleinigkeiten.

»Also dann auf Wiedersehen und guten Erfolg!« rief Mr. Emery, der bei der ›Gladious‹ stehengeblieben war und Remmings' Steuermann die

Imbißkörbe und Thermosflaschen hinabreichte, die vom Wagen bis hierher zu tragen er nicht unter seiner Würde fand.

»Wünsche Ihnen dasselbe, vielen Dank«, sagte Bony, ehe er zu Jack Wilton weiterging, der ihn auf der ›Marlin‹ erwartete.

Es wehte eine ganz leichte Brise, die kaum das Wasser des Flusses kräuselte. Der Ozean hinter der Sandbank dünte nur träge. In der weichen, warmen und kristallreinen Luft wirkte der Dromedarberg riesig groß und nahe. Das Tuckern der Barkassenmotoren klang schwerfällig, das Geschrei der Möwen manchmal schmerzhaft grell. Ein kleiner Junge lag, gefährlich weit vorgebeugt, auf der Pier und angelte mit einer Handleine. Jedesmal, wenn er den beköderten Haken in das glasklare Wasser hinabließ, umschwärmten winzige schwarze Fische den Köder so dicht, daß sie bald einen Klumpen von Fußballgröße bildeten, aber nie fing der kleine Angler einen, denn die Fischchen hatten seinen Köder schon abgefressen, bevor er bis auf den Grund sinken konnte, wo die Barsche schwammen.

»'Morgen, Mr. Bonaparte!« sagte Wilton. Er stellte sich neben den Detektiv, der den Jungen bei seinen Angelversuchen beobachtete.

»Guten Tag, Jack«, erwiderte Bony, indem er Wilton seinen Eßkorb und die Thermosflasche gab, da dieser ihm die Sachen unbedingt abnehmen wollte. »Ist alles bereit?«

»Ja. Mein Partner, Joe Peace, hat Ihre Leine schon angefeuchtet und aufgerollt. Sie ist tadellos und läuft wie Öl von der Rolle. Ich glaube, wir kriegen einen guten Fangtag, das Barometer steht fest.«

»Freut mich, das zu hören«, sagte Bony lächelnd. »Bevor wir an Bord gehen, wollte ich Sie um drei Gefälligkeiten bitten. Erstens: sich zu merken, daß ich als Angler noch Laie bin und gern Ihren Rat annehme. Zweitens: daß mir einerlei ist, wo wir angeln werden, und drittens: daß Sie, sobald wir hier abgelegt haben, das ›Mister‹ fortlassen und mich Bony nennen.«

»Nichts davon wird mir schwerfallen, Bony. Sie wollen Schwertfische fangen, und ich möchte dafür sorgen, daß Sie sie an den Bordkran bringen. Die Angelkunst ist nicht schwer zu erlernen, aber manche Leute verlieren vor lauter Aufregung den Verstand, und dann geht irgendwas kopfheister. Die besten Angler regen sich nie auf. Fische gibt's draußen genug. Hier kommt Joe Peace, mein Maat. Der nennt die Fische zwar immer Kühe, aber mit unserer Küste und den Schwertfischen kennt er sich besser aus als ich. Das hier ist Mr. Bonaparte, Joe. Wenn wir draußen sind, denk daran, daß Mr. Bonaparte einfach Bony genannt sein will.«

Bony war innerlich begeistert von den klobigen, runden Formen dieses Mannes, der ihn mit seinen hellgrauen Augen skeptisch musterte, die rechte Hand auf den Köpfen der zwei Shagpfeifen, die er im Leibgurt stecken hatte.

»'n Tag«, knurrte er im Baß.

»Right-oh, wirf los, Joe!« befahl Wilton. Bony kletterte zu ihm in die Plicht.

Ein Weilchen fesselte ihn noch der Anblick dieses Joe Peace. Er studierte seine enorm großen, schwieligen Füße und bewunderte die Geschicklichkeit, mit der er sich bewegte, wenn es nötig war. Dann zogen andere Dinge seine Aufmerksamkeit an. Kraftvoll donnerte der Motor der ›Marlin‹, sie ließ rasch die Pier hinter sich und zog, nachdem sie einen Halbkreis geschlagen hatte, flußabwärts dem engen Fahrwasser an der Ausfahrt entgegen. Joe kam leise wie auf Katzenpfoten nach achtern, klarierte eine leichte Angelschnur und warf den gefiederten Haken über Seite.

»Packen Sie zu, Mister, wir wollen Köderfische fangen«, brummte er und reichte Bony die Angelschnur.

Er ließ noch eine zweite Leine achtern auslaufen. Das Wasser unter dem Schiff begann zu brodeln. Kleine Wellen hüpften, wie durch verborgene Federn getrieben, über die kochende, schaumige Masse. Das Heck der ›Marlin‹ tauchte bei der erhöhten Tourenzahl der Maschine tiefer ein, der Bug schob sich empor und hieb in die See, daß der Gischt zischend nach den Seiten spritzte. So kamen sie aus dem Fluß, fast springend, über die Sandbank. In der Bucht drang die ›Marlin‹, leicht stampfend, mit gleichmäßigen Bewegungen vor.

Die hohe Landzunge vor der Flußmündung wurde kleiner hinter ihnen, Bony konnte den weißgerandeten Bogen der inneren Bucht überschauen, der sich an der Stadt entlang zog und am Fuß des großen, nach Norden zeigenden Vorgebirges endete. Nordwärts reichte der Blick über die Große Bucht bis zum Kap Dromedar, das, von dem hohen Berg gleichen Namens überragt, in der Entfernung blau wirkte.

Majestätisch rollten die langen Grundseen, sanft gewellt nur und dunkelgrün, zum Strand. Durch diese Dünung pflügte die ›Marlin‹, vor ihr noch zwei Barkassen, eine dritte kam eben ums Vorgebirge.

»Fisch-ho!« schrie Peace, und im gleichen Augenblick ruckte es an Bonys Leine so heftig, daß sie ihm beinahe aus der Faust gerissen wurde. Der Motor, den Wilton sofort drosselte, tuckerte im Leerlauf. Bony, der mit größtem Eifer seine gestraffte Leine anholte, merkte, daß Joe dasselbe tat. Beide Leinen schnitten in schräger Richtung scharf durchs

Wasser, da die Fische an ihren Haken mit aller Kraft nach rechts und links strebten. Joe riß seine Beute mit einem Ruck innenbords, während Bony, nicht so geübt, seinen Fisch gegen die Bordwand schlagen ließ und ihn dadurch verlor.

»Immer gleich hochschwenken, die Burschen, sonst sind sie jedesmal futsch«, ermahnte ihn Joe.

»Werde daran denken«, stimmte Bony lächelnd zu. Und schon hatte Joe Peace das richtige Bild von seinem neuen Angler. Das war kein hochnäsiger Alleswisser.

Wieder flogen die Leinen achteraus, die ›Marlin‹ nahm wieder Fahrt auf. Der zweipfündige Lachs im Köderkasten schnappte wild nach Luft.

»Geben Sie acht«, riet Joe, »wenn das Schiff hohe Fahrt hat und einer anbeißt, mit dem Einholen erst anfangen, wenn wir langsamer laufen. Achtung, es kommt eine flache Stelle.«

Diesmal schrie Bony gleichzeitig mit Peace »Fisch-ho!« und wartete mit dem Anholen seines Fanges, bis die Barkasse merklich Fahrt verlor. Er riß einen etwa anderthalb Pfund schweren blaugrünen Bonito, eine Abart des Thunfisches, binnenbords und staunte, daß Joe einen ähnlichen Fisch gleicher Größe von seinem Haken abnahm.

»Das sind die, die wir brauchen«, sagte Joe lachend. »Genau die richtige Größe für Schwertfische, und ihre Lieblingsspeise! Wollen gleich noch mal 'rangehen, Jack. Da sind sie!«

Wilton steuerte die ›Marlin‹ im Kreis zurück, um noch einmal über dieselbe Untiefe zu laufen. Und alsbald lagen zwei Bonitos mehr im Köderkasten.

»Das wird reichen«, rief Wilton. »Heute hat's ja rasch geklappt mit den Köderfischen. Komm, Joe, nimm jetzt das Ruder. Wir fahren direkt 'raus, der Wind dreht vielleicht im Lauf des Tages nach Osten.«

Hinter der Spitze des Kaps brachte die kabbelige, vom Südwind aufgerührte See die ›Marlin‹ ins Rollen. Andere Barkassen waren noch mit dem Fang von Köderfischen beschäftigt, sie fuhren, meisterhaft gesteuert, dicht an den unheimlichen Felsen entlang. Hier draußen wurde die ›Marlin‹ im Gewoge ganz hübsch geschaukelt. Weiß schäumte ihr Kielwasser. Bony stand an die Heckreling gelehnt, er beobachtete die anderen Barkassen, die zurückweichende Küste und Wilton, der, mittschiffs stehend, abwechselnd nach beiden Seiten eine lange Stange ins Wasser drückte, an deren Ende eine leichte Leine hing. An solchen Leinen wurden hell angemalte hölzerne Zylinder befestigt, die, wenn sie über Bord geworfen wurden und die Leinen sich straff zogen, wie wild gewordene Torpedos dicht unter und über der Wasserfläche dahinsausten.

Wilton kam zu Bony ans Heck und erklärte ihm, es seien Teaser, also Reizer.

An der starken Leine auf der riesigen Rolle am Fuß des Angelstocks, der wiederum an der Kante des Anglerstuhls angebracht war, befestigte Wilton einen 6 Meter langen Drahtvorläufer, an dessen Ende ein fast handgroßer Haken saß. Er hatte den Haken mit einem der soeben gefangenen Bonitos beködert und diesen noch mit Bindfaden extra befestigt. Als er den Köder übers Heck gleiten ließ, fiel dieser ungefähr zehn Meter achteraus und streifte dann wie ein kleines Motorboot über die Wasserfläche. Neben ihm blitzten zu beiden Seiten die Teaser.

»Es ist nämlich so, Bony«, erklärte Wilton, »der Köderfisch und die zwei Teaser täuschen dem Hai oder dem Schwertfisch einen kleinen Schwarm Fische vor, die sich in unserem Kielwasser zu schützen suchen. Jetzt setzen Sie sich hier so auf den Stuhl, daß Sie die Angel zwischen den Beinen haben. – Richtig, ja. Das Ende des Angelstocks lassen Sie auf der Heckreling ruhen. Dieses Speichenrad an der Seite der Rolle ist die Bremse. Sie müssen daran denken, nicht zu stark zu bremsen, sonst reißt entweder die Leine, oder die Rolle geht entzwei. Probieren Sie das mal eine Weile für sich allein aus. Nur so viel bremsen, daß das Wasser dem Köderfisch etwas mehr Widerstand bietet.«

»Oh! Ach ja, jetzt habe ich's 'raus. Was ist sonst noch zu beachten?«

»Der Angler hat die Aufgabe, seinen Köderfisch und die See hinter dem Schiff genau zu beobachten, während wir vorn und an beiden Seiten nach Rückenflossen und nach Fischschwärmen Ausschau halten, denn zwischen denen steckt meistens ein Schwertfisch.

Vom Schwertfisch sehen Sie nur die Rückenflosse, die wie ein Messer durchs Wasser schneidet. Sobald Sie so eine entdecken, müssen Sie ›Fisch-ho‹ schreien, dürfen aber keinesfalls den Angelstock anheben oder irgend etwas an der Leine oder Rolle verändern. Lassen Sie ihn nur dem Köder nachreisen, klar? Erst wenn er ihn nimmt, streifen Sie im selben Moment das Bremsrad ab und drücken mit der Hand gegen die Trommel des Aufrollers. Natürlich müssen Sie dazu einen Handschuh anhaben. Aber wenn's soweit ist, bin ich schon bei Ihnen, und wenn Sie genau tun, was ich gesagt habe, und sich nicht aufregen, dann kriegen wir ihn.«

»Also kann jeden Augenblick ein Fisch nach dem Köder schnappen?« fragte Bony, schon angelbegeistert.

»Jede Sekunde, ja. Vielleicht brauchen Sie nur eine Minute zu warten, vielleicht dauert es eine ganze Woche.«

»All right.«

»Jetzt probieren Sie erst noch das Bremsen, und dann lassen Sie den Köder achtern bis zu der Entfernung auslaufen, wie Sie's schon gesehen haben. Ich gehe nach vorn und passe auf, ob ich etwas entdecke.«

Als Bony sich überzeugt hatte, daß er die Wirkung der Rollenbremse beurteilen konnte, blickte er über die See, zuerst nach Land, wo das Vorgebirge schon so niedrig aussah, daß es fast mit dem Grün über der Küste verschmolz; dann nach Norden, wo er fern auf einem Felsen den Leuchtturm der Insel Montague erkannte, winzig wie ein weißes Stöckchen. Im Osten sah er nur den Horizont als schwachen Strich, im Süden reichte sein Blick noch über die burgartigen Felsen von Kap Bunga hinaus.

Der kühle Wind war erfrischend, die See bläulichgrün. Die weißbemützten Wellen, die über die kleinen Kabbelseen emporragten, bewegten sich ganz sanft, als wollten sie in kindischem Spiel die mächtige, im Osten aufkommende Dünung herausfordern, und sie stolz ignorieren.

Bony füllte seine Lungen mit der reinen Salzluft und – dachte an seine ewigen Zigaretten. Auch an den bedauernswerten Sergeanten Allan dachte er, der diesen Ritt durchs Meer auf einem hölzernen, mit Kupfer beschlagenen Pferd nicht zu schätzen wußte. Zum erstenmal in Bonys Laufbahn wurde die Erregung einer Jagd auf Riesentiere wichtiger als die spannende Tätigkeit einer Menschenjagd. Er segnete seinen Glücksstern, daß er ihn in dem Augenblick nach Sydney geleitet hatte, als der Polizeichef bei dem Gedanken, der Mord an seinem Freund werde für immer ein ungelöstes Geheimnis bleiben, schon fast verzweifelte.

Dieser neue Auftrag war das Ergebnis günstiger Umstände. Als er gerade in Sydney mit gewissen Studien der Bewegung des Sandes durch Wind beschäftigt gewesen war, hatte ihn der Oberkommissar zu sich bitten lassen, da er zugeben mußte, daß seinen besten Leuten die Lösung des Mordfalls auf dem Meer nicht gelungen war. So machte er Bony den Vorschlag, die Ermittlungen durchzuführen.

Bony erbat sich alle schriftlichen Unterlagen, die den Fall betrafen, und studierte dieses Material einen ganzen Tag. Dabei wurde ihm deutlich, daß die ›Do-me‹ und die damals an Bord befindlichen Männer nicht auf natürliche Weise zugrunde gegangen waren. Aus der Entdeckung des Kopfes auf dem Meeresgrund ging für ihn mehr hervor als die Wahrscheinlichkeit eines Mordes, nämlich die, daß einer der Seeleute von der ›Do-me‹ noch lebte, oder beide, und die Barkasse irgendwo an der Küste versteckt war. Das Fehlen von Treibgut bestärkte ihn in dieser Annahme, doch sah er in der Vorgeschichte und im Charakter von

Spinks und Garroway sowie in Ericsons Plänen, sich in Bermagui niederzulassen, auch die Möglichkeit, daß sie ebenfalls ermordet waren.

Nach dem Studium der von Allan und Light und nachher von Handy und seinem Assistenten verzeichneten Ergebnisse neigte er zu dem Glauben, daß sie dem Geheimnis nicht beigekommen waren, weil sie es an einer ›schwachen Stelle‹ zu packen versucht hatten. Angenommen, das Verbrechen war auf See verübt worden, dann hatte man den Tatort nicht gründlich genug untersucht, der doch die schärfste Aufmerksamkeit verdient hätte. Infolgedessen war die Lösung des Problems von einem falschen Blickwinkel aus versucht worden.

Obgleich Bonaparte äußerst eitel war und unglaublich eingebildet sein konnte, täuschte er sich nie über die Grenzen seiner Fähigkeiten. Als er den Auftrag übernahm, sah er ein, daß die See für ihn kein so sicheres Element sein konnte wie das australische Binnenland. Im Busch hatte er noch keine Niederlage erlitten, aber die See besiegte ihn vielleicht. Er hatte sich also mit dieser Sache auf ein ernstes Risiko eingelassen. Ein Mißerfolg gerade hierbei wäre an sich ohne Bedeutung in seiner erstaunlich erfolgreichen Laufbahn, konnte aber für seine Zukunft sehr schwere psychologische Folgen haben.

Detektiv-Inspektor Napoleon Bonaparte, der Sohn einer Eingeborenen und eines Weißen, war das geworden, was er heute beim Schwertfischfang vor Bermagui von sich sagen konnte, weil er auf die andauernden Erfolge in seiner selbstgewählten Laufbahn stolz war. Dieser Stolz auf das Erreichte hielt ihn stets aufrecht und hatte verhindert, daß der Busch ihn mit Leib und Seele verschlang, wie es den Menschen ergeht, die durch ihre Herkunft mit ihm verwurzelt sind. Er bildete gleichsam eine auf dem Ozean des Lebens schwimmende Planke, an die Bony als Schiffbrüchiger sich klammerte. Sog sie sich voll Wasser, so sank er in die Tiefe und ging als Detektiv-Inspektor Bonaparte zugrunde, so daß nur noch Bony, der mischblütige Nomade, übrigblieb.

Während er jetzt auf dem Anglerstuhl saß und auf den Anblick einer Rückenflosse wartete, die hinter seinem Köder herraste, ward ihm klar, wie leicht er hier versagen konnte, und was sich daraus unweigerlich ergeben würde. Trotzdem war er stolz auf sich selbst und dankbar für die Art, wie sein Werdegang verlaufen war, und er wußte, daß für ihn, hätte er diesen Auftrag aus Furcht vor einem Mißerfolg abgelehnt, die Furcht zur ständigen Bedrohung geworden wäre.

O nein, das war nicht sein Milieu, dieses wogende Wasser, das nichts lange auf seiner Oberfläche duldete. Der Kalender zeigte den 11. Januar, und der Beginn dieser Mordaffäre – am 3. Oktober – hatte hier draußen gelegen, fern vom festen Land. Im Busch hinterlassen das Lebendige und die Elemente ihre Spuren für Jahre, doch hier auf dem Meer hinterließen sie selbst für einen Mann von seinen Pfadfinderfähigkeiten keinerlei Anhaltspunkt.

Bei allen seinen im Urwald spielenden Fällen hatte er viele Verbündete gehabt: die Vögel und die Insekten, den Erdboden, für ihn lesbar wie die Seiten eines riesigen Buches, in dem alle Taten der lebenden Wesen abgedruckt waren, und alles, was Regen, Sonne und Wind ausgerichtet hatten. Und wichtiger als all dieses zusammen war der Verbündete, der ›Zeit‹ hieß. Hier nun blieb ihm von allen früheren Bundesgenossen nur dieser eine.

Das hatte er bereits bei Annahme des Auftrags erkannt, zu dem er nicht im geringsten gezwungen worden war. Hier hatte er einen Fall vor sich, in dem er sein ganzes Können entfalten konnte, schon allein, weil er aus dem gewohnten Milieu in ein fremdartiges versetzt wurde, was der Chef der Polizei von Neusüdwales genausogut erkannt hatte wie er selbst. Als er sich zur Annahme des Auftrags entschloß, mußte sein unmittelbarer Vorgesetzter, Colonel Spendor, gebeten werden, ihn an den Staat Neusüdwales sozusagen auszuleihen. Und der Colonel hatte ihm diesmal keine Frist zur Rückkehr gesetzt.

Auch die Frage ungewöhnlich hoher Kosten war aufs Tapet gekommen, denn Bony wußte ja, daß er, um sich die Geschichte der ›Do-me‹ rekonstruieren zu können, eine Barkasse mieten und als Schwertfischangler auftreten mußte; daß er viel Seemännisches von Männern lernen mußte, die damit seit ihrer Kindheit vertraut waren, um sich im Milieu des Meeres wenigstens annähernd so sicher bewegen zu können wie im einsamen australischen Binnenland. Das erforderte natürlich große Ausgaben: drei Pfund täglich allein für die Barkasse, fünf je Woche für die Anglerausrüstung, vier wöchentlich für das Hotelzimmer, also Unkosten, wie sie nur selten im Notizbuch eines Detektivs erscheinen.

»Unter Ericsons Nachlaß fand sich auch sein Testament«, hatte Polizeichef MacColl ihm erklärt. »Da er weder Weib noch Kind besaß, vermachte er sein Vermögen mir. Ich habe nichts dagegen, Bonaparte, wenn dieses ganze Geld zur Auffindung des Mannes verwendet wird, der meinen Freund getötet hat. Also keine Sorge wegen der Kosten. Konzentrieren Sie sich unbeirrt nur auf die Entdeckung des Täters, Ericsons Mörder.«

So hatte Bony nun Zeit, unbegrenzt viel Zeit. Er brauchte Zeitverluste nicht zu fürchten, die Zeit war sein wertvollster Helfer. Wenn er sich dem ungewohnten Milieu anpaßte, brachte er es vielleicht dahin, daß die sich stets wandelnde und doch unwandelbare See ihre Geheimnisse preisgab.

Angenehm und genußreich vergingen ihm an Bord die Stunden, in denen sein Gehirn geteilt arbeitete: Es wälzte ein Problem, das ›Do-me‹ hieß, und blieb aufmerksam gespannt, um keinen Riesenfisch zu verpassen. Aber keine Flosse zeigte sich, die scharf das Wasser zerschneidend dem auf und ab hüpfenden Köderfisch nachjagte, der anscheinend mit dem Schiff gar nicht in Verbindung stand und doch so wild hinter ihm herschwamm, als hätte er Angst, gnadenlos den in der Tiefe lauernden Ungeheuern überlassen zu werden. Joe wurde am Ruder abgelöst, er stellte sich ins Vorschiff, eine Hand am Mast, um beim scharfen Auslugen sein Gleichgewicht zu behalten. Als er wieder das Ruder übernahm, brachte Wilton seinen eigenen und Bonys Imbißkorb und setzte sich neben ihn auf den zweiten Anglerstuhl.

Das Gespräch in der halben Stunde, die er da blieb, drehte sich um – Schwertfische.

Als Joe sich dann auf den Platz neben Bony setzte, um zu Mittag zu essen, sprach auch er nur über Schwertfische.

Bony lernte viel dabei und hoffte nur, wenigstens etwas im Kopf zu behalten. Vor allem, was er tun mußte, wenn der Schwertfisch mit dem Köder ausreißen wollte. Eindruck machte auf ihn die auch aus ruhigen Worten klingende Begeisterung der beiden Männer, denen es doch eigentlich schon langweilig geworden sein müßte, unaufhörlich hinter Fischen herzujagen, die von fremden Leuten gefangen wurden. Er war verblüfft über die große Ähnlichkeit dieser Seeleute mit den Männern aus dem Busch, diesen scharfen Beobachtern, die über ihre heimatliche Umgebung ständig nachdachten, alles erkundeten und aus jeder Kleinigkeit sorgsam Schlüsse zogen. Er freute sich daher besonders, diesen Fall übernommen und sich die Bedingung, das Angeln von Großfischen zu lernen, gestellt zu haben.

Gegen Mittag legte sich der kurze, harte Seegang, der Wind wurde zum kühlenden Zephir. Als einer der nachschwimmenden Reizer tief eintauchte, staunte Bony über die Klarheit des Wassers. Die Küste war nur noch als dunkler Strich zu erkennen, hinter dem die Hügel und Berge sich erhoben, alle überragend der Dromedarberg. Sie befanden sich sieben Meilen vom Land, unweit des Schwertfisch-Riffs, wovon Bony freilich nichts wußte.

Er stand über seinen Angelstock geneigt, als er dicht unter der Wasserfläche hinter dem Teaser an Steuerbord einen Schatten zu bemerken glaubte, der ein wenig zurückfiel und quer zum Kielwasser nach dem

Teaser an Backbord schwamm. Und plötzlich erschien dicht hinter dem Schatten eine dreieckige Flosse ...

»Fisch-ho!« schrie Bony.

Ein köstlicher Schauer rann ihm über den Rücken, das Blut stieg ihm zu Kopf und trommelte in den Ohren. In den Füßen und Fingerspitzen kribbelte es, sein Gehirn aber arbeitete ganz kühl. Die Flosse schien dem Reizer schon ganz nahe zu sein, sie erzeugte Bugwellen wie ein kleines schnelles Schiff. Als er jetzt Joe schreien und Wilton mit den gummibesohlten Stiefeln in die Plicht springen hörte, wollte er sich umdrehen, doch das ging nicht.

»Hol den Teaser an Steuerbord ein, Joe. Rasch! Hinsetzen, Bony, die Handschuhe anziehen. Nicht entwischen lassen, den Burschen. Weg mit der Bremse, wenn er nach dem Köder schnappt. Nicht vergessen, was ich Ihnen gesagt habe.«

Schon flogen die buntbemalten Holzzylinder an Deck, nur der Köder, der das Opfer werden sollte, schwamm noch hinter dem Schiff. Die Flosse sank tiefer, sie verschwand. Joe, am Ruder, hatte eine Hand in den Speichen, die andere am Schalthebel der Maschine. Wilton stand jetzt hinter seinem Angler, er streifte ihm das lederne Gehänge über und befestigte es an der Rolle am Angelstock.

»Recht so, ganz ruhig bleiben! Die Angel nicht anheben. Bremse wegreißen, sobald ich's sage, dann gegen die Leine auf der Trommel drücken, damit nicht zuviel Lose ausläuft, wenn der Fisch haltmacht.«

Bonys Gedanken galten jetzt nur noch dem Wasser um dem Köderfisch und der ruhigen Stimme, die hinter ihm sprach. Er war an Angel und Rolle gefesselt, doch der Fuß des Angelstocks war drehbar in den Stuhl eingelassen, so daß der Sitzende keinesfalls über Bord gerissen werden konnte.

»Ah – da ist er!« brüllte Wilton. »Und was für einer! Jetzt kommt er. Nicht die Angel bewegen. Er soll ruhig den Köder schnappen und damit losziehen – nur an der Bremse bereit sein, klar? Wie ich's erklärt habe. Der wird mit dem Köderfisch im Maul eine tolles Tempo anschlagen, dann macht er halt, bekaut ihn ein bißchen und schluckt ihn 'runter, mit dem Kopf zuerst. Sobald er den Haken spürt oder den Draht des Vorläufers, kommt er hoch, und das ist der Moment für Sie. Nach oben kommen muß er, wenn er versucht, den Haken loszuwerden. Rückwärts kann er nämlich nicht schwimmen, und vorwärts dürfen Sie ihn nicht weiterkommen lassen.«

Der Hai bewegt den Körper, also auch seine Rückenflosse, im Zickzack, in harten, plumpen Windungen. Die Flosse, auf die Bony jetzt starrte, hielt einen ziemlich geraden Kurs. Hundert Meter hinter dem Schiff war sie wieder aufgetaucht und jagte jetzt mit verblüffender Schnelligkeit dem Köder nach. Bony stellte sich den Fisch am Haken noch lebenskräftig vor und sah im Geist, wie das gepeinigte Tier mit Kraft dem Verfolger zu entrinnen suchte, so hoffnungslos das auch war. Ganz dicht hinter ihm schnitt schon die Flosse das Wasser und für Bruchteile einer Sekunde, die ihm wie Minuten vorkamen, schien sie über dem Köder zu schweben, dann war sie fort.

»So 'ne elende Kuh!« brüllte Joe Peace.

»Nur Ruhe«, sagte Wilton gelassen, »der kommt wieder. Ist bloß 'n bißchen mißtrauisch geworden, weiter nichts.«

Aber Joes Ärger verwandelte sich sofort in helle Wut. »Nein, der kommt nicht wieder!« rief er. »Die Teaser hätten wir nicht einziehen sollen! So 'n Pech müssen ausgerechnet wir haben: Gerade die wollte er sich ansehen, nicht den Köder! Schade, daß wir ihn nicht schon früher entdeckt hatten! Haben Sie ihn gesehen, als er unter den Reizern schwamm, Bony?«

»Nein, ich habe nur einen dunklen Schatten unter Wasser bemerkt, nicht seine Rückenflosse.«

»Fahr einen Kreis, Joe, dann finden wir ihn vielleicht wieder«, befahl Wilton.

Als sie zehn Minuten lang Kreise geschlagen hatten und die Rückenflosse nicht wieder sichtbar wurde, legte Joe die Barkasse auf den alten Kurs.

»Ziemliches Pech«, erklärte Wilton ganz heiter seinem Angler. »Aber keine Sorge, zwischen hier und Neuseeland gibt's mehr von der Sorte.«

Bony zwang seine bittere Enttäuschung nieder. Jedenfalls hatte er ein unvergeßliches Erlebnis gehabt. Aus dem scheinbar leeren, besonnten Meer war plötzlich dieser Fisch für Augenblicke in der Oberwelt erschienen, hatte Neugier und Mißtrauen gezeigt, um dann wieder in seinem Element zu verschwinden, irgendwo unter dem goldenen, mit Diamanten bestickten Tuch, dem die See jetzt glich. Stunde um Stunde, Meile um Meile, tuckerte die ›Marlin‹ dahin. Der grelle Sonnenschein auf dem Wasser konnte die Gedanken an die tief unter dem fahrenden Schiff lebenden Wesen abstumpfen, die hierhin flitzten und dorthin und wohl verwundert zum Schiffsboden empor blickten.

Als sie die Spitze des Vorgebirges umrundeten, stand die Sonne schon tief über der See, die in der frischen Abendbrise wieder lebhafter wurde. Auf dem Grün des Oberlandes sahen sie deutlich die zwei wartenden Frauen stehen. Wilton winkte ihnen zu, aber ohne Freude. Sie winkten zurück, die Mutter rief etwas, was bei dem Wind nicht zu verstehen war. Marion hatte ihre Mutter beim Arm genommen und versuchte, sie vom Oberland wegzubringen, doch Mrs. Spinks blieb hartnäckig stehen.

7

Spät abends nach dem ersten Tag, den er auf einem Fischerboot in See zugebracht hatte, suchte Bony Polizeimeister Telfer in der Wohnung auf, um sich mit ihm bekannt zu machen. Sein erster Eindruck von dem Mann war günstig und wurde später durch die Erfahrungen bestätigt. Ein pflichteifriger Beamter, der sich, als er ihm versichert hatte, daß Verdienste ihren Lohn finden würden, zur Mitarbeit gern bereit erklärte. Im Gegensatz zu manchen seiner Kollegen legte Bony gegenüber uniformierten Polizisten keinen Hochmut an den Tag, so daß er in ihnen immer und überall willige Helfer bei seinen Ermittlungen fand.

Sein Gespräch mit Telfer hatte reiche Ergebnisse. Er erfuhr über das Leben der Barkassenführer und ihrer Familien so viel, daß er die von seinen Vorgängern gemachten Vermerke beträchtlich erweitern konnte. Diese Seemänner von Bermagui waren ausnahmslos Leute mit soliden Gewohnheiten, anständige und zuverlässige Bürger ihrer Stadt. Sie beklagten das Verschwinden der ›Do-me‹ und die merkwürdige Wendung der Affäre durch den vom Meeresgrund aufgefischten Menschenkopf hauptsächlich deswegen, weil zwei Mann aus ihrem eigenen Kreise vermißt wurden, aber auch der schädlichen Wirkung wegen, die der Vorfall auf das Großfischangeln vor ihrer Küste ausübte. Das hielten sie für fast ebenso schlimm wie das gefährliche Hindernis, das ihnen die See in Form der Sandbank vor den Hafen geworfen hatte.

Als Bony erkannt hatte, gegen welche Kräfte er angehen mußte, fand er es unpraktisch, an dem Fall inkognito zu arbeiten. Er ging jedoch sehr bedächtig vor, indem er beschloß, zunächst nur einige Barkassenbesitzer ins Vertrauen zu ziehen und sich dadurch ihre Hilfe zu sichern. Er hatte Telfer gebeten, die Schiffsführer, die zur Zeit, als die ›Do-me‹ verschwand, in See gewesen waren, am nächsten Abend bei Dunkelheit zu sich in die Wohnung zu bestellen. Wilton und Peace wollte er auch dabeihaben.

Um sieben Uhr am nächsten Morgen frühstückte er zusammen mit Mr. Emery, der sehr vergnügt war, weil das Barometer, das er extra von

Hause mitgebracht hatte, bei steigendem Druck schönes Wetter ankündigte. Vorher hatten sie beide in ihren Bademänteln auf dem Hotelbalkon gestanden, von dem aus sie über die große Bucht blicken konnten, wo die See so glatt aussah wie der sprichwörtliche Mühlenteich. Nach dem Frühstück trennten sie sich auf der Pier, wünschten sich gegenseitig viel Anglerglück und gingen jeder zu ›seiner‹ Barkasse.

»Nun, Jack, wie wird heute das Wetter?« fragte Bony, als er in die ›Marlin‹ kletterte, wo Wilton gerade den Angelstock an den Anglerstuhl der Steuerbordseite montierte.

»Wir kriegen einen feinen Tag, das Glas steht felsenfest auf Schönwetter. Das bißchen Wind, das wir haben, kommt aus Südosten. Hier, Joe, verstau den Korb und die Thermosflasche von Mr. Bonaparte. Wir werfen sofort los, und dann zeigen wir mal, was Schwertfische fangen heißt!«

»Right-oh, Jack! Und Sie geben haarscharf acht auf die verflixten Reizer, Mr. Bonaparte. Sobald sie einen Schatten sehen oder etwas Ähnliches, brüllen Sie aus Leibeskräften, dann haben wir die Reizer in Nullkommanichts 'reingeholt.«

Die Brecher über der Sandbank hätten an diesem Morgen nicht das kleinste Boot zum Kentern bringen können. Als die ›Marlin‹ sie passiert hatte, zog sie über die flache Dünung in der Bucht wie ein Auto über leichte Bodenwellen. Sogar jenseits des Kaps trugen die Grundseen keinen Schaum, nur die über sie hinhuschenden kleineren Wellen kräuselten sich.

In der Gesellschaft von vier anderen Barkassen nahm die ›Marlin‹ vom Kap aus geraden Kurs in See, um erst einmal Köderfische zu fangen. In zehn Minuten hatten sie ein halbes Dutzend Zweipfündige an Bord. Joe knurrte, weil sie ihm zu groß waren, er schätzte mehr die zu anderthalb Pfund und nahm lieber Bonitos statt Lachse.

»Viele Flachwasserfische sind heute morgen nicht da«, bemerkte er, als beleidigte ihn das persönlich. »Die Fischerei geht hier bald vor die Hunde. Sieht den Biestern ähnlich, daß sie sich wieder verkrümelt haben.«

»Wenn das so ist, sind sie morgen wieder da, Joe.«

»Morgen ist nicht heute, oder? Na, jedenfalls haben wir genug Lachs, und von gestern sind noch Bonitos im Kasten.«

Mit dem Rücken an die Heckreling gelehnt, hörte Bony das Gespräch. Er fragte sich, wie die Kleinfischerei hier wohl aussehen mochte, wenn es ›reichlich‹ Fische gab, nachdem Joe schon in zehn Minuten fünf, sechs Zweipfündige gefangen hatte. Mit der Angel! Der frühe Wind war abgeflaut, die kurzen Wellen, die auf den großen ritten, wirkten wie mit grünem Schellack überzogen.

»Die ›Edith‹ und die ›Vida‹ wollen um Montague 'rumgehen«, sagte Wilton nachdenklich. »Auf der ›Glodious‹ wissen sie anscheinend nicht, was sie wollen. Aber Alf Remmings ist ein gerissener Knabe, der will an eine ganz bestimmte Stelle und wartet nur ab, bis wir verschwinden, damit wir ihm nicht folgen können. Wollen wir's nicht bei Kap Bunga probieren?«

Joe betrachtete brummig die See und studierte mit verkniffenen Augen den Himmel. »Draußen beim Schwertfisch-Riff wird es ruhig sein«, sagte er langsam. »An so einem Tag wie heute können wir da leicht auf gestreifte Schwertfische stoßen. Die Flachwasserfische scheinen alle weit nach draußen gegangen zu sein. Kann sein, daß wir sie beim Riff antreffen, oder noch ein Stück weiter in See.«

»Right-oh!« rief Wilton. »Also nimm Südostkurs. Am Riff entlang können wir dann schließlich noch bis zur Montague-Insel laufen. Der Wind frischt vielleicht noch etwas auf und dreht nach Norden oder Nordosten.«

Er gab dem Motor mehr Gas, so daß sie eine Stundengeschwindigkeit von fünf Meilen erreichten. Zu Bony sagte er leise: »Wenn Joe sich in den Kopf gesetzt hat, daß unter der Küste kein Fisch ist, dann muß das nach seiner Ansicht stimmen. Wir können ebensogut hier einen Schwertfisch schnappen wie anderswo. Wenn wir das Gerät alles klarhaben, gehe ich auf Gegenkurs.«

Während er die zwei Reizer klarmachte und den Köderfisch auf den Haken setzte, fuhr er fort: »Mir macht beim Fischen gerade schwerer Seegang richtig Spaß. Wenn der Gischt spritzt, scheinen die Schwertfische noch munterer zu werden. Verlassen kann man sich darauf freilich nicht, es ist ein reines Glücksspiel. In jeder Minute kann einer den schwersten zu fassen kriegen, einerlei wo und bei welchem Wetter. Hätte nichts dagegen, wenn Sie heute 'n ordentlichen Hai 'ranbringen würden, da ist was los, sage ich Ihnen!«

»Jedenfalls hoffe ich auf eine schwere Beute«, sagte Bony lächelnd. »Kann gar nicht erwarten, bis ein dicker anbeißt. Wenn ich recht verstanden habe, sind sie meistens in der Nähe der Flachwasserfische, nicht wahr?«

»Ja, wo die sind, da erscheinen die großen auch. Sie haben bis jetzt so einen Schwarm noch nicht gesehen. Warten Sie nur ab. Die Flachwasserfische leben vorwiegend von sehr kleinen Fischen, kaum so groß wie Flöhe. Diese winzigen Dinger kommen zu Milliarden und Abermilliarden und füllen meilenweit die See. Und in einer Nacht verschwinden sie dann alle, wohin, weiß nicht einmal unser Joe. An manchen Tagen sehen wir keine einzige Flosse, keinen Flachwasserfisch und nicht eine einzige dieser winzigen Kreaturen. Dann plötzlich erscheinen morgens oder nachmittags, in dicken Haufen die Hammelvögel, die See wimmelt wieder von diesen Zwergtieren, und es schäumt überall, weil die Flachwasserfische wie verrückt hinter denen herflitzen. Oft wühlt dann ein Schwertfisch im Schwarm der größeren und schnellt über ihnen aus dem Wasser, um von oben mit dem Schwert zwischen sie zu hauen. So, alles ist fertig, ich gehe jetzt nach vorn, auf Ausguck. Rufen Sie sofort ›Fisch-ho‹, sobald Sie Flossen oder Schatten bemerken.«

Sie hatten Kurs auf das Riff. Dann und wann blickte Bony rasch einmal nach vorn, neugierig, ob schon schaumiger Gischt über unterseeischen Felsen zu erkennen war. Aber zwischen sich und der scharf abgezeichneten Kimm entdeckte er nichts. Er konnte nur das Kap als kleine Erhebung sehen und wie einen weißen Bleistift den Leuchtturm auf der Insel Montague. Leichter Dunst schob sich schon über das immer weiter zurücktretende Gestade, aber noch ragten hinter der großen Bucht die Spitzen der Berge klar über den milchigen Schleier. Flach lagen in der Ferne die ›Vida‹ und die ›Edith‹ noch im Blickfeld, während die nach Süden steuernde ›Gladious‹ vor der Kulisse von Kap Bunga, das der Nebel schon zu verdecken begann, kaum noch ein Pünktchen war.

Wilton, der neben dem Mast stand, stampfte mit dem Fuß auf die Planken und wies nach Backbord voraus. Der aufmerksame Joe änderte sofort den Kurs, wie vorher angeordnet, und Bony hörte Wilton rufen: »Eine Flosse! Erkenne sie noch nicht genau. Kann ein Hai sein!«

Erst nach zwei Minuten hatte auch Bony die Flosse entdeckt. Gerade in dem Moment rief Wilton: »Sonnenfisch! Den laß man bleiben, Joe.«

Die Flosse wackelte langsam hin und her. Sie war dreieckig, und man hätte einen Haifisch vermuten können, doch diesen Sonnenfisch, der die Form eines Papierdrachens hat, aber groß und enorm schwer ist, mißachten die Fischer und Angler.

Eine halbe Stunde später stampfte Wilton wieder mit dem Fuß. Der halb eingenickte Angler Bony sprang auf, um nach vorn zu blicken, froh über die Ablenkung, da ihn eine große Müdigkeit befallen hatte. Seeluft war gesund, gewiß, doch sie wirkte auf Landratten wie ein Schlafmittel.

Er sah den Gegenstand, dem die ›Marlin‹ jetzt zusteuerte: ein schwärzliches Etwas, das lange, behaarte Arme auszustrecken schien. Es war kein Fisch, aber auch kein Schiffbrüchiger an einem Wrackstück.

Während die Barkasse ihm näherkam, verwandelte sich das Groteske plötzlich in eine schlanke, schöngeformte Gestalt, die sofort verschwand. Vier Sekunden später erschien sie wieder, hob sich halb über die Oberfläche, wie ein Schwimmer, der Wasser tritt, und betrachtete das nahende Schiff neugierig und ohne Hast. Ein Seehund. In fast verächtlicher Haltung tauchte er wieder, und als er erneut zum Vorschein kam, befand er sich weit hinter der ›Marlin‹.

»Der wollte gerade so schön sein Sonnenbad genießen«, sagte Joe zu Bony, in einem Ton wie ein stolzer Zirkusdirektor.

Aus dem Nichts schwebte ein Albatros heran und hielt sich in seinem wunderbaren Gleitflug kaum fünfzehn Meter über Bonys Kopf. Er bewegte seine großen Schwingen überhaupt nicht auf und nieder, sondern winkelte sie nur leicht an, indem er sich jeder Luftströmung anpaßte. Eine Weile musterte er Schiff und Besatzung, dann entschwebte er mühelos in die Weite, ein meisterlicher Beherrscher seines Elements.

»Hammelvögel wollen wir sehen, nicht den da«, rief Joe. »Noch nicht einen Hammel den ganzen Vormittag! Wo die sind, finden wir Köderfische.«

Noch eine Stunde verging, in der Bony sich oft gezwungen sah, die Augen vor dem scharfen Gleißen der See zu schließen. Er hielt gerade die Hand auf die Augen gepreßt, als Wilton nach achtern kam und in die Kajüte hinabging. Er war sofort wieder da. »Probieren Sie diese dunkle Brille«, sagte er zu Bony. »Schont die Augen. Die Sonne ist heute sehr stechend. Na, wenn Sie erst ein paar Tage zum Angeln draußen waren, werden Sie denken, Sie müßten vier Wochen schlafen. Wollen Sie nach vorn kommen und sich das Schwertfisch-Riff ansehen?«

Bony kletterte nach vorn und stellte sich neben Wilton an den Mast. »Wo liegt es?« fragte er.

»Da, hinter dem weißen Strich auf dem Wasser.«

Eine dünne weiße Linie, die wie Schaum aussah, aber auch aus toten kleinen Seetieren bestehen konnte, erstreckte sich, so weit das Auge reichte, in Nordsüdrichtung. Die Barkasse zog jetzt durch kleine, kabbelige Wellen, die bestimmt nicht der Wind erzeugte, und näherte sich in stetiger Fahrt dem weißen, anscheinend unbewegten Streifen, hinter dem Bony eine klar abgehobene ›Wasserstraße‹ sah, auf der sich sanfte Kreise ausbreiteten, wie Blasen auf kochender Flüssigkeit. Und hinter dieser etwa hundert Meter breiten Straße sah er die gleichen kleinen Kabbelseen, die jedoch zurückprallten wie von einer Steinmole.

Die ›Marlin‹ pflügte durch den weißen Streifen, drehte in einem Viertelkreis nach Norden und fuhr nun auf dieser Straße, so glatt und ruhig, als läge sie an ihrer Pier. Die flache Dünung schien hier gar keinen Einfluß zu haben. Bony kam sich an Bord jetzt vor wie ein König, dem die Polizei die Straße frei gemacht hat, indem sie die Menschenmenge auf die Bürgersteige drängt. Die Barkasse lief gleichmäßig ruhig, die in der Sonne funkelnden kleinen Wellen zu beiden Seiten der Straße hätten die Hände und Taschentücher der hurrarufenden Bevölkerung sein können.

»Oft gibt es ein Riff wie dieses nicht zu sehen«, sagte Wilton, und Bony merkte an seinem Ton, daß ihn die heimatliche Umgebung selbst entzückte. »Auch bei mäßigem Wind geht's hier ziemlich rauh zu, denn die Oberfläche des Riffs liegt nur wenige Faden unter Wasser. Sieht aus wie ein Binnensee, was? Von hier zieht sich das Riff mehrere Meilen nach Süden und nordwärts ganz bis zur Insel Montague.«

Am Schwertfisch-Riff! Sieben Meilen von der Küste entfernt in der Tasmanischen See, auf einem Schiff, das mit kaum hörbar pochendem Motor wie über Parkett fuhr! Nicht einmal festzuhalten brauchte sich Bony. Er hielt Umschau. Keine Barkasse, kein anderes Schiff in Sicht, nur am Horizont im Süden die fedrige Rauchwolke eines ölbefeuerten Dampfers. Ein Gefühl ungeheurer Verlassenheit ergriff ihn, und dann sogar ein wenig Furcht. Wenn der ›Marlin‹ ein Unheil zustieß? Gab es dann Rettungsmöglichkeiten? Mehr als auf einem Zwanzigtausendtonner gewiß auch nicht.

»War es nicht hier in der Gegend, wo die ›Do-me‹ verschwand?« fragte er Wilton.

»Das nehmen wir an«, kam die Antwort. »Sie wurde zuletzt in dieser Richtung gesichtet. Ein Stück nördlich von hier hat der Fischdampfer den Kopf gefunden. Eigentlich sonderbar. Es müssen Haifische um die Leiche gekämpft haben, wobei der Kopf abgerissen wurde und dann gesunken ist, ohne daß die Bestien es merkten. Innerhalb des Riffs muß das geschehen sein. Zwei Meilen weiter draußen hört das flache Wasser auf, da geht's steil in die Tiefe, Tausende von Metern.«

»An dem Tag herrschte doch ruhiges Wetter, nicht wahr?«

»Ruhig wie heute, sogar noch ruhiger. Ich war nicht draußen, denn wir hatten die ›Marlin‹ gerade zur Überholung auf Strand gezogen, aber die andern haben mir gesagt, so glatt sei die See noch nie gewesen.«

»Ob die ›Do-me‹ einen Kompaß an Bord hatte?«

»Na klar, Kompaß und Barometer führt jede Barkasse. An dem Tag hatte die ›Do-me‹ gar keinen Kompaß nötig, wenn auch Nebel herrschte, denn der war so leicht, daß er erst in vier Meilen Entfernung das Land verdeckte. Und der Dromedarberg, nach dem wir uns am besten einpeilen können, weil wir ihn bis auf dreißig Meilen sehen, lag in klarer Luft.«

»Wozu fahren Sie eigentlich so weit 'raus?«

»Wegen der Schwertfische, hauptsächlich um den gestreiften Marlin zu kriegen. Ich halte nichts davon, deswegen so weit 'rauszufahren, aber manche Angler wollen das absolut.«

»Und die See über dem Riff hier ist selten so wie heute?«

»Bitte?«

»Ich meine: die Sicht.«

»Ja, ganz richtig. Wenn wir Ostwind haben, lohnt sich der Besuch hier nicht, das kann ich Ihnen versichern! Kneifen Sie mal die Augen ein bißchen zusammen und schauen Sie sich das Wasser an. So blau und klar wie jetzt sehen Sie es noch nicht einmal in jedem Monat. Sie können hier – sapperlot, da ist eine Flosse, ein Schwertfisch! Kommt uns direkt entgegen. An Ihre Angel, los, rasch!«

Diesmal konnte es bei der Flosse, die das Wasser so haarscharf und schnell durchschnitt, keine Verwechslung geben. Sie ragte zwanzig bis fünfundzwanzig Zentimeter über das hellblaue ›Pflaster‹ der Seestraße.

Wilton und Bony waren schnell nach achtern gelaufen und sprangen gleich übers Kajütdach in die Plicht. Wiltons Stimme klang ganz heiser. »Schwertfisch, Joe! Kurs rechts voraus, und klarhalten zum Einholen des Reizers an Backbord!«

Schon war Bony auf seinem Sitz und streifte sich die Segeltuchhandschuhe über. Wilton half ihm, das Gehänge umzulegen und die Klammern an der Seiltrommel zu befestigen.

»Er ist getaucht«, sagte Wilton, viel ruhiger als er eben mit Peace gesprochen hatte. »Hat unser Schiff gesehen, und weg war er. Jetzt beobachtet er uns, die Reizer und den Köder. Passen Sie auf, wenn er wiederkommt!«

Über seinen Angelstock geduckt, den er nicht von der Heckreling anhob, strich Bony mit der Linken über die breit auf die Trommel gerollte Leine, während er die Finger der Rechten leicht an die Speichen des Bremsrades legte, bereit, sofort die Spannung der Leine ein wenig zu lockern, damit der Köderfisch nicht durch den Wasserdruck losgerissen wurde. Sein Puls klopfte heftig, doch sein Gehirn blieb kühl, die Augen sahen aus wie Punkte von blauem Eis.

»Da an Steuerbord ist er!« rief Wilton. »Er dreht bei, um uns zu folgen.«

Wieder sah Bony die Dreiecksflosse, die jetzt das Wasser in einem weiten Bogen zerschnitt, um ungefähr hundert Meter entfernt hinter die Barkasse zu gelangen. Das Sonnenlicht schimmerte auf dem steifen, graugrünen Dreieck, das nun ebenso schnell schwamm wie das Schiff, beobachtet von den drei Männern, denen die Flosse in diesem Augenblick das Wichtigste auf der Welt war. Dreißig Sekunden dauerte es, bis sich die Entfernung zwischen der Flosse und der ›Marlin‹ verringerte. Der große Fisch näherte sich dem vermeintlichen Schwarm angstvoll hastender kleiner Artgenossen, die sich, wie er wohl glauben mochte, im Schutz des Schiffes verkrochen. Kraft hatte seine Flosse schon zur Schau gestellt, jetzt bewies sie auch Geschwindigkeit, als sause sie durch ein Vakuum, nicht durch Wasser, das viel Widerstand bietet.

»Er kommt 'ran! Ah – und was für ein feiner! Der kann seine dreihundert Pfund wiegen«, raunte Wilton. Bony wunderte sich, ohne es zu sagen, wie, zum Donnerwetter, der Mann das Gewicht eines Fisches wissen konnte, von dem er nur die Rückenflosse sah. Rasende Geschwindigkeit mäßigte sich zu einfacher Schnelligkeit, als die Flosse wenige Meter hinter dem Köderfisch angekommen war und sich in diesem Abstand hielt.

»Der sieht sich den Köder von oben an«, sagte Joe. »Wie ist's mit den Teasern, Jack?«

»Ach, richtig, zieh sie ein, Joe. So besonderen Hunger hat dieser Bursche nicht, und wir wollen mit ihm ja keine Possen treiben.«

Die Holzzylinder sprangen ruckend vorwärts und verschwanden aus Bonys Gesichtskreis. Jetzt stürmte die Flosse in tollem Tempo auf den Köder los.

Eine Sekunde spürte Bony Mitleid mit dem Fisch auf dem Haken, der schon seit Stunden tot war. Einen Meter hinter dem Köderfisch erhob sich ein graubraunes Schwert. Bony sah, wie das große Maul zupackte, und er sah einen leichten Wasserwirbel, doch weder eine Flosse noch den Fischleib. Die Trommelrolle begann grell zu quietschen.

Die Barkasse hatte bisher auf Nordkurs gelegen, doch sobald der Schwertfisch die Beute schnappte, gab Joe, während er den Motor auf Leerlauf schaltete, hart Backbordruder, bis das Heck der ›Marlin‹ nach Nordosten wies. Unweigerlich zieht der Schwertfisch mit seiner Beute nach Nordosten ab, also hatte Joe es genau richtig gemacht.

Bony löste rasch die Bremse der Leine, die jetzt mit einer Geschwindigkeit von mehreren Metern pro Sekunde von der Rolle gerissen wurde. Er merkte, daß die Barkasse bremste, der Motor einen anderen Klang hatte und daß Wilton dicht hinter ihm stand, denn er fühlte seinen Atem im Nacken. Ihm kam es vor, als erfasse nur ein Teil seines Verstandes die Einzelheiten, mit dem anderen achtete er wie gebannt nur auf die rasch ablaufende, unter Wasser verschwindende Leine.

Die Finger seiner Linken, durch einen Handschuh geschützt, drückten behutsam gegen die sich drehende Trommelrolle, um die Leine so abzubremsen, daß sie nicht schneller auslief, als der Fisch sie fortziehen konnte. Seine rechte Hand an den Speichen der Bremse, bereit zu sofortigem Druck in dem Augenblick, da der Fisch haltmachte – falls er überhaupt haltmachte.

»Geben Sie ihm Leine«, flüsterte Wilton in seinem Nacken. »Er denkt, er hat's geschafft und freut sich mächtig. Aber er muß bald anhalten, hat ja schon dreihundert Meter Leine mitgenommen. Viel mehr wird er nicht nehmen. Jetzt! Achtung –«

Das Quietschen der Rolle hörte jäh auf. Ebenso jäh fing es wieder an, doch nur für drei Sekunden. Die nun eintretende Stille wirkte sonderbar. Das Klopfen des Motors schien aus weiter Ferne zu kommen. Die Leine fiel jetzt lose übers Heck, es war kein Zug mehr an ihr zu spüren. Eben schnitt sie durch den Schaumstreifen.

»Was nun?« fragte Bony, dem das Warten unerträglich schien.

»Ein bißchen anholen wieder, daß die Leine steifer wird«, riet Wilton.

Bony bremste nur so viel, daß die Rolle kein freies Spiel mehr hatte. »Dem geht's noch ganz gut da unten. Wenn Sie ihn jetzt hochreißen, verlieren Sie ihn, weil Sie ihm den Köder aus dem Maul ziehen. Er schwimmt ziemlich tief und wälzt sich auf dem Rücken wie eine spielende Katze. Kaut nur am Köder und dreht ihn hin und her, um ihn mit dem Kopf nach vorn verschlingen zu können. In ein paar Sekunden, wenn er den Haken richtig spürt, oder den Drahtvorläufer, wird er nach oben kommen, um sie abzuwerfen. Lassen Sie ihm Zeit. Die Lose einholen. Ja, in Ordnung. So straff muß die Leine bleiben. Jetzt – behalten Sie sie genau im Auge...!«

Bony bemerkte, daß der Winkel der Leine im Wasser stumpfer wurde und Zoll um Zoll mehr von ihr zwischen der Spitze des Angelstocks und der Wasserfläche zum Vorschein kam.

»Er kommt hoch! Jetzt 'ran!« rief Wilton.

Bony strengte seine Gedanken an, um sich genau an die Instruktionen zu erinnern, die er erhalten hatte. Seine rechte Hand ließ die Bremse los und packte die Leine oberhalb der Rolle, während er mit der linken die Spitze der Angel im Bogen hochriß. Dann rollte er, mit der Rechten an der Kurbel der Trommel, den schlaffen Teil der Leine auf, während er die Angel wieder neigte. Er konnte bei jedem schwingenden Hochreißen das Gewicht des Fisches fühlen, vermochte aber die Leine kaum schnell genug aufzuspulen.

»Geben Sie's ihr tüchtig, der Kuh!« schrie Joe gellend. »Die muß feste was kriegen!«

»Er hat recht, Bony, geben Sie's ihm schnell und reichlich. Vorsicht, nicht zu stark bremsen. Gut so. Ah – sehen Sie sich den Burschen da an!«

Joe stieß einen gellenden Triumphschrei aus. »So ein dickes Luder!« Doch der Neuling an der Angel war zu sehr mit der verflixten Rollbremse und der Leine, mit dem Angelstock und sich selbst auf dem federnden Stuhl beschäftigt, um mitzuschreien oder den Blick auf die fette Beute zu richten. Wieder erfüllte zweierlei sein ganzes Denken: das Staunen über die große Begeisterung dieser Barkassenmänner, und das Vorgefühl, wie unerträglich bitter die Enttäuschung sein würde, wenn er den Fisch durch einen dummen Fehler verlor.

Drei- bis vierhundert Meter entfernt tanzte der Fisch ›auf seinem Schwanz‹, in einer kreisförmigen ›Bühne‹ von Schaum, den er selbst mit seinen heftigen Bewegungen schlug. Er reckte, von Sprühwasser umgeben, das in allen Regenbogenfarben schillerte, das Schwert steil in den kobaltblauen Himmel. Fast eine volle Minute schien er so zu tanzen, und doch dauerte das knapp eine Sekunde. Dann fiel er nach vorn auf das ›Pflaster‹, in ein wahres Bad von Schaum, aus dem hoch zu beiden Seiten das Wasser aufspritzte.

»Ich kann ihn nicht halten«, keuchte Bony, und Wilton, der jetzt sowieso nichts weiter tun konnte als den Fisch beobachten, zwang sich wieder, seinen Angler genau zu unterrichten. »Noch nicht versuchen, lassen Sie ihn, er wird wieder hochkommen. Nur die Leine straffhalten, klar? Da – er kommt schon wieder ...« Und wieder tauchte der Fisch empor, diesmal aber nicht, um zu tanzen. Er schoß von unten schräg durch die Wasserfläche und fiel mit leisem Klatschen auf den Bauch.

»Jetzt sagt er Ihnen den Kampf an«, raunte Wilton zischend. »Ganz wenig bremsen, nur ein bißchen, sonst bricht die Leine.«

Ein paarmal kurz nacheinander riß der Fisch so heftig an der Leine, daß sie trotz des Bremsens von der Rolle lief. Dann wurde sie plötzlich schlaff. Bony drehte sie, so schnell er vermochte, auf die Trommel, von der in kleinen Kaskaden das Wasser spritzte. Dann drückte wieder Gewicht auf die Leine, wieder ruckte es mehrmals, und schon war das ganze Stück nasser Leine, das er aufgespult hatte, abermals verloren.

»Er bricht wieder durch!« schrie Joe.

»Ja doch, ich weiß«, sagte Wilton. »Unter Wasser kann er den Haken nicht loswerden, weil er nicht rückwärts schwimmen kann, sondern immer vorwärts muß. Nur an der Luft kann er sich von ihm befreien, und dann verliert der Angler ihn leicht, wenn die Leine zu locker wird. Klar?«

Bony nickte tüchtig mit dem Kopf. Der Schweiß rann ihm übers Gesicht, sein linker Unterarm kam ihm vor wie mit Blei gefüllt. Der Fisch stieg wieder an die Oberfläche, die er in drei Sekunden zu Schaum zerdrosch. Und wieder drang er in die Tiefe, wobei er, trotz der Bremse, gut fünfzig Meter Leine von der Rolle riß.

Jetzt gewann Bony Zuversicht, denn er merkte, daß Geduld und genaues Abschätzen des Drucks an der Bremse die zwei wichtigsten Erfordernisse waren. Im falschen Moment ›zuschlagen‹ hieß, dem Schwertfisch den Köder aus dem Maul zu nehmen; die Leine zu sehr lockern, wenn er an die Oberfläche kam, hieß, ihm die Gelegenheit zum Auswürgen des Hakens geben; die Leine zu scharf abbremsen, wenn die gewaltigen Rucke erfolgten, hieß, den Angelstock zerbrechen oder die Leine zerreißen, die nur auf eine Reißfestigkeit von 40 Kilo geprüft war. Und dort in der Tiefe kämpfte mit ihr ein Fisch, der ein paar hundert Pfund wog und Kräfte besaß, die dem Mehrfachen des Eigengewichts entsprachen.

»Ich glaube, Sie haben ihn fest«, sagte Wilton laut, triumphierend. »Machen Ihre Sache ganz gut. Er kommt jetzt nicht wieder hoch, Sie können abwarten. Wenn er toll zerrt, etwas Leine geben; wenn nicht, sie so weit wie möglich aufspulen, klar? So klappt das nämlich: Sie gewinnen Meter und verschenken nur Viertelmeter. – Ein paar Strich mehr nach Steuerbord, Joe. Bony benimmt sich schon wie ein gewiegter Angler.«

»Ja, der macht sich, Dunnerkiel«, rief Joe lachend, und abermals fiel Bony die außerordentliche Begeisterung dieser Männer auf, die doch nur zusehen, nicht selbst handeln konnten. Sein linker Arm schmerzte jetzt schlimm, von Gesicht und Nacken troff der Schweiß nur so, doch sein Blut war heiß geworden, und der Puls klopfte wie ein Hammer. Sein Selbstvertrauen wuchs, er erlaubte sich, eine halbe Minute zu rasten, indem der den Fisch nur ›hielt‹, aber gleich wippte er die Spitze des Angelstocks wieder nach oben, um sie ebenso schnell zu senken, damit der lose Teil der Leine aufgerollt werden konnte. Von Bonys Knien lief das aus der nassen Leine triefende Salzwasser. Seine Gedanken aber badeten im Quell reinster Freude.

»Er kommt ’ran!« rief Wilton. »Ist ganz in der Nähe, Sie sehen ja, wieviel Leine schon auf der Trommel ist. Und da ist schon der Wirbel! Wenn der bis dicht an die Spitze des Angelstocks kommt, ziehen Sie den ein bißchen zurück. – Etwas mehr Steuerbord, Joe!«

»Steuerbord liegt an. – Wie kommt er?« fragte Joe.

»Kommt gut 'ran. Laß jetzt das Ruder sein, Joe, bring den Hievhaken und die Taue.«

Wilton zog Lederhandschuhe über seine braunen Hände, während Joe den Hievhaken, das Gaff mit dem durch ein Zugtau gesteckten Stab, geschickt ins Achterschiff bugsierte und ihn mit den Tauen griffbereit legte. Bony hätte gern laute Freudenrufe losgelassen, war aber zu atemlos.

Da – nur drei Meter vom Heck der Barkasse erhob sich die lange beobachtete große Mittelflosse des Fisches über die Wasserfläche, hinter ihr, steif aufgerichtet, tauchten die anderen Rückenflossen auf. Der Fisch hatte keinen Kampfgeist mehr, er ließ sich leicht an die Bordwand ziehen. Wilton packte den Vorläufer mit Handschuhen.

»Vorsicht, aufpassen! Noch haben wir ihn nicht, vielleicht will er ein zweitesmal ausreißen«, sagte er. Joe legte den schweren Haken unter den torpedoförmigen Fischleib und zog an dem Stab mit dem daran befestigten Tau, riß ihn heraus und zerrte mit allen Kräften direkt an dem Tau, während Wilton ein zweites ergriff und sich über Seite lehnte, um den wild schlagenden Fischschwanz in eine Schlinge zu legen. Als er sich aufrichtete, floß ihm das Seewasser von Kopf und Schultern. Er lächelte, während Joe ein Lachen anstimmte, bei dem sich seine langen Bartstoppeln so sträubten, daß er eine gewisse Ähnlichkeit mit einem Stachelschwein bekam. »Jetzt in aller Ruhe, Bony!« rief er. »Den hätten wir! Gratuliere Ihnen.«

Beide Männer fühlten sich verpflichtet, Bony die Hand zu schütteln, der dankend lächelte. Sie baten ihn, beiseite zu gehen. Der Angelstock wurde aus den Klampen genommen und einstweilen auf dem Vorschiff verstaut. Dann hatten die beiden fünf Minuten zu schaffen, um den Fisch in die Höhe und übers Heck ins Schiff zu wuchten, wo er fest angebunden wurde.

»Ah!« rief Wilton, indem er laut die Luft ausstieß, als sie alle drei die Beute betrachteten. »Ein schöner gestreifter. 240 Pfund, was meinst du, Joe?«

Joe musterte mit zusammengekniffenen Augen den Fisch von der Schwertspitze bis zur Schwanzflosse. Er grinste und zog die Lippen kraus, mit einem Gesicht wie ein Schlächter, der das Gewicht eines Bullen abschätzt.

»Wiegt vielleicht noch'n bißchen mehr«, antwortete er langsam. »Ist in prima Form, hat 'n Schwanz wie ein Faß. Ja, seine 248 mag er wohl wiegen.«

»Na, nun müssen wir aber weiter. Vielleicht erwischen wir noch so einen, oder zwei, hier über dem Riff.«

Gaff und Taue wurden verstaut, Joe ging wieder ans Ruder, die ›Marlin‹ pendelte mit drei Meilen Fahrt weiter.

Bony taten Arme und Beine von der Anstrengung weh, aber selbst auf seine Braut konnte niemand so stolz sein wie er auf diesen prächtigen Fisch, der grün, blau und grau schimmerte. Er reckte sich, gähnte und drehte sich eine Zigarette, während Wilton den Angelstock wieder einsetzte und den Haken beköderte. Joe sang ein Lied von einem blonden ›Määgdelein‹, das Bier in Viertelliterkrügen ausschenkte.

Sogleich war wieder ein Köder über Bord und strich flach durchs Kielwasser der ›Marlin‹. Und hinterher flogen die Reizer, die zu hüpfen, zu tauchen und zuckend emporzustoßen begannen.

Wilton ging nach vorn auf seinen Beobachtungsplatz am Mast. Gemächlich bummelte die ›Marlin‹ über das ›Pflaster‹, das an diesem Tage die Straße über dem Schwertfisch-Riff glättete. Bony saß entspannt auf seinem Anglerstuhl und rauchte. Er wandte kaum die Augen von dem Fisch, der so lang war, daß sein Schwert über die eine Bordwand und der Schwanz über die andere hinausragte.

»Ahoi!« schrie Wilton, nach oben zeigend.

An der Mastspitze hing, wenn auch fast unbewegt, die Flagge mit dem kleinen weißen Schwertfisch auf blauem Grunde.

Bony erhob sich und zog ganz ernst seinen alten Hut vor ihr. Nie hätte er geahnt, daß ihm einmal so ein herrliches Erlebnis beschert sein würde.

8

Es war dunkel, als Bony in Polizeimeister Telfers Arbeitszimmer trat, wo er außer Telfer die Besitzer der ›Gladious‹, der ›Edith‹ und der ›Snowy‹ fand, ferner Jack Wilton und Joe Peace. Er stellte einen Handkoffer und eine Aktenmappe auf den schon freigemachten Tisch, lächelte den Seeleuten zu und bat sie, sich Stühle zu holen und alle rundum Platz zu nehmen. Sein Lächeln fand keine Erwiderung, denn alle wunderten sich, weshalb sie hierherzitiert worden waren, und wieso man selbst eigentlich Telfers Bitte um unbedingtes Erscheinen erfüllt hatte.

»Meine Herren«, fing Bony an, der sich ans obere Tischende gesetzt hatte, »ich habe eine Erklärung abzugeben und möchte Sie dann um eine Gefälligkeit bitten, die Sie mir, dessen bin ich gewiß, erfüllen werden. Ich bin im Ort bisher bekannt als Viehzüchter aus dem Norden, der sich zur Erholung und zum Angeln hier aufhält. Mein Name ist Napoleon Bonaparte, doch im Vergleich zu diesem großen Kaiser, der so mächtig war, bis ihn Krankheiten, nicht seine Feinde, vernichteten, bin ich unbedeutend. Ich bin ein Detektiv-Inspektor aus Queensland, nach Bermagui gekommen, weil ich das Geheimnis um die ›Do-me‹ und das Schicksal derer, die auf ihr in See gingen, entschleiern will.«

Einen Augenblick starrten die Männer verblüfft in das hübsche, dunkle Gesicht über dem gestärkten hellen Hemdkragen, dann wechselten sie Blicke untereinander und mit Telfer, der Bony gegenüber saß. Als sei er gewöhnt, Versammlungen zu leiten, wartete Bony, bis sie ihn wieder aufmerksam anblickten.

»Wir alle hier haben ein gemeinsames Interesse«, fuhr er fort. »Polizeimeister Telfer und ich hegen die Hoffnung, Licht ins Dunkel um das Schicksal der ›Do-me‹ und der drei Männer zu bringen, und zwar nicht nur, weil wir dafür Gehalt bekommen, sondern auch, weil wir als Bürger, die hier eine böse Tat wittern, der Gerechtigkeit zum Sieg verhelfen wollen. Ihr Interesse an der Sache ist also ein zwiefaches, das heißt: Sie wollen wegen der mit Ihnen befreundeten Seeleute der Barkasse und auch wegen des unglücklichen Anglers, der an Bord war, die gerechte Bestrafung der Schuldigen, und Sie wollen auch den Schatten beseitigt wissen, der durch diese rätselhafte Affäre auf Bermagui und den Großfischangelsport hier gefallen ist. Ich weiß, daß Sie gespannt sind auf die Lösung des Geheimnisses und die wohl sehr begreifliche Hoffnung haben, zu erfahren, daß am Verschwinden der ›Do-me‹ weder das Meer noch die beim Tiefseeangeln üblichen Vorgänge schuld sind.«

Zustimmende Rufe veranlaßten Bony zu einer kleinen Pause.

»Ich habe mir nun erlaubt, gewisse Erkundigungen über Sie einzuziehen, meine Herren, und halte Sie auf Grund meiner Feststellungen allesamt für anständige Menschen, die mit Vergnügen bereit sein werden, mir zu helfen, sobald ich Ihnen meine Bitte unterbreite. Ich weiß sehr wohl, daß der Durchschnittsmensch, ob Mann oder Frau, einem Detektiv mit Mißtrauen begegnet, weil er fürchtet, in einen Prozeß mit all seinen Peinlichkeiten und Aufregungen hineingezogen zu werden. Ich weiß ferner, daß es früher Detektive gegeben hat, die charakterlich nicht einwandfrei waren, doch sind Gesetzesvertreter dieser Art heutzutage außerordentlich selten geworden. Ich werde Sie nicht bitten, Aussagen zu machen, indem ich Ihnen zuerst zur Vorsicht bei ihren Worten rate und Sie hinterher so ins Kreuzverhör nehme, als hielte ich Sie für Lügner.

Mein Chef erklärt mir häufig, ich sei ein schlechter Polizist, aber ein guter Detektiv. Genau besehen bin ich ein Verbrechenserforscher, der, sobald er darlegen kann, wie die Tat geschehen ist und wer sie beging, die Verhaftungen und die gerichtlichen Schritte anderen Beamten überläßt. Mich interessiert das, was aus dem Verbrecher nachher wird, viel weniger als die psychologische Entwicklung der Beweggründe zu seiner Tat.

Ich bin, wie schon erwähnt, überzeugt, daß weder das Meer noch seine Gefahren am Verschwinden der Barkasse schuld sind. Die Auffindung des Menschenkopfes durch den Fischdampfer deutet auf Mord, die Wunde in diesem Kopf stammt von einer Pistolenkugel Kaliber siebenfünfundsechzig, nicht von einer Acht-Millimeter-Kugel aus dem Gewehr, das Spinks ständig an Bord hatte, um damit Haien den Gnadenschuß zu geben. Daß Mr. Ericson erschossen und seine Leiche über Bord geworfen und nachher zum Teil von den Haien gefressen wurde, können wir als sicher annehmen. Fangen wir beim Schluß an, so lautet unsere Frage: Wer hat Ericson getötet?«

In dem kurzen Schweigen, das diesen Worten folgte, atmeten die Männer auf, doch sobald Bony weitersprach, saßen sie wieder ganz gespannt da.

»Sie alle haben William Spinks und seinen Steuermann oder Maaten, Robert Garroway, gekannt und würden mir am liebsten sofort sagen, von den beiden käme keiner als Mörder des Anglers, durch den sie Geld verdienten, in Frage. Ich neige dazu, Ihnen beizustimmen, weil ich da kein Motiv für das Verbrechen sehe und weil Mr. Ericson die Absicht hatte, sich hier anzusiedeln, wodurch die ganze Familie Spinks als Angestellte bei ihm Arbeit und Brot gefunden hätte. Möglich, daß Garroway ein Motiv gehabt hat, Ericson zu töten, denn er spielte ja bei dessen Zukunftsplänen keine Rolle und könnte darüber verärgert gewesen sein. Beachten Sie bitte, daß ich das Wort ›möglich‹ gebraucht habe, nicht ›wahrscheinlich‹.

Und nun zu meiner Bitte. Das Studium der von den Detektiven aus Sydney verfaßten Berichte hat mir gezeigt, daß sie nach Wrackteilen und Leichen an und vor der Küste gesucht und ihre Nachforschungen auf das Festland beschränkt haben. Wir wissen zwar, daß Flugzeuge zur Erkundung über See waren und daß Jack Wilton und Joe Peace auf der

›Marlin‹ nach Treibgut gesucht haben, aber trotzdem wurde in der Hauptsache nur an Land nachgeforscht.

Meine Absicht ist, mich ganz auf das geheimnisvolle Ereignis mit der ›Do-me‹ zu konzentrieren. Das Schiff ging an jenem schönen, stillen Morgen in See und wurde später auf einem zum Schwertfisch-Riff führenden Kurs gesichtet. Da eine Barkasse kein Landfahrzeug ist, sondern ein Seeschiff, befinde ich mich, als Nichtseemann, in großem Nachteil. Abseits der Verkehrsgebiete und Eisenbahnen in dem Landesteil, wo ich lebe, würde ich in fünf Minuten spurlos verschwinden und Sie würden mich nie finden können, doch hier auf dem Meer könnten Sie die Rollen vertauschen. Sind Sie bereit, mit mir offen und ohne Hemmungen, wie Geschäftsleute beim Verhandeln, über diese geheimnisvolle Sache zu sprechen, ohne daran zu denken, daß von Ihren Äußerungen etwas notiert, kontrolliert oder« – Bony lächelte – »als Belastungsmaterial gegen Sie selbst benutzt wird?«

Jetzt lachten sie alle, erklärten sich aber prompt einer nach dem andern bereit, seinen Wunsch zu erfüllen.

»Ich danke Ihnen.« Bony beugte sich vor und zog den Handkoffer näher heran. »Ehe wir beginnen, meine Herren, möchte ich Sie bitten, mit mir auf meinen ersten Schwertfisch zu trinken. Mr. Telfer, würden Sie uns Gläser geben?«

Telfer ging die Gläser holen. Bony strahlte die ›Konferenzteilnehmer‹ an, während er Flaschenbier aus dem Koffer nahm.

»Wenn die Detektive im allgemeinen taktvoller vorgingen – mit Bier –, würden sie mehr erreichen«, bemerkte Eddy Burns, der Besitzer der ›Edith‹, ein urwüchsiger Australier. »Es wird sich jetzt zum erstenmal ereignen, daß ich in einem Polizeigebäude Bier trinke.«

»Mir ist's Wurscht, wo ich trinke«, brummte Joes mächtiger Baß. »Hauptsache, es ist nicht Wasser oder Tee.«

Ein kräftiger, gedrungener Mann mit kreisrundem Gesicht und kleinen, blaugrauen Augen kicherte, ohne sich zu äußern. Seine Miene drückte deutlich aus, daß er mit sich und der Welt stets in Einklang war. Er hieß Edward Flandin und war Besitzer der ›Snowy‹.

Telfer kam mit den Gläsern herein, Bony füllte sie und reichte sie persönlich herum. Sie tranken mit großem Hallo auf sein Wohl.

»Möge Inspektor Bonaparte noch viele fangen«, sagte Remmings, Besitzer der ›Gladious‹, ein dunkelhaariger Mann mit rotem Gesicht.

»Möge er den schwersten fangen, der je hier gelandet wurde«, rief Eddy Burns.

»Nein, den zweitschwersten«, warf Flandin ein, »den schwersten habe ich den Amerikanern versprochen, von denen ich für nächste Woche gechartert bin.«

»Meine Herren, ich danke Ihnen«, sagte Bony lächelnd. »Dies ist die erste Ermittlungstätigkeit, bei der ich das Angenehme mit dem Nützlichen verbinde. Nun wollen wir anfangen, ja?«

Er holte aus seiner Aktenmappe ein Bündel Papiere und eine Handvoll gespitzte Bleistifte, zündete sich eine Zigarette an, stieß eine hübsche Wolke aus und blickte durch den Qualm auf seine Versammlung.

»Ich bin mir klar darüber«, sagte er, »daß Sie, die drei Schiffsführer, die an dem betreffenden Tag in See waren, schon von meinen Vorgängern streng ins Verhör genommen worden sind. Sie, die Herren Remmings, Burns und Flandin, haben angegeben, zu welcher Zeit Sie von der Brücke ablegten, wann Sie wieder zurück waren und wann Sie zuletzt die ›Do-me‹ sichteten. Obwohl Ihre Angaben durchaus positiv sind, beschränken sie sich auf die wenigen Einzelheiten, die der Fragestellung entsprechen. Ich denke mir aber, daß Sie mir noch vielerlei von den Ereignissen des Tages erzählen könnten, und Ihre erweiterten Angaben werden mir, wenn ich sie aufeinander abstimme, die erste Spur weisen. Und die muß ich doch haben. Bei einem Punkt bin ich den Leuten aus Sydney zu Dank verpflichtet: Durch ihre Fragerei muß ich Ihnen ein Bild von allem, was Sie an dem Tage taten, als die ›Do-me‹ nicht zurückkehrte, ins Gedächtnis geprägt haben. Inzwischen haben Sie viel Zeit gehabt, über den Tag nachzudenken und miteinander über die allgemeine Situation damals zu sprechen.

Hier auf diesen Blättern habe ich in groben Strichen eine Karte von der Küste gezeichnet, bis zwanzig Meilen nördlich und südlich von Bermagui. Übrigens: Weshalb wird der Ortsname ›Bermagui‹ und der des Flusses ›Bermaguee‹ geschrieben?«

»Die Post hat den Namen auf Bermagui festgelegt«, erwiderte Remmings. »Das liegt schon lange zurück, niemand weiß, aus welchem Grunde.«

»Und was bedeutet das Wort eigentlich? Wissen Sie das?« forschte Bony weiter.

»Ja, ›bermaguee‹ ist aus der Sprache der Eingeborenen, es heißt Versammlungsplatz.«

»Aha. Ich interessiere mich immer für diese Kleinigkeiten. Nun zu den Karten. Ich bitte Sie, Flandin, Remmings und Burns, jeder eine Karte und einen Bleistift zu nehmen und auf Ihrer Karte, so genau wie möglich, den Kurs einzuzeichnen, den Sie mit Ihrer Barkasse an dem Tag genommen haben. Machen Sie das in Ruhe, wir haben noch etliche volle Flaschen hier. Und Sie, Jack, bitte ich, in diese Karte die Lage des Schwertfisch-Riffs und sonstige Ihnen vielleicht bekannte Riffe sowie die Flachwassergrenze einzuzeichnen. Und Sie, Joe Peace, sind ein Mann ganz nach meinem Herzen, weil Sie auf See so gut Spuren zu finden verstehen wie ich an Land. Glauben Sie, auf dieser Karte den Weg einzeichnen zu können, den ein Stück Treibgut – angenommen, es sei von der ›Do-me‹ gekommen, wenn sie über dem Schwertfisch-Riff sank – an dem Tag zurückgelegt hätte?«

Joe feixte vor Freude über das in dieser Frage versteckte Kompliment. »Will's probieren«, sagte er, indem er Papier und Bleistift in Empfang nahm. Er fixierte das Blatt mit eng zugekniffenen Augen und sog am Bleistiftende.

»Telfer – haben Sie sich vom Postvorsteher die Wetterberichte ausleihen können?« fragte Bony.

Der Polizeimeister nickte, legte ein Bündel amtlich aussehender Papiere vor Bony und füllte die Gläser wieder. Die anderen arbeiteten fleißig an ihren Skizzen, Bony begann die Wetterkarten zu studieren. Eine Küstenkarte nach der anderen wurde ihm zurückgegeben. Er gab Flandin noch eine seiner vorgezeichneten und sagte: »Würden Sie bitte den Kurs der ›Do-me‹ eintragen bis zu dem Moment, da Sie sie aus Sicht verloren, dann Ihre Position und die Ihres eigenen Schiffes ankreuzen und die ungefähre Zeit dazuschreiben?«

Nachdem Flandin das getan hatte, gab er diese Karte an Burns weiter, denn Burns auf seiner ›Edith‹ hatte die ›Do-me‹ noch später als er aus Sicht verloren. Als er entsprechend die Position seines Schiffes und der ›Do-me‹ zu dem Zeitpunkt eingetragen hatte, wurde Remmings gebeten, den gezeichneten Bericht fortzusetzen, da er, auf der ›Gladious‹, die ›Do-me‹ als letzter gesehen hatte.

»Wenn ich, meine Herren, in meinem heimatlichen Urland bin, ist alles, was ich beobachte, außer Wolken, statisch, das heißt: Es steht oder liegt fest. Auf dem Meer ist nichts statisch. Ein Schiff hinterläßt keine Fährte, doch wenn ich die Kurse ihrer Barkassen und die der Schiffe, die Sie im Laufe jenes entscheidenden Tages sichteten, auf eine einzige Karte übertrage, werden wir sehen, wie sich auf dem Meere für einige Sekunden doch Fährten, nämlich durch ihre Kielwasser, gebildet hatten. Da Sie so geduldig mit mir waren, gebe ich jetzt jedem von Ihnen noch so eine unausgefüllte Karte, mit der Bitte, den Kurs aller Schiffe oder sonstigen Fahrzeuge einzuzeichnen, die Sie an dem Tage, als die ›Do-me‹ verschwand, gesichtet haben.«

Während die Männer sich mit den Bleistiften bemühten, beobachtete er sie nachdenklich. Alle trugen auf Gesicht, Nacken und Händen den Stempel der See, und doch war jeder ein Typ für sich. Die Farbe ihrer Augen war verschieden, aber alle diese Augenpaare hatten in ihrem Leben auf die gleichen Bilder geblickt. Hier im Lampenlicht waren sie weit geöffnet und sahen klar aus wie die See, zu der sie gehörten.

Als er die Skizzen wiederbekam, studierte er sie minutenlang, bevor er sagte: »Also der nach Norden fahrende Postdampfer ›Orcades‹ ist an dem Tag in Sicht gewesen? Wie weit von der Küste entfernt lief er?«

»Ungefähr vierzehn Meilen«, erwiderte Burns, und Remmings bestätigte es.

»Sie, Remmings, hatten einen Fischdampfer südlich von Ihrer ›Gladious‹ beobachtet. Ich nehme an, es war derselbe, mit dem Sie am nächsten Abend in Verbindung traten?«

»Ganz recht.«

»Vor der Küste in diesem Gebiet fischte also an dem Tage nur der eine?«

»Nur der.«

»Und es war der mit dem Erkennungszeichen ›A.S.1‹, nicht ›A.S.3‹, der den Menschenkopf auffischte?«

»Ja, die ›A.S.1‹ war es«, bestätigte Remmings.

Bony zog ein Telegramm aus seiner Mappe, blickte flüchtig darauf und sagte zu Remmings: »Sie haben an dem Tage nicht eine silbergraue, mastlose Barkasse von etwa fünfzehn Meter Länge gesehen?«

»Nein.«

»An dem Tage haben Sie, Mr. Remmings, südlich von Bermagui geangelt, die ›Edith‹ und die ›Snowy‹ operierten bei der Insel Montague, die nördlich von Bermagui liegt. Ich bitte Sie, ganz scharf nachzudenken, ob tatsächlich keiner die silbergraue Barkasse gesehen hat. Bitte überlegen Sie noch mal.«

»Das weiß ich ganz bestimmt«, erklärte Remmings entschieden. »Wenn ich die gesehen hätte, würde ich das noch wissen, denn es müßte dann Mr. Rockaways ›Dolfin‹ gewesen sein.«

»Oh, die kenne ich ja noch gar nicht.«

»Nein, sie hat, seitdem Sie hier sind, auch noch keinen Fisch zur Waage gebracht.«

»Wo ist sie denn stationiert?«

Auf die Frage antwortete Telfer. »Mr. Rockaway hat ein Haus dicht an der Ausfahrt der Wapengobucht, ungefähr zwei Meilen südlich von Kap Bunga. Wohnt da schon ein paar Jahre. Hat sich eine eigene Anlegebrücke bauen lassen.«

»Vorzüglicher Angler«, steuerte Burns bei. »Mr. Rockaway ist Mitglied des Anglerclubs von Bermagui. Wenn er Großfische fängt, bringt er die zum Wiegen und Eintragen hierher.«

»Hm.« Wieder studierte Bony die jetzt mit Einzelheiten versehenen Küstenkarten. »Ich sehe hier, daß Sie beide, Burns und Flandin, mehrere Barkassen als in der Nähe der Insel Montague befindlich markiert, aber die Namen nicht vermerkt haben. Woher stammten diese Schiffe?«

»Von Narooma, etwas nördlich von der Montague-Insel«, antwortete Flandin. »Keins von denen war diesseits oder östlich der Insel.«

»Ja, das habe ich bemerkt. Würden Sie, Burns, da Sie an dem Tage ein ganzes Stück westlich der Insel Montague kreuzten, eine der Barkassen aus Narooma gesehen haben, wenn diese sich östlich der Insel befand, oder nicht?«

»Ja, weil ich selbst mit meinem Angler den größten Teil des Tages östlich der Insel kreuzte.«

»Hm. Können Sie mir erklären, weshalb Spinks seinem Schiff den merkwürdigen Namen ›Do-me‹ gegeben hat?«

Auf diese Frage gab es Lachen und Kichern, doch Remmings beantwortete sie gleich. »Als Bill Spinks und unser Joe hier sie bauten, da haben wir andern öfter zugesehen und unsere Witze über mancherlei gemacht, was Spinks da an seiner Barkasse haben wollte, und dann sagte er: ›Na, mir ist sie jedenfalls recht – she will do me!‹«

»Und ich habe deshalb, als das Schiff getauft werden sollte, Spinks vorgeschlagen, es einfach ›Do-me‹ zu nennen«, ergänzte Wilton.

»Na schön, ich bin Ihnen allen für Ihr Interesse und Ihren Beistand sehr dankbar«, sagte Bony, wieder freundlich lächelnd. »Wir haben uns jetzt bestimmt festere Grundlagen geschaffen als wir sie durch die Arbeit der Detektive aus Sydney hatten. Was ich gern noch nach Ihrer gemeinsamen Beurteilung festgelegt wissen möchte, ist die Grenze der Sichtigkeit an dem bewußten Tage. Ich meine: Wie weit konnten Sie sehen, als Sie, sagen wir, etwa fünf Meilen von der Küste entfernt waren?«

»Es war dunstiger als heute«, sagte Flandin langsam und betont.

»Ja, stimmt«, bestätigte Burns. »Inwiefern Sichtigkeit, Mr. Bonaparte? Natürlich konnten wir auch an dem Tage einen Dampfer auf größere Entfernung sehen als eine Barkasse. Die ›Orkades‹ haben wir auf ungefähr sechs Meilen ganz klar gesehen, während wir eine Barkasse auf nur vier kaum entdeckt hätten.«

»Verständlich, Burns. Ich hatte an die Sicht von kleinen Fahrzeugen aus nach anderen kleinen gedacht.«

»Die war wohl nicht viel über vier Meilen«, wandte Remmings ein, wobei Flandin ihm zustimmte.

Bony befragte sie weiter nach der ›Do-me‹. Alle wiesen seine Andeutung, das Schiff sei vielleicht nicht seetüchtig gewesen oder der Motor oder die Benzinleitung schadhaft, so daß Feuersgefahr bestand, entschieden zurück.

»Die ›Do-me‹ war ja erst drei Jahre alt«, sagte Wilton. »Beim Einbau der Maschine, eines nagelneuen Motors, habe ich mitgeholfen. Der Benzintank lag geschützt im Bug. Spinks hat seinen Reservevorrat Benzin immer vorn verstaut, weil er selbst und der junge Garroway viel Zigaretten rauchten und sie deshalb ja vorsichtig sein mußten. Wäre ein Brand ausgebrochen, dann hätte doch irgend jemand den Rauch über See bemerkt.«

»Und ich hätte, als ich mit Jack am nächsten Tag beim Schwertfisch-Riff nachforschte, in den Strömungen Treibholz oder dergleichen gefunden«, setzte Joe hinzu.

»Nein, so etwas ist ihr nicht zugestoßen«, sagte Burns feierlich und mit Überzeugung. »Auch wenn der Kopf nicht gefunden worden wäre, würde ich nie glauben, daß die ›Do-me‹ auf natürliche Weise verschwunden ist.«

»War es großer Zufall oder leicht zu erwarten, daß der Fischdampfer den Kopf in sein Netz bekam?« fragte Bony. Die anderen betrachteten jetzt den gewichtigen Joe Peace, der einmal auf einem Trawler gefahren war.

»Das konnte leichter geschehen, als Sie glauben«, antwortete Joe. »Der Fischdampferkäpt'n kennt den Seegrund ebenso gut wie der Farmer eine bestimmte Koppel. Er kennt alle Riffe und die Stellen, die ganz frei sind von Riffen und Felsen. Merkwürdig ist nur, daß sie den Kopf aufgefischt haben, als die untere Stange am Schleppnetz sich ein Stück oberhalb des Grundes befand, denn sie muß eigentlich direkt auf dem Meeresboden schleifen.«

»Und wie erklären Sie sich das?«

»Tja, mir kommt's so vor, als ob man Ericson, nachdem er erschossen worden war, über Bord geworfen hat oder er so ins Wasser fiel. Sicher waren Haifische in der Nähe, die sich um die Leiche gezankt und sie in Stücke gerissen haben. Den Kopf haben sie nicht zu fassen gekriegt, weil er gesunken ist, während sie sich um die anderen Stücke stritten, und er ist dann auf dickem Seetang ein paar Fuß über dem Grund liegengeblieben.«

»Würden Sie nicht empfehlen, einen Taucher in der Gegend, wo der

Kopf aufgefischt wurde, suchen zu lassen, nämlich – nach dem Schiff selbst?«

»Nein, weil die Fischer gar nicht wissen, wo der Kopf in ihr Netz geraten ist. Die wissen nur, wo sie es eingehievt haben. Das Netz war anderthalb Stunden ausgefahren und hat im Zickzackkurs den Meeresgrund abgekämmt.«

Bony erhob sich. »Nun, meine Herren, es wird spät, und wir müssen alle morgen schon früh hinausfahren. Ich darf Ihnen nochmals danken und eine letzte Bitte anschließen. Behalten Sie mich weiterhin nur als Viehzüchter aus dem Norden im Gedächtnis und lassen Sie nichts über meinen wahren Beruf durchsickern. Gute Nacht!«

Mit dem Polizeimeister wieder allein, schrieb Bony etwas auf einen Bogen Papier, dann sagte er, Telfer scharf anblickend: »Sorgen Sie dafür, daß diese Nachricht gleich morgen früh ins Präsidium gelangt. Wir müssen wissen, ob die Offiziere der ›Orcades‹ zu der Zeit, als ihr Dampfer in der Nähe des Gebiets vorbeizog, ein kleines Fahrzeug weitab von Land gesichtet haben. Vielleicht erinnert sich wenigstens einer von ihnen an so ein Schiff. Im Logbuch dürfte das kaum verzeichnet sein, aber im Kopf mag jemand es haben.«

»Wird erledigt, Sir. Weshalb haben Sie sich nach Mr. Rockaways ›Dolfin‹ erkundigt?«

»Weil der Kapitän der ›A.S.1‹ gemeldet hat, diese Barkasse am bewußten Tage frühmorgens gesehen zu haben, und weil ich es für wichtig halte, daß auf der Übersichtskarte, die ich vorbereite, jedes Schiff, das damals in dieser Gegend in See war, verzeichnet ist.«

9

Am nächsten Morgen saß Bony nicht um sieben Uhr bei Mr. Emery am Frühstückstisch, sondern schickte eine Mitteilung an Wilton, daß er heute nicht hinausfahren wolle. Wilton möge ihn bitte um 11 Uhr aufsuchen.

Vom Balkon des Hotels beobachtete er die meisten Barkassen beim Auslaufen und verfolgte mit den Augen ihren Weg von der Pier durch die Flußmündung über die Sandbank und bis über das Kap hinaus in die offene See. Er kannte sie bereits alle bei Namen und konnte sie so gut unterscheiden, daß ihm sofort die eine, noch fremde, auffiel. Eine Barkasse von der Eleganz eines Jollenkreuzers, schätzungsweise 15 Meter lang, mit silbergrauem Anstrich.

»Wissen Sie, wie die Barkasse da heißt?« rief er den Hausdiener an, der vor dem Hotel fegte.

»Das ist die ›Dolfin‹«, kam die Antwort, »sie gehört Mr. Rockaway, der an der Wapengobucht wohnt. Hat heute früh 'n Schwertfisch zum Wiegen 'reingebracht.«

»So?«

»Ja, einen schwarzen Marlin, 291 Pfund. Seine Tochter hat ihn südlich von Tathra geangelt.«

Bony bedauerte, daß unter den Barkassen, die heute dem Fischfang oblagen, nicht die ›Marlin‹ war und er nicht in ihrem Cockpit saß, denn das ›Rauschgift‹, das nach Emerys Ansicht schlimmer war als Alkohol, beherrschte ihn schon.

Er studierte gerade in der Hoteldiele die Küstenkarten, als Wilton hereinkam.

»Ich hörte vorhin, daß die elegante Barkasse, die heute morgen 'rausfuhr, die ›Dolfin‹ gewesen ist«, sagte Bony freundlich.

»Stimmt, Mr. Bonaparte. Miss Rockaway hat einen schönen 291-pfünder gelandet. Schwarzer Marlin. Schon ihr dritter Großfisch in dieser Saison. Die versteht ihre Sache.«

Bony ging ihm voran auf den Bürgersteig, wo er lächelnd zu ihm sagte: »Ich denke, wir geben Ihrem Joe heute einen freien Tag. Ich habe so Verschiedenes zu erledigen, wobei Sie mir vielleicht behilflich sein werden.«

»Aber gern.«

»Schön. Ich möchte nämlich Miss Spinks kennenlernen. Sie würden mich ihr gewiß vorstellen? Während ich mit ihr rede, könnten Sie sich mit der Mutter unterhalten. Sagen Sie ihr im Vertrauen auch, wer ich bin.«

»All right.«

Als Bony in Wiltons braunen Augen eine gewisse Skepsis las, wurde sein Blick sofort hart. Wilton spürte in den seeblauen Augen das Undefinierbare, das charakteristisch ist für Männer, die sich in der Welt durchgesetzt haben. Auch bei einigen seiner Angler war ihm dieser Ausdruck früher aufgefallen.

»Ich werde Miss Spinks nicht durch ein strenges Verhör und plumpe Fragen nach ihren familiären Beziehungen in Angst versetzen«, sagte Bony, während sie langsam zur Teestube Nott gingen. »Auch will ich ihr keine Hoffnung machen, daß ihr Bruder noch lebt, obgleich wir keinen Beweis haben, daß er tot ist. Ist er aber am Leben und kommt eines Tages nach Hause, dann wird sie doch wohl finden, daß ihre Lage, wenn

Sie einen Heiratsantrag bekommt, günstiger ist als früher, meinen Sie nicht auch?«

Ein Seitenblick genügte Bony, um zu erkennen, daß Wilton gespannt auf weitere Eröffnungen wartete.

»Ich weiß, wie es um Sie steht, Jack«, sagte er. »Ja, ich kenne Sie sogar besser als Sie glauben. Mein Eindruck von Ihnen ist der allerbeste, und wäre ich nicht der geborene Detektiv-Inspektor, so würde ich ein vorzüglicher Heiratsvermittler sein.«

Als Marion Spinks, die gerade ihre Regale und Glasgefäße hinter dem Ladentisch abstaubte, die Männer begrüßte, zog ihre Frische den sehr empfänglichen Bony sofort in Bann. Ein harmloses junges Mädchen, aus dessen dunklen Augen Freundlichkeit und Ehrlichkeit leuchteten.

Als Bony ihr vorgestellt wurde, bemerkte er in den ausdrucksvollen Augen einen flüchtigen Schimmer von Feindseligkeit, der sich jedoch rasch in Freundlichkeit verwandelte. Er verbeugte sich in seiner unnachahmlichen Art und sagte: »Ich hatte mir gedacht, Jack könnte sich mit Ihrer Mutter unterhalten und mir nebenbei eine Kanne Morgentee bringen, während wir beide einmal nett zusammen plaudern. Ich möchte Ihnen gern beweisen, daß auch ein Gespräch mit einem Detektiv angenehm sein kann.« Bony sagte das in seiner großartigen Manier, die, obgleich sie gewiß übertrieben war, nie ganz ihre Wirkung verfehlte. »Im Augenblick scheint ja keine Kundschaft dazusein, die Ihre Aufmerksamkeit verlangt. Wollen wir uns an eines der kleinen Tischchen setzen?«

Sie nickte, ging um das Ende des Ladentisches und setzte sich ihm gegenüber. Wilton ging hinaus.

»Bitte verstehen Sie mich gleich richtig, Miss Spinks«, begann Bony. »Ich bin nicht etwa der Meinung, daß Ihr Bruder mit der Ermordung des unglücklichen Mr. Ericson irgend etwas zu tun hat. Im übrigen neige ich, da die ›Do-me‹ offenbar nicht der See zum Opfer gefallen ist, zu der Ansicht, daß Ihr Bruder gleichzeitig mit Mr. Ericson getötet wurde.«

»Er lebt, Mr. Bonaparte«, sagte sie mit ruhiger Zuversicht.

»Wissen Sie das mit Bestimmtheit, oder sagen Sie es nur gefühlsmäßig?«

»Ich weiß es weder noch sage ich das gefühlsmäßig.«

»Aber dann –«

»Wäre er gestorben, so hätte ich es gefühlt«, sprach sie ganz ernst weiter. »Bill und ich sind Zwillinge. Wenn ihm in der Schule mit dem Rohrstock auf die Hand geklopft wurde, spürte ich die Striemen wie auf meiner eigenen Hand. Auf der erschien dann ein dunkelrotes Mal. Unser Vater war ein Trinker, und eines Tages schlug er Bill mit einem Holzscheit bewußtlos. Ich war zum Brombeerenpflücken gegangen, als das passierte, und spürte doch sofort, daß Bill einen Schlag bekommen hatte. Ich könnte Ihnen noch mehr Beispiele erzählen, wie eng Bill und ich zusammengehören. Wäre er getötet worden, so hätte ich das gespürt. An dem Nachmittag, als die ›Do-me‹ verschwand, fühlte ich mich sehr unruhig, und als ich dann mit Mutter zu Hause wartete, ehe wir zur Anlegebrücke gingen, spürte ich, daß Bill sehr nach mir verlangte.«

»Haben Sie dieses Gefühl nachher wieder gehabt?«

»Oft«, antwortete sie, mit dem Kopf nickend. Dann faltete sie auf dem Tisch fest die Hände und rief, als sei sie dadurch, daß keiner ihre Überzeugung teilte, ganz verzweifelt: »Bill ist nicht tot, Mr. Bonaparte, ich weiß es! Und ich weiß auch, daß er mit dem Mord an Mr. Ericson nichts zu tun gehabt hat, dafür ist er ein viel zu feiner Mensch.«

»Und Sie sind Zwillinge, wenn ich recht verstanden habe?«

»Ja.«

Bony blickte sie starr an, so daß sie unsicher wurde. »Sagen Sie, Miss Spinks, wußten Sie vor dem Auslaufen des Schiffes, daß Ihr Bruder mit Mr. Ericson zum Angeln beim Schwertfisch-Riff fahren würde?«

»Aber ja. Bill hatte es mir und Mutter am Abend vorher beim Essen gesagt. Ganz festgelegt hatten sie ihr Fanggebiet noch nicht, doch als Mutter dann morgens die Eßkörbe für Bill und Bob Garroway zur Pier brachte, waren sie entschlossen, dorthin zu fahren.«

In diesem Moment kam Wilton mit dem Tee für Bony, den Marion ihm auf dem Tisch zurechtstellte. Bony sagte zu Wilton: »Von wann an haben Sie bestimmt gewußt, daß Bill Spinks und Mr. Ericson zum Riff hinausfahren wollten?«

Wilton zögerte mit der Antwort. »Das weiß ich nicht mehr«, gab er zu. »Muß mal überlegen. Ah ja, ich weiß es doch. Es war, als ich mit Joe von der ›Marlin‹ zur Pier ruderte, weil wir zu Mittag essen wollten. Wir haben da noch mit Martin Hooper und Fred Penny eine Weile geklönt. Penny sagte, beim Riff gäbe es ebenso viele Haie wie in anderen Gebieten südlich der Insel Montague. Das Gespräch kam darauf nur, weil die ›Do-me‹ an diesem Morgen nach dem Riff ausgelaufen war.«

»Oh!« Bony trank einen Schluck Tee. »Also hat es ziemlich jeder gewußt, wie?«

»Ja, ein Geheimnis war das doch sowieso nicht.«

»Hm. Gehen Sie nur wieder zu Mrs. Spinks, plaudern Sie mit ihr und sagen Sie ihr auch, daß der Tee ganz nach meinem Geschmack zubereitet ist.« Zu Marion sagte er, als Wilton hinausgegangen war: »Feinde hatte Ihr Bruder doch nicht, wie...?«

»Nein, Bill mochte jeder gern.«

»Und Mr. Ericson mochten Sie alle drei gern, ja?«

»O ja. Ein prachtvoller Mensch. Bill fand ihn immer so nett und rücksichtsvoll. Er hat sogar dem jungen Garroway mal beim Thunfischfang seine Angel eine halbe Stunde überlassen.«

»Wie ich hörte, war Garroway bei Ihnen in Kost und Logis. Wie kamen Sie mit ihm aus?«

»Sehr gut. Robert war ein stiller Mensch, und stets höflich zu Mutter und mir.«

»War er vielleicht in Sie verliebt?«

Zum erstenmal lächelte Marion, schüttelte aber den Kopf.

»Dann war er für sein Alter ein bißchen rückständig, Miss Spinks«, sagte Bony mit leisem Lachen. »Wie stellte sich Robert Garroway dazu, daß Ihr Bruder die Barkasse fahren sollte, die Mr. Ericson zu kaufen beabsichtigte, und daß Sie und Ihre Mutter mit in seinem neuen Hause wohnen sollten? In dem Fall hätte doch Garroway seinen bisherigen Arbeitsplatz und sein Logis verloren, nicht wahr?«

»Dazu wäre es aber gar nicht gekommen, Mr. Bonaparte. Ich glaube es kaum. Bill hielt viel von Garroway, weil er sich als Rudergänger schnell anzupassen verstand und den Anglern gegenüber stets höflich und gefällig war. Abgemacht war noch nichts, aber Bill wollte Mr. Ericson bitten, ihn als Steuermann mit auf die neue Barkasse nehmen zu dürfen.«

»Sie wüßten also keinen Grund, weshalb Robert Garroway Mr. Ericson erschossen haben könnte?«

»Durchaus keinen.«

Bony sprach nun über allerlei Alltäglichkeiten. Er erfuhr, daß die Teestube florierte, daß Mr. Blade weiterhin als geschäftlicher Berater fungierte und daß Marion Jack Wilton ›recht gern‹ habe.

Noch vormittags sprach Bony mit dem Klubsekretär, dem er die Einzelheiten von der Konferenz im Polizeigebäude erzählte. Blade erklärte sich bereit, um 2 Uhr nachmittags zu Bony auf die ›Marlin‹ zu kommen.

Um 1 Uhr erhielt Bony eine lange telegrafische Mitteilung vom Präsidium in Sydney.

Um 2 Uhr traf er Blade und Wilton in der Kajüte der ›Marlin‹. Er bat um Aufstellung eines provisorischen Tisches. Wilton holte ein Klapptischchen von der ›Vida‹.

»Ich habe meine Kartenskizzen mitgebracht, Mr. Blade, und bitte Sie, mir beim Eintragen der Einzelheiten in eine Übersichtskarte behilflich zu sein, so daß sich ein Bild der Bewegungen sämtlicher Fahrzeuge ergibt, die am Tag des Verschwindens der ›Do-me‹ in jenem Seegebiet waren. Dann und wann werden wir dabei Ihren Rat benötigen, Jack. Haben Sie übrigens von dem Schwertfisch, der jetzt am Dreieck hängt, eine Aufnahme machen lassen?«

»Ist heute morgen geschehen«, erwiderte Blade.

»Gut. Ich möchte doch meine Frau und die Kinder überzeugen können, was für einen Burschen ich gefangen habe. Aber jetzt an die Arbeit. Die Skizzen hier habe ich in zwei Gruppen geteilt. Wir wollen jede in einer Karte zusammenfassen und nachher aus den beiden eine abschließende große Lagekarte herstellen. Hier sind noch Skizzen, auf denen nur die Küste gezeigt ist, zum Einzeichnen der Einzelheiten von allen anderen.«

Eine ganze Stunde arbeiteten sie daran, indem sie sorgfältig auf einzelnen Blättern die Position jeder Barkasse einzeichneten, die an dem verhängnisvollen Tage von Bermagui aus operiert hatten. Auch die Zeiten und Positionen beim gegenseitigen Sichten, Annähern und Abweichen waren entsprechend eingesetzt, ferner die Position des Dampfers ›Orcades‹, des südlich von Kap Bunga fischenden Trawlers und der Barkassen aus Narooma. Aus der Vereinigung dieser Skizzen entstand die Übersichtskarte mit sämtlichen Einzelheiten, außer den Kurslinien der Schiffe. Schweigend studierten die drei Männer diesen Schlüsselplan.

Nach einer Weile murmelte Bony: »Was können wir hieraus lernen? Die Karte mag bestimmte Folgerungen gestatten, die ich nicht erkennen kann, während sie einem Seemann wie Ihnen, Jack, gleich ins Auge fallen. Schauen Sie sich alles genau an, ob Sie etwas Anomales, Auffallendes bemerken. Aber warten Sie noch einen Moment, wir kommen leichter zurecht, wenn wir diesen Plan in drei Gebiete unterteilen.«

Mit einem Farbstift umriß er die drei Flächen. Auf die oberste Teilkarte mit einem Seegebiet um die Insel Montague schrieb er ›Norden‹, auf die Kartenfläche mit dem Gebiet östlich von Bermagui ›Mitte‹, und auf die mit dem Küstenstrich südlich von Kap Bunga, einschließlich der Wapengobucht, ›Süden‹. Die Karte ›Süden‹ zeigte die Positionen der ›Gladious‹, des Dampfers ›Orcades‹ und des Fischdampfers ›A.S.1‹. Der Abschnitt ›Mitte‹ zeigte die Positionen der ›Gladious‹, der ›Edith‹, der ›Snowy‹ und der ›Do-me‹ mit Zeitangaben vom Verlassen des Hafens bis zu der Minute, da ihnen die ›Gladious‹ aus Sicht kam. Im Gebiet ›Norden‹ waren die Positionen der ›Edith‹ und der ›Snowy‹ zueinander und zum Dampfer ›Orcades‹ eingezeichnet. Nach einiger Überlegung radierte Bony die Barkassen von Narooma als unwichtig aus, weil keine von ihnen sich mehr als zwei Meilen von der Küste entfernt hatte.

»Nun, Mr. Blade, was halten Sie von der Gesamtkarte?« fragte er, als sie stumm die farbige Skizze studierten.

»Bis jetzt noch nicht viel. Die Karte ist sehr instruktiv, sie zeigt uns wie ein Luftbild sämtliche damals auf See befindlichen Fahrzeuge.«

»Das stimmt nicht ganz, denn es fehlt uns noch der Teilkurs der ›Dolfin‹. Der Trawler hat sie zuerst um sieben Uhr fünfzehn morgens gesichtet, als sie ihn auf Südostkurs passierte, vor dem Bug. Gegen acht verlor er die ›Dolfin‹, die weiter nach Südosten hielt, aus Sicht. Ich will diese Details noch einfügen. Hier sehen Sie: Die ›Dolfin‹ läuft aus der Wapengobucht und nimmt schnurgeraden Südostkurs, bis sie von dem Fischdampferkapitän nicht mehr gesehen werden kann.«

»Wie mir scheint, können wir, von zwei Voraussetzungen ausgehend, zwei Theorien entwickeln«, fuhr er fort. »Die erste ist, daß der Besitzer der ›Do-me‹, William Spinks, seinen Angler und seinen Steuermann – oder der Steuermann den Angler und Spinks – ermordet und dann die Barkasse für diesen Tag weiter in See gesteuert hätte, um bei Nacht zur Küste zurückzukehren, die ›Do-me‹ im flachen Wasser zu versenken und im Beiboot an Land zu gehen. Dabei brauchen wir uns um ein Motiv nicht zu kümmern, müssen aber auch die Schwierigkeit, nachher das kleine Boot spurlos verschwinden zu lassen, in Betracht ziehen.

Die zweite Theorie, die mir mehr einleuchten will, ist, daß Leute auf einem noch unbekannten Schiff die Männer auf der ›Do-me‹ angegriffen, sie ermordet und die Barkasse versenkt haben. Auch hier bietet sich kein Motiv dar, doch wir wollen einmal die Motive beiseite lassen und nur überlegen, was der ›Do-me‹ tatsächlich passiert sein kann.

Wenn wir uns die Theorie Nummer eins zu eigen machen, dann hätten Spinks oder sein Steuermann, als sie die ›Do-me‹ bis zum Einbruch der Dunkelheit weit in See führten, sich mindestens für anderthalb Stunden vor der ›Orcades‹ verbergen müssen, denn so lange durchfuhr der Dampfer dieses Küstengebiet. Finden wir die Theorie zwei wahrscheinlicher, dann mußte das Fahrzeug, das die ›Do-me‹ erledigte, sich nicht nur der Aufmerksamkeit der ›Orcades‹ entziehen, sondern sich auch vor der ›Gladious‹ und dem Trawler verbergen. Auch setzt das voraus, daß Spinks und Ericson von vornherein entschlossen waren, beim Schwertfisch-Riff zu angeln. Nun bedenken Sie bitte: Welches der Fahrzeuge auf unserer Gesamtkarte konnte wohl, unbemerkt von den anderen, nach Norden oder Süden ausweichen und dann von Osten das Riff und die ›Do-me‹ ansteuern?«

Nach längerem Studium der Schiffspositionen sagte Wilton: »Die ›Gladious‹. Sie konnte die ›A.S. 1‹ von fern gesichtet haben, während sie selbst, da es dunstig war, als kleines niedriges Fahrzeug von dem Trawler aus nicht einmal auf die halbe Entfernung bemerkt worden wäre.«

»Und aus dem Gebiet ›Norden‹ konnte die ›Edith‹ nach Süden abgelaufen sein, nachdem die ›Orcades‹ sie, um zwölf Uhr vierzig, passiert hatte«, warf Blade ein.

»Ich glaube, die ›Edith‹ brauchen wir nicht zu verdächtigen«, entschied Bony, »weil Flandin, von der ›Snowy‹, in die Karte den Kurs der ›Edith‹ eingezeichnet hat, nachdem Burns schon den Kurs der ›Snowy‹ in der Skizze festgelegt hatte. Einem von beiden wäre ein etwaiger Zeichenfehler wohl aufgefallen. Also bleiben uns die ›Gladious‹ und die ›Dolfin‹.«

»Ja, beide hätten sich der ›Do-me‹ nähern können, ohne von dem Fischdampfer und auch – nach zwölf Uhr dreißig – ohne von der ›Orcades‹ gesichtet zu werden.«

»Da gebe ich Ihnen recht, Jack«, sagte Blade zögernd. »Pfff ... Wenn Remmings von der ›Gladious‹ der Täter wäre, hätte er seinen Steuermann und seine beiden Angler – bekannte Sportsleute aus Melbourne – zu Mitwissern machen müssen. Rockaway auf der ›Dolfin‹ hätte drei Mann Besatzung und seine Tochter einweihen müssen, falls er an diesem Tage hinausgefahren ist. Zum Kuckuck! Rockaway wohnt doch schon jahrelang an der Wapengobucht, sieben Jahre. Er hat sich ein schönes Haus gebaut, besitzt mehrere Autos und die ›Dolfin‹, für die er sich eine bequeme Anlegebrücke konstruieren ließ. Nein, nein, nein – weder die ›Gladious‹ noch die ›Dolfin‹ kommen in Frage.«

Und wieder prüften sie schweigend die Lagekarte. Ab und zu hörten sie, im Geschrei der Seevögel und im ewigen Dröhnen der Brandung, Schritte auf den Planken der Anlegebrücke. Dann sagte Bony langsam, weil es ihm Spaß machte, seine Bombe in das ›Getriebe‹ des Situationsplanes zu werfen: »Kennt einer von Ihnen eine ungefähr zwölf Meter lange Barkasse mit Dampfantrieb, kriegsschiffgrau gestrichen, mit schwarzem Schornstein und ohne Mast?«

Beide Zuhörer starrten ihn an, und beide verneinten die Frage. Mit einem Lächeln fuhr er fort: »Ich habe heute eine Mitteilung bekommen, daß der Wachoffizier und der Rudergänger der ›Orcades‹ sich erinnern, als der Dampfer hier die Küste passierte, ein Fahrzeug wie das beschriebene ungefähr querab Kap Bunga, etwa vierzehn Meilen von Land, gesehen zu haben. Und zwar erinnern sie sich an dieses Schiff, weil sie es in nur wenigen hundert Meter Entfernung passierten. Die zwei Mann an Bord der Barkasse haben den an der Reling stehenden Passagieren des Dampfers noch zugewinkt. Die Zeit der Begegnung beider Schiffe ist mit ungefähr zwölf Uhr zwanzig angegeben, und aus unserer Karte können Sie ersehen, daß das fünfundsiebzig Minuten nachdem die ›Gladious‹ die ›Do-me‹ auf ihrem noch immer östlichen Kurs in Richtung auf die Dampfbarkasse zuletzt sichtete, gewesen sein müßte.«

Wilton pfiff, Blade machte keine Bemerkung.

»Ich habe nie was von dem Fahrzeug gehört«, sagte Wilton. »Hat die ›Orcades‹ auch angegeben, welchen Kurs die ›Do-me‹ hatte, als sie von Bord aus zuletzt beobachtet wurde?«

»Sie steuerte nach Süden.«

»Wir müssen sie aufspüren«, sagte Blade.

»Die Polizei von ganz Australien sucht ja nach ihr«, behauptete Bony. »Ich persönlich glaube, daß es zu spät ist, sie zu entdecken, weil sie zweifellos getarnt ist. Trotzdem glaube ich keineswegs, daß unsere Arbeit an dieser Übersichtskarte umsonst war. Der nächste Schritt wäre, historisch die Vorgänge darzustellen von dem Tage an, da Ericson in Bermagui eintraf, bis zum Tage, an dem die ›Do-me‹ verschwand. Ich habe mir Abschriften von den Wetterberichten gemacht, und Ihren Büchern, Mr. Blade, könnten wir gewiß zusätzlich noch manches Wesentliche für die historische Entwicklung entnehmen.«

Die grauen Augen des Sekretärs funkelten, als er lebhaft sagte: »Meine Bücher würden Ihnen sehr viel Informationen geben, weil sie sich mit dem Angelsport beschäftigen und Einzelheiten enthalten, die an Ereignisse erinnern, aus denen wir weitere Folgerungen ziehen können. Wir könnten mit ihrer Hilfe die Geschichte jener Tage fast vollständig schreiben.«

»Gut«, erwiderte Bony. »Wir werden es als persönliche Historie schreiben, wie ein Tagebuch des bedauernswerten Mr. Ericson. Vielleicht bringt uns das auf eine Spur. Ich habe mehr und mehr das Gefühl, als ob das Motiv für die Vernichtung der ›Do-me‹ in dem Mord an Ericson zu suchen ist, und daß das Motiv für diesen Mord innerhalb jener neunundzwanzig Tage entdeckt werden kann.«

Rasch sammelte er die Skizzen ein und packte sie in seine Aktenmappe. Es war fünf Uhr, die erste Barkasse kam über die Sandbank.

»Ich möchte morgen angeln, Mr. Blade, könnten wir uns zwei Stunden mit der ›Geschichte der neunundzwanzig Tage‹ beschäftigen, sagen wir: um neun Uhr heute abend?«

»Ja, gewiß, gern.«

»Sie sind Gold wert. Ich werde um neun in Ihrem Geschäftszimmer sein. – Jack, morgen fahren wir auf die hohe See, zu den großen Fischen.«

Blade kicherte. »Ein herrlicher Sport, nicht wahr?«

»Sport?« gab Bony zurück. »Eine große Passion ist es!«

10

Als die Prozession der Barkassen am folgenden Morgen von Bermagui auslief, gehörte die ›Marlin‹ dazu, und Bony saß in der Plicht.

»Ich hasse diese stillen Tage mit der glasigen Luft«, vertraute Joe ihm an, indem er seinen gefiederten Haken, den er eben aus dem Maul eines zweipfündigen Bonitos genommen hatte, übers Heck auswarf. »Zum Schwertfischangeln habe ich gern einen richtigen Kuhsturm, daß der Mensch nicht mit dem Finger in der Nase bohren kann, wenn so'n Bursche bei halbem Orkan den Köderfisch zu fassen kriegt.«

Sie verließen gerade die innere Bucht, um die Spitze des Vorgebirges zu umrunden, fünf Barkassen hintereinander. Eine schwere Dünung drückte in die Große Bucht, die niedrigen Wasserberge wurden gerillt durch kurze Kabbelseen, die der ablandige Wind aufrührte. Vor dem grünen Hintergrund des schützenden Oberlandes sahen die Häuser des Städtchens Bermagui aus wie Wäsche an der Leine.

Draußen am Vorgebirge richteten die von den Felsen zurückgeworfenen Grundseen ein wildes Gewoge an, in dem die Barkassen heftig auf und nieder tanzten, doch sobald sie dort heraus waren, ging ihre Fahrt glatter. Ein paar nahmen die Richtung zur Insel Montague, andere Kurs zum Schwertfisch-Riff, nur die ›Marlin‹ zog südwärts, an der Felsgruppe ›Drei Brüder‹ vorbei nach Kap Bunga zu.

Über Bord flogen die Teaser, um ihren lebhaften Tanz auf und unter der Oberfläche des klaren Wassers zu beginnen. Über Bord flog der Köderfisch, der sogleich wie ein winziges Schnellboot hinter der ›Marlin‹ herflitzte. Jede rollende Woge trug das Schiff so in die Höhe, daß Bony die 1600 Meter entfernte Küste beobachten konnte, dann ließ sie es in die Tiefe fallen und schon entschwand das Festland seinen Blicken. Der Motor arbeitete ganz gleichmäßig, sein Tuckern setzte nie aus.

»Komisch heute morgen«, bemerkte Wilton, der auf der Bordkante saß und eine Zigarette drehte. »Nach dem Barometerstand, der die ganze Nacht unverändert geblieben ist, muß draußen bei Neuseeland schweres Wetter gewesen sein, sonst hätten wir nicht so hohe Dünung. Ich muß das Glas im Auge behalten. Vielleicht deutet es auf Oststurm, und wenn der kommt, wollen wir lieber nicht so weit von Bermagui sein.«

»Wie sind die Chancen fürs Angeln?« fragte Bony.

»Nicht schlecht. Es sind heute mehr Vögel da. Auch die Hammelvögel ziehen nach Süden.«

»Und das bedeutet?«

»Daß die kleinen Fische an der Oberfläche schwimmen und die Flachwasserfische nach Norden kommen. Die Vögel ziehen ihnen entgegen. Deshalb war Joe auch gleich bereit, in Richtung Kap Bunga zu fischen, denn der versteht sich auf die Vögelsprache. Sehen Sie mal den weißen Seeraben da! Auf den paßt der Name Tölpel, den man oft hört, wirklich nicht.«

Bony beobachtete den großen, graziösen Vogel, der etwa hundert Meter von ihnen entfernt Kreise über der See zog. Plötzlich kippte er wie an einem Gelenk vornüber und fiel, mit den Schwingen nur steuernd, fast auf die Wasserfläche, um ganz dicht über ihr wieder steil emporzustoßen.

»Man sollte meinen, er bricht sich den Hals, nicht wahr?« fragte Wilton. »Manchmal passe ich auf, wievielmal diese Vögel tauchen müssen, bis sie satt werden. Eigentlich nicht oft. Der jedenfalls hat jetzt sein Frühstück. Wie fix er das 'runterschlingt, und schon ist er wieder in der Luft.«

Bony richtete jetzt seine Aufmerksamkeit auf die anderen Barkassen, die in unterschiedlichen Abständen von der ›Marlin‹ ihres Weges zogen. Er verstand allmählich die Sprache, in der das ›Buch des Meeres‹ geschrieben ist, nur in den Entfernungen täuschte er sich. Er fragte, wie weit die ›Dorothea‹ entfernt sei.

»Ungefähr vier Meilen«, erklärte ihm Wilton.

Bei diesem Abstand sah Bony die ›Dorothea‹ nicht ständig, sondern nur, wenn ein Wellenberg sie gleichzeitig mit der ›Marlin‹ hochtrug. Alle Barkassen hatten einen Mast und führten Segel mit, um bei Versagen des Motors nicht stillzuliegen. Die weit entfernten Barkassen waren oft nur an der über die Kimm ragenden Mastspitze zu erkennen.

»Angenommen, Sie wollten für eine andere Barkasse unsichtbar, aber doch mit ihr in Verbindung bleiben, Jack – wäre das möglich, wenn Sie ihren Mast niederließen?« fragte Bony.

»Ganz recht, ein kleines Schiff, das seinen Mast niederholt, kann sich den ganzen Tag für Schiffe von ähnlicher Größe unsichtbar machen.«

»Und bei Nebel wäre das noch leichter?«

»Selbstverständlich. Wir würden weder die schwarze Barkasse da drüben noch die ›Dolfin‹ bemerken, wenn ihre Schiffer nicht gesehen sein wollen. Die unbekannte Barkasse hatte, nach den Angaben von der ›Orcades‹, gar keinen Mast, und die ›Dolfin‹ hat einen mit Scharnieren, der sich ganz schnell auf und nieder bewegen läßt. Mr. Rockaway hat ihn extra so einrichten lassen, weil nach seiner Ansicht ein Mast die elegante Linie der ›Dolfin‹ stört. Eigentlich wollte er gar keinen haben, er braucht ihn auch nur zum Hissen der Fangflagge oder für das Segel, wenn die Maschine ausfällt.«

Bony fragte nach einigem Überlegen weiter: »Liegt vor der Wapengobucht auch eine Sandbank?«

»Ja, aber die ist ebenso leicht zu passieren wie unsere am Bermaguee. Wenn wir den Oststurm haben, der unseren Fluß abschließt, ist die Wapengobucht auch abgeschnürt. In dieser Jahreszeit haben wir ja selten Ostwind, aber im Winter weht er oft tagelang, so daß wir gar nicht auslaufen können.«

»Was würde geschehen, wenn unter solchen Verhältnissen eine Barkasse über die Sandbank zu kommen suchte?«

»Die würde hübsch auf Grund laufen, wenn sie nicht kentert. Aber wir gehen nie dieses Risiko ein, nur um ein Kunststück zu zeigen. Können wir nicht einlaufen – ich bin schon mehr als einmal von einem Oststurm überrascht worden –, dann bedeutet das, bis zur Insel Montague vorzustoßen und dort in Lee liegenzubleiben, bis der Sturm abflaut. Doch, wie gesagt, lassen wir es, wenn wir einen Angler an Bord haben, nicht gern darauf ankommen.

Mit Joe zusammen bin ich einmal querab von Tathra in so einen Sturm geraten. Eigentlich waren wir selbst schuld, weil wir ihn kommen sahen. Im letzten Moment glückte es uns noch, über die Sandbank in die Wapengobucht zu kommen. Ich hatte eine Heidenangst um mein Schiff, aber Joe brachte es hinüber, ohne mit der Wimper zu zucken. In der Bucht ist Platz für ein Dutzend große Dampfer. Der Sturm hielt eine volle Woche an, doch es gibt dort Enten zu Tausenden, so daß wir uns dauernd mit Entenbraten verpflegten. Ich konnte nachher für ein Jahr kein Geflügelfleisch mehr sehen.«

»War das, bevor Rockaway sein Haus dort baute?«

»Ja.«

»Weshalb mag er sich gerade diesen Platz ausgesucht haben?«

»Wegen der Jagd und der Fischerei, denke ich. Eigentlich ist es doch kein Unterschied, ob einer da oder in Bermagui wohnt, vorausgesetzt, er kann sich ein Auto und einen Lastwagen leisten. Was machen die paar Kilometer schon aus? Im übrigen konnte er da ein Stück Land günstig kaufen, das im Wert bald steigen wird. Kein übler Kerl, der Rockaway. Recht großzügig, und kaufmännisch bestimmt auf der Höhe. Na, ich will jetzt lieber nach vorn gehen und Ausschau halten. Die Fischschwärme kommen bestimmt von Süden 'rauf, weil die Hammelvögel sie in Schwung bringen.«

Langsam verging der Vormittag. Als sie ein Stückchen vor Kap Bunga waren, kam Wilton mit den Eßkörben nach achtern. Bony sah, daß Joe mit ernster Miene ostwärts schaute. Er folgte seinem Blick, ohne jedoch etwas Interessantes oder Wichtiges zu entdecken. Wilton trat aus der Kajüte und sagte zu seinem Partner: »Dem Barometer ist das Herz in die Hosen gefallen. Dreh bei, wir wollen nach Hause. Je näher wir am Hafen sind, wenn das Unwetter losbricht, um so besser.«

»Ich dachte mir schon, daß es losgeht«, brummelte Joe Peace, indem er die ›Marlin‹ auf Nordkurs legte, »die Roller werden ja immer größer. Allerdings ist der Himmel noch ganz klar, und ich sehe kein Vorzeichen für Schlechtwetter. Oder doch: Über der Kimm da im Osten liegt ein dunkler Streifen.«

»Wahrscheinlich geht es ganz schnell los. Halt scharf Ausguck.«

Wilton saß auf dem Anglerstuhl an Steuerbord und verzehrte neben Bony sein Mittagbrot, als Joe schrie: »Fisch-ho!«

Die ›Marlin‹ schwang herum in die Richtung, die Joe wies, der jetzt zehnmal lauter als nötig schrie und jubelte. »Seht die Flosse da! Menschenskinder, die seht euch mal an!«

Bony war es, als sträubten sich seine Haare, in deren Wurzeln es heftig juckte. Er entdeckte die Flosse in dem Moment, als auch Wilton schrie. Sie zog am Schiff entlang und kam hinterm Heck wieder zum Vorschein. Und was war das für eine Flosse! Sie stand wieder so hoch aus dem Wasser wie die von seinem ersten Fisch, die vorbildliche Stromlinienform, an der Wurzel dick, nach oben symmetrisch verjüngt. Einen Irrtum gab es da nicht: die Rückenflosse eines großen Schwertfischs.

Joe schrie weiter, doch Bonys Hirn nahm seine Worte nicht mehr auf. Er sah auch nicht, wie der riesige Joe auf seinen nackten Füßen tanzte, sah nicht, daß Wilton, die Beine auf der Bordwand, sich gegen die Seite des Kajütsverdecks lehnte. Alle hatten das fallende Barometer und das drohende Unwetter vergessen. Der Fisch hatte in gutem Abstand seine Kurve ums Heck gezogen und folgte im Kielwasser.

Wilton sprang hinter Bony auf die Stuhlkante und begann, ihm das

Gehänge umzuschnallen. In diesem mit dem Angelstock verklammerten ›Harnisch‹ war er gezwungen, sich über den Stock zu beugen. Er hatte die Handschuhe an. Die Finger seiner Rechten tasteten behutsam in den Speichen des Bremsrades, an dem er spüren konnte, wie der nachgeschleifte Köderfisch gegen das Wasser drückte. Wiltons Stimme klang ihm im Ohr wie das Zischen brechender Wellenkämme. »600 Pfund hat der, Bony, das sage ich Ihnen! Vorsichtig mit dem! Oh – ein Prachtbursche! Jetzt hat er den Köder entdeckt. Sehen Sie bloß, wie er das Tempo mithält, wie er ihn beäugt und beschnuppert. Er ist etwas mißtrauisch. Wollen die Reizer bis zum letzten Augenblick draußen lassen. So ist's gut – bereithalten, die Bremswirkung abzuschwächen, und aufpassen, daß nicht zuviel Leine ausrauscht, wenn er sie mitnehmen will. Mann, ist das ein feines Exemplar! – Na, Bursche, weshalb willst du haltmachen, he? Komm, komm, du sollst dein Teil kriegen, es wartet schon auf dich. – Ah, sehen Sie doch!«

Gerade und sicher wie ein Pfeil schoß die Flosse jetzt vorwärts, sie schob sich im Schwung auf einer türmenden Welle empor, um den flitzenden Köder zu packen. Gerade sank die ›Marlin‹ in ein Wellental, und hoch oben auf dem mächtigen Roller ritt, klar abgezeichnet gegen den stahlblauen Himmel, der Köderfisch, seine Bugwelle teilte sich scharf nach Backbord und Steuerbord, und da – dicht hinter ihm schnitt, dem Kiel einer gekenterten Rennjacht ähnlich, die Rückenflosse des Schwertfisches durchs Wasser.

Hinab sauste der Köder, in ein Tal hinter der ›Marlin‹. Jetzt konnten die Männer durch den Abhang des Rollers hindurchsehen und schwarz die lange, schlanke, wundervolle Gestalt unter der Flosse erkennen. Und schon durchstieß im Wellental ein brauner Speer aus Fischbein die Wasserfläche, ein gewaltiges Maul erhob sich neben dem Köder. Es schien nach vorn zu schnappen wie die offenen Kiefer eines jagdeifrigen Hundes, dann versank es mit der gepackten Beute, und auch die Flosse verschwand. Die Leinentrommel begann zu kreischen.

Sofort drehte Joe blitzschnell das Steuerrad, um das Heck in Nordostrichtung zu bringen. Die Leine lief von der Spitze des Angelstocks genau achteraus, vom Angler Bony, der sich über die quietschende Rolle bückte, scharf beobachtet. Wilton riß schnell die beiden Teasers an Bord, dann beugte er sich hinter dem Stuhl wieder über Bony.

Jede Sekunde wurden viele Meter Leine von der Rolle gezerrt. Von den 900 Metern waren nach drei Sekunden schon 300 herunter, und weiter spulte sie ab. Nur noch die Hälfte war auf der Rolle, als sie plötzlich zu quietschen aufhörte und die Leine schlaff wurde.

»Warten!« rief Wilton wie bittend. »Noch nicht bremsen, er rennt gleich wieder los!«

Und Wilton hatte recht. Wieder kreischte die Rolle, wieder rauschte Leine ins Meer. Bony drückte dauernd mit der behandschuhten Linken gegen die Trommel. In den Fingern seiner Rechten kribbelte es vor Ungeduld, das Bremsrad anzudrehen, um diesem bedenklichen Verlust kostbarer Leine eine Schranke zu setzen. Wiltons Nerven waren wie gelähmt. Er beobachtete die rasch dünner werdende Wicklung auf der Rolle zuerst nur mit Unbehagen, aber bald mit steigender Verzweiflung. 600 Meter lagen schon unter Wasser, und jetzt 650! Nur noch wenig über 250 verblieben auf der Rolle.

Sein Angler durfte nicht länger abwarten, ob der Fisch haltmachte und den Köder bekaute, bevor er ihn verschlang. Nein, mit nur noch 150 Meter, die in Sekundenbruchteilen zusammenschrumpften, kein Warten mehr! Lief der letzte Meter von der Spule, dann brach entweder der Angelstock oder die Leine riß ab, und der Fisch war so oder so verloren. Dann lieber, um die Beute vielleicht ans Gaff zu bringen, schon vor dem günstigsten Moment zuschlagen, anstatt sie zu lange in Ruhe zu lassen und mit Gewißheit die Leine einzubüßen.

»Zuschlagen jetzt, Bony«, schrie er. »Zuschlagen, sonst verlieren Sie ihn wahrscheinlich, aber wenn keine Leine in Reserve bleibt, ist er sowieso futsch.«

Bony schlug scharf den Angelstock nach oben. Gleich spürte er das Gewicht des Fisches, vermochte aber die Leine, die unter seinen Fingerspitzen fortraste, nicht festzuhalten. Er schlug noch einmal zu, so hart, daß die Spitze des Stocks bis hinter seinen Kopf durch die Luft wippte, während er so scharf bremste wie er nur wagen durfte.

Das Gekreisch der Trommel verstummte. Er spulte die lose Leine auf, bis er den Zug des Fisches fühlte, dann schlug er wieder zu.

»Geben Sie's ihm ordentlich!« schrie Joe gellend.

»Los, 'rum, Joe, Tempo drauf, hinter dem Fisch her, die Leine ist kurz!« brüllte Wilton. Bony spürte das beschleunigte Klopfen des Motors, sah die Leine nach Backbord schwenken und das Heck des Schiffes drehen. Schon war die Leine querab, die Fahrgeschwindigkeit des Schiffes hemmte ihr Ablaufen. Der Fisch schwamm jetzt langsamer, Bony spulte die Lose auf. Von seinen Knien troff das Wasser. Er saß nun mit dem Rücken zum Heck, fast genau dem auf der Stelle tanzenden Joe gegenüber, dessen Aufgabe jetzt war, den Bug der ›Marlin‹ annähernd parallel zur Leine zu halten. »Er kommt hoch!« schrie Wilton, vor Aufregung überlaut. »Hart Ruder, 'rum mit ihr, Joe!«

Und das Heck schwang sich wieder herum, Leine und Angelstockspitze folgten dem Weg, bis die Leine genau achteraus stand, so daß Bony sich mit den Füßen gegen die Heckreling stemmen konnte und ein klares Kampffeld hatte. Sie sahen jetzt die Leine über dem Wasser länger werden, da der Fisch, Hunderte von Metern entfernt, blitzschnell an die Oberfläche schoß. Hoch wippte Bony die Stockspitze, daß er hart das Gewicht an der Leine fühlte. Wieder spulte er rasch, nach Senken der Spitze, lose Leine auf. Das wiederholte er mehrmals: auf, nieder, auf, nieder. Seine rechte Hand schmerzte vom schnellen Drehen der Trommelkurbel, sein linker Unterarm schmerzte von dem jähen Zug des Fisches bei jedem Zuschlagen. Diesmal konnte er alle Griffe schon ausführen, ohne auf seine Hände zu achten. So konnte er die See weit hinter dem Heck überschauen und abschätzen, wo die Beute wieder auftauchen könnte. Und er hatte die Entfernung richtig geschätzt!

Jetzt brüllte er mit Wilton und Joe im Chor.

»Da zieht er hin! So ein Bursche, Junge, Junge – Mensch!«

Vom Gipfel eines Wasserberges empor sprang der Fisch, 600 Meter entfernt, ein grauer Torpedo, in Regenbogenfarben gehüllt. Der Wasserberg glitt unter ihm hinweg, einen Moment schien er in der Luft zu hängen, dann fiel er, ungesehen von den Männern, mit gewaltigem Klatschen in das Wassertal.

»Los, Bony, geben Sie's ihm!« brüllte Joe. »Ordentlich, feste! Sie haben ihn doch! Nicht lockerlassen, er muß 'was kriegen!«

»Donnerwetter, ein Rekordfisch ist das, Joe!« brüllte Wilton in rauhem Triumph.

»Nein, ist er nicht, Jack, aber beinahe. Wieviel Leine haben wir noch auf der Trommel?«

»Wenn er noch weit ausrückt, nicht genug. Schlag langsam den Kreis, daß wir ihn verfolgen können. Da – da geht er hin!«

Trotz Bonys Bremsen an der Leine begann die Rolle sofort wieder zu quietschen, als der Fisch tief wegtauchte und sich mit der Schnelligkeit eines schweren Autos entfernte.

Bony kam es vor, als werde sein Gehirn buchstäblich eiskalt. Er mußte wieder an zweierlei denken: alle Geräusche und Bewegungen der beiden Männer verfolgen und dabei kühl und verständig kalkulieren, um den Absichten des Fisches zuvorzukommen. Heute wußte er schon genügend mit Angel, Leine und Bremse zu hantieren, doch fehlte ihm noch das sichere Abschätzen des richtigen Augenblicks, das nur durch Erfahrung zu gewinnen ist. Von nervösen Komplexen blieb er verschont. Sein Körper schien gar nicht beteiligt zu sein, doch sein Gehirn spürte er seltsam deutlich, als läge es dicht hinter den Augen.

Der Daumen der Hand, mit der er den Angelstock hielt, preßte auf die gestraffte Leine und suchte tastend zu ergründen, wieviel Zug auf ihr lag. Als der Zug zu stark wurde, lockerte Bony die Bremse. Das Kreischen der Rolle wurde greller. Die Barkasse folgte jetzt dem Fisch, ohne ihn zu überholen, nur so, daß von der Reserve auf der Trommel, die nur noch 150 Meter betrug, nichts mehr ablaufen konnte. Bony strömte der Schweiß übers Gesicht, rann am Halse hinab und durchtränkte sein Hemd. Die Leine straffte sich mehrmals so hart, daß Wilton schon Angst bekam. Er verzichtete darauf, Bony noch anzufeuern und ihm Ratschläge zu geben, weil er erkannte, daß er selbst es nicht besser gemacht hätte als sein neuer Angler.

Das Kreischen der Rolle hörte auf, und schon steuerte Joe die ›Marlin‹ so im Bogen, daß die Leine wieder achteraus lag.

»Was macht er denn jetzt?« wollte er von Wilton wissen.

»Keine Ahnung. Vielleicht wälzt er sich, um den Vorläufer auf den Schwanz zu wickeln und abzureißen.«

»Das wird ihm, weiß Gott, nicht glücken mit dem schönen neuen Draht«, schrie Joe und brüllte vor Lachen.

»Nicht loslassen, Bony, der wird noch ein paarmal ganz deftig zerren.«

Und wie zerrte er! Gewaltige Rucke, die Bony über Leine und Angelstock bis in die Hände fuhren und trotz seines kraftvollen Bremsens noch Leine von der Rolle rissen.

»Vorsicht!« rief Wilton. »Vorsicht, sonst ist die Leine weg, oder die Rolle zerbricht. Er ist tief getaucht, schüttelt den Kopf oder den Schwanz, um den Draht loszuwerden. Lassen Sie ihn nur, es ist Zeit genug. Je toller er jetzt kämpft, desto leichter ist er an der Leine zu halten, wenn er wieder abzieht. Das ist kein unerfahrener Jüngling, kann ich Ihnen sagen. Und Sie müssen mit Ihren Kräften haushalten, sonst sind Sie schon schlapp, ehe Sie ihn an den Haken bringen.«

Joe beugte sich vor und berührte seinen Partner mit dem Fuß. Wilton drehte sich um, Peace deutete auf den Horizont im Osten, wo eine lange, schmale, schwarze Wolke lagerte. Mit zusammengepreßten Lippen ging Wilton in die Kajüte, blickte aufs Barometer und kümmerte sich um den Motor, indem er die Ölstandsgläser und die Benzinmenge im Tank kontrollierte. Als er wieder herauskam, stellte er sich dicht neben Joe und sagte: »Das Glas ist noch tiefer gefallen, wir kriegen einen überraschenden Sturm, der nicht von Pappe ist.«

Joe grinste nur, daß seine Barthaare sich zu spreizen schienen. »Ziemliches Pech, mit dem Wetter«, sagte er. »Hoffe, der Fisch ist erledigt, bevor es losgeht, sonst mußt du Bony auf dem Stuhl festhalten. Sieh ihn dir doch mal an. Inwendig kalt wie Eis, und außen schwitzt er wie ein Bulle. Der Mann ist richtig für den Schwertfischfang! Kapiert auch fix, was?«

Wilton lächelte. Er blickte wieder nach See: Die bandförmige Wolke am Horizont wurde breiter. »Die ›Dolfin‹ beeilt sich ja mächtig, nach Hause zu kommen«, sagte er zu Joe, »und was wollen wir machen? Leine kappen und 'rein in den Hafen?«

»Leine kappen!« rief Joe wie ein Echo. »Die Leine mit dem Fisch am andern Ende? Keine Bange, wir laufen in die Wapengo, wenn der Seegang so wird, daß wir nach Bermagui nicht 'reinkönnen. Lieber soll die blöde Barkasse wegsacken, ehe wir auf den Fisch verzichten.«

Wilton klopfte ihm lachend auf den Arm. »Gib du nur acht auf das Wetter«, sagte er und ging wieder zum Heck, hinter seinen Angler. »Na, wie kommt er?« fragte er Bony. »Ein bißchen Leine haben Sie ja noch drauf.«

»Ja, aber was ich in einer Minute aufrolle, zieht der Fisch mir in einer Sekunde wieder weg«, erwiderte Bony, ganz außer Atem.

»Schadet nichts, Hauptsache, Sie machen's ihm schwer. Lassen Sie ihm keine Pause, nicht die kleinste. Aber auch auf die Brecher achtgeben und immer, wenn wir hochgetragen werden, die Bremse lockern, sonst wird der Zug zu stark. Wir wollen doch jetzt diesen Prachtburschen nicht mehr verlieren.«

»Wie lange ist er schon an der Angel?» fragte Bony, fast stotternd vor Anstrengung.

»Ungefähr eine halbe Stunde. Schon schlapp?«

»Und wie! Bin ja nicht mehr so jung wie früher. Aber was für ein Fisch, Jack, ein grandioses Exemplar! – Ja, komm nur näher, Bürschchen! Nein, so nicht – aha, jetzt habe ich dich besser beim Wikkel.«

Bony hatte seine ehrliche Last mit der Leine. Hin und her ging es mit Abrollen und Aufspulen, er mußte seine ganze Kraft anstrengen, damit ihm der Fisch nicht zuviel wegriß, und er lernte die Bremse feinfühlig betätigen. Plötzlich erschien in seinem Gesichtskreis eine elegante silbergraue Barkasse. Sie war an Steuerbord aufgekommen und lief nach einem flotten Bogen parallel zur ›Marlin‹, um die Angelschnur nicht zu überschneiden. Bony sah in dem geräumigen Cockpit einen massiven Herrn und eine schlanke Dame, ein zweiter Mann stand im Schatten des

Ruderhauses, ein dritter montierte einen schweren Angelstock ab. Das Paar im Cockpit winkte Bony zu, der trotz aller Bemühungen zurückwinkte.

Der Seegang nahm merklich zu, hohe Wasserberge umgaben die ›Marlin‹. Erhob sich einer zwischen den beiden Barkassen, dann waren sie unsichtbar füreinander.

Der dicke Herr, der, wie die Dame, in einem Anglerstuhl saß, erhob sich und deutete nach Osten. Bony sah, daß der breiter werdende Wolkengürtel dort am Horizont immer höher stieg. Joe schrie und machte wilde Armbewegungen. Die ›Dolfin‹ überholte die ›Marlin‹ in erhöhter Fahrt und glitt, vor ihrem Bug kreuzend, dem Gestade entgegen.

Bony spürte seine Muskeln von Minute zu Minute mehr. Als der Kampf mit dem Fisch eine volle Stunde gedauert hatte, schlug der Sturm mit heftigem Regen los. Die Sonne erlosch. Das Blau und Weiß des Meeres wurde zu Grün und Weiß, die Kämme der kurzen Wellen vermengten sich zu dichten Gischtschauern, so daß die grünen Flächen immer kleiner wurden und die weißen größer.

»Na, wie geht's denn jetzt?« fragte Wilton besorgt.

»Er kommt 'ran, aber nur langsam«, antwortete Bony. »Zieht mit der Kraft eines Walfisches.«

»Nur 'ranhalten, Sie haben ja die halbe Leine schon drin. Er wird jetzt immer schneller kommen, kann keine neue Kraft mehr sammeln.«

Der Fisch stand noch im Nordosten, die schwerer werdenden Seen griffen die ›Marlin‹ breitseits an. Joe drehte ein wenig bei, um die Brecher an der Backbordseite aufzufangen. Die Barkasse hüpfte wie ein Kork, Wilton hatte tüchtig zu tun, nur den Anglerstuhl hinunterzudrücken, damit Bony die Füße fest gegen die Heckreling stemmen konnte. Meter um Meter wurde die triefende Leine auf die Rolle gezwungen.

»Nimmt der Sturm noch zu?« fragte Bony in ganz heiseren Tönen.

»Eine saftige Bö«, erwiderte Wilton.

Der Regen schlug prasselnd auf die grünen Wasserflächen, die dicken Tropfen sprangen ab und wurden mit dem Gischt umhergefegt, die Kämme der Brecher rauschten lauter. Wilton war unruhig, weil er wußte, wie es herging, wenn die kleinen Zwischenwellen vom Sturm an den großen hinaufgetrieben werden und sie zu wahren Türmen mit Kaskaden peitschenden Gischtes machen. Von Minute zu Minute wurde die Möglichkeit, über die Bank in die Wapengobucht zu laufen, geringer. Er ging wieder zu Joe. »Was hältst du jetzt vom Wetter?«

»Ist doch ganz erträglich, Jack. Wie kommt der Fisch?«

»Hat noch zweihundert Meter Leine. Wenn's noch eine Stunde so geht, können wir in die Wapengo nicht 'rein.«

»Dann laufen wir bis nach Eden 'runter. Unser Kahn wird mit jedem Seegang fertig, und Benzin haben wir massig. Was macht das Glas?«

»Steht noch ebenso tief«, sagte Wilton, nachdem er schnell in der Kajüte nachgesehen hatte.

»Gleich geht der Sturm richtig los«, prophezeite Joe merkwürdig vergnügt. »Kann von mir aus pusten so toll er will, wenn wir bloß den Fisch zu fassen kriegen.«

Der Fisch war im Kampf unterlegen, und wäre Bony bei frischen Kräften gewesen, so hätten wenige Minuten genügt, um ihn an Bord zu bringen, aber er hatte nun siebzig Minuten in hartem Ringen gegen einen mehrere Zentner schweren Fisch hinter sich. Jetzt erst merkte er, daß der Wind von West auf Ost gedreht hatte und sehr schnell zunahm. Er konnte sehen, wie er die leichteren Wellenkämme vor sich herpeitschte und kurze Schaumstreifen über die kleinen Flächen grünen Wassers trieb. Die Regentropfen waren dick, er spürte auf Armen, Gesicht und Nacken jeden einzelnen wie einen Mückenstich.

Er wußte, daß Wilton wieder hinter ihm stand und mußte mühsam um Atem ringen, als er ihm zurief: »Jetzt bringe ich ihn hoch, er hat nachgegeben. Ein Gefühl, als müßte man eine Tonne Eisen aus einem Brunnen ziehen.«

»Fein machen Sie das, Mann«, raunte Wilton ihm ins rechte Ohr. »Zwingen Sie ihn noch etwas schneller, der Seegang wird schwerer, wir müssen uns beeilen, in die Wapengobucht zu kommen, nach Bermagui schaffen wir's sowieso nicht mehr, über die Sandbank.«

Da Bony seine Arme schwer wie Blei vorkamen und der ganze Rükken ihn schmerzte, fiel ihm die ernste Besorgnis Wiltons nicht auf. Joe Peace redete so einfach daher, sie könnten notfalls bis nach Eden die Küste hinablaufen, aber die ›Marlin‹ war doch schließlich kein Dampfer, und sogar die Küstendampfer mußten oft Schutz suchen. Mit verkniffenen Augen, um sich gegen Regen und Gischt zu schützen, taxierte Wilton, wieviel Leine noch einzuholen war. Dann ging er wieder zu Joe. »Der Fisch ist bald 'ran. Hol das Gaff und die Taue.«

Er löste Joe am Ruder ab, der gewandt alles zum Endsieg vorbereitete. Und schon sah Wilton, während er ständig die anlaufenden Seen und die Leine im Auge behielt, den hellen Metallwirbel, der die Leine mit dem Vorläufer verband, aus dem Wasser hochkommen.

Jetzt kam der schwierigste Teil der Angleraufgabe, denn ihnen fehlte der dritte Mann, der das Ruder bedienen und den Bug der ›Marlin‹ vernünftig gegen die riesigen, brechenden Seen lenken konnte. Wilton brachte den Motor auf höhere Touren, weil das Schiff so dem Steuer besser gehorchte. Er beobachtete dabei, wie Bony die Spitze der Angel zurückschnellen ließ, um den Vorläufer abzufangen, und sah, daß Joe, hinter Bony stehend, das Gaff mit Stab und Seil fachgerecht bereithielt.

Rasch laschte er das Steuerrad mit einem Tampen an und sprang nach achtern, um den Vorläufer mit festzuhalten. Zum Glück war der Fisch beinahe tot, fast ertrunken. Die Barkasse bockte beängstigend, ihr Vorschiff schlug knallend gegen einen Roller. Was für ein Fisch! Der größte, den Wilton bisher gesehen hatte, und der größte, der bisher an Deck der ›Marlin‹ gekommen war. Der mächtige, silbrig-grüne Fischleib durchschnitt den Schaum an der Oberfläche, als Wilton Hand über Hand den Vorläufer heranholte und den Fisch längsseit brachte. Hinein hieb der schwere Haken des Gaffs, und Joe legte sein ganzes Gewicht in das Zugtau.

An den Bordwänden spritzte der Gischt hoch empor, der Sturm brüllte jetzt wie Gewitter. Bony lehnte sich in seinen Stuhl zurück. Keuchend hielt er noch den Angelstock fest und wartete auf den Zuruf, daß der Fisch geborgen sei.

Joe belegte sein Tau an einem Poller im Heck, sprang ans Ruder und löste den Tampen. Noch im letzten Moment konnte er verhindern, daß die ›Marlin‹ breitseits in einen gewaltigen Brecher drehte, der wie eine Mauer aufsteilte.

Wilton kappte die Leine, brachte das Ende des Vorläufers zu Joe, der jetzt steuerte und dabei den Draht so festhielt, daß der Kopf des Fisches an die Bordwand gepreßt blieb. Die beiden Männer handelten so exakt, als hätten sie ein gemeinsames Hirn. Jede ihrer Bewegungen zum Einbringen des Fisches war genau vorausberechnet. Jetzt klemmte Wilton seine Füße um die Armstütze von Bonys Stuhl und legte sich, eine Tauschlinge in den Händen, über die Bordkante, um mit ihr den heftig schlagenden Schwanz des Fisches einzufangen. Immer wieder verschwand er mit Kopf und Schultern im Wasser, bis er das zustande gebracht hatte. Triefend naß strampelte er dann, bis er wieder auf den Füßen stand. Stolz und Befriedigung leuchteten aus seinen Augen, deren Blick das Seewasser noch trübte. Über das Brüllen von Sturm und See klang Joes gewaltige Stimme.

»Haben ihn! Donnerwetter, wir haben ihn binnen! Fein gemacht, Bony.«

Wilton klopfte Bony so herzlich den Rücken, daß er husten mußte.

»Mindestens 550 Pfund!« schrie er, und Joe rief er zu: »An Deck kriegen wir den bei diesem Seegang nie! Den müssen wir schleppen!«

»Aber die Haie!« brüllte Joe zurück.

»Können's nicht ändern, wenn die'n paar Pfund abbeißen«, kam Wiltons gellende Antwort. »Fest haben wir ihn jedenfalls. Nun Kurs auf die Wapengobucht, und mehr Fahrt, los!«

11

Sie standen, Bony und die beiden Barkassenmänner, unter dem achtern überhängenden Kajütsdeck, das den Rudergast und den Niedergang schützte. Hier konnten sie durch die Glasscheiben das Vorschiff der ›Marlin‹ und die in weißlichem Dunst verschwindende Küste sehen, auf die ihr Schiff, von Motor, See und Wind getrieben, ungewöhnlich schnell zusteuerte. Wilton stand am Ruder, Joe kaute, neben Bony, ein mit Fleisch belegtes, mindestens sieben Zentimeter dickes Brot.

Von Zeit zu Zeit lachte Joe, wie über einen Scherz, von dem die anderen nichts wußten. Erst nach mehreren Minuten merkte Bony, weshalb, und wunderte sich, auch auf Wiltons jugendlichem Gesicht ein glückstrahlendes Lächeln zu entdecken. Er erkannte, daß die beiden gar nicht an das Stürmen von Wind und Wellen dachten, die einem so kleinen Schiff rasch gefährlich wurden, sondern nur erfüllt waren von Freude über einen Sieg.

Wenn er auch noch keinen Goldsucher beim Finden eines Riesenklumpens beobachtet hatte, wußte er doch, daß der in dem glücklichen Augenblick genauso ein Gesicht machen würde wie die beiden. In ihre wetterharten Züge war deutlich die ungeheuere Genugtuung über einen hoch bewerteten Erfolg geprägt, und ihr gemessenes Benehmen verriet die Spannung ihrer Nerven.

So erfahren Bony im Beobachten menschlicher Reaktionen war, mußte er sich jetzt über die eigene wundern. Seine Haut war klebrig vom Schweiß, obwohl ein plötzlicher, schnell abziehender Regen seine Kleidung durchnäßt hatte. Auch nach erfolgreich beendeter Menschenjagd hatte er sich nie so herrlich zufrieden gefühlt wie jetzt: Seine Gedanken, die noch lebhaft um das erregende Erlebnis mit dem großen Fisch kreisten, wollten sich durch nichts ablenken lassen.

Von den Böen getrieben, fegten die Wolken über die Wellenkämme, einzelne eilten der ›Marlin‹ voraus. Die Sonne schien so grell durch die

Lücken, als wollte sie tapfer dem langen, blauschwarzen Wolkengürtel trotzen, der im Osten am Horizont lag. Der Sturm fauchte um jeden, auch den kleinsten Vorsprung an Bord, die anprallenden Seen krachten wie zersplitterndes Glas. Von achtern einfallend preßte der Wind die Männer so fest in ihren geschützten Winkel, daß sie die Hände gegen die Leiste unter den dicken Scheiben stemmen mußten, um sich zu behaupten.

»Seht mal den alten Wackelpott da hinten«, sagte Joe Peace, indem er mit dem Kopf nach Backbord deutete.

Ein Dampfer von etwa fünftausend Tonnen, bis zur Brücke hinauf weiß von verkrustetem Salz, lag schwer arbeitend auf Kurs nach Sydney. Seine kurzen Masten und der gedrungene Schornstein schwankten bei jedem der riesigen Roller, die das Schiff hoben, jäh wechselnd nach Westen und Osten.

»Da bin ich lieber hier an Bord als auf dem Kasten drüben«, sagte Joe, »auf dem würde ich sicher noch seekrank.«

Bony wollte ihm entschieden widersprechen, sah aber rasch ein, daß Joe wohl recht haben mußte. Das ferne Schiff war wirklich ein Wackelpott, während die ›Marlin‹ leicht wie ein Vogel über die Wellen strich. Das Festland und der Dampfer waren zu weit entfernt, um an ihnen die Geschwindigkeit des eigenen Schiffes abschätzen zu können. Jeder einzelne Roller folgte der ›Marlin‹ dichtauf, sie schienen, vom Heck aus gesehen, bis in den Himmel steigen zu wollen, blieben sekundenlang in ihrer höchsten Stellung, als sammelten sie die äußerste Kraft, bevor sie lossprangen, um sich auf ein Fahrzeug zu stürzen, das für sie kaum mehr war als eine Muschelschale. Es sah aus, als taumele die Barkasse wie gelähmt und werde unter die sich türmende, weißgesäumte Wasserwand gerissen, doch es gelang ihr, wenn auch knapp, sich jedesmal dem zerschmetternden Gewicht zu entziehen. Dann brodelte und schäumte es unter und neben ihr, umfing sie mit schneeweißen Armen und trug sie, unterstützt von dem nachfolgenden Wind, mit der Schnelligkeit eines Rennpferdes dem Lande zu. Die Geschwindigkeit ließ langsam nach, das Schiff blieb hinter der landwärts eilenden Welle zurück und sank steil in ein Tal, wo es vom nächsten gefährlichen Brecher wieder bedroht wurde.

»Wie weit sind wir noch von der Bucht, Joe?« fragte Wilton, als handle es sich um eine Haltestelle der Straßenbahn.

»Knapp drei Meilen. Schätzt du dasselbe?«

»Ungefähr, ja. Meinst du, daß wir über die Bank kommen?«

»Die ›Dolfin‹ hat's geschafft. Wir werden's ja bald sehen. Wenn wir hinein wollen, müssen wir jedenfalls drin sein, ehe die Bö dahinten uns erwischt. Ich glaube, der laufen wir noch weg. Hoffentlich! Ich möchte lieber gemütlich bei Papa Rockaway futtern als auf den Fingernägeln kauen, wenn wir uns bis Eden durchschlagen müssen.«

»Das da drüben ist Tathra, nicht wahr?« fragte Bony. »Weshalb können wir da nicht anlaufen?«

»Kein Schutz, keine Anlegestelle für kleine Fahrzeuge. Bei solchem Wetter ein ganz ungeeigneter Platz«, antwortete Joe. »Aber über die Sandbank vor der Wapengo kommen wir, wenn wir etwas Glück haben.«

»Und wenn wir keins haben?«

»Moment, ich will gleich mal scharf ausschauen, und wenn wir kein Glück haben, müssen wir eben bis nach Eden. Erst mal sehen, wie unser Bengel da achtern mitkommt.«

Leichtfüßig, wie ein junges Mädchen dem Geliebten entgegengeht, aber in der Gangart doch plump, schob Joe sich zwischen den beiden Anglersitzen hindurch, um sich zu überzeugen, ob der Fisch noch fest genug vertäut war. Wilton, der ihn beobachtete, lächelte breit. Das Bild von der hinteren Mittelpartie dieses Joe Peace blieb dem Angler Bonaparte für immer im Gedächtnis, denn in dem nicht großen Heckraum der Barkasse wirkte es enorm, vor einem Wellenberg jedoch, der sich gerade hinter dem Schiff erhob, schien es die richtigen Proportionen zu haben.

Der Fisch war mit dem Schwanz voran festgemacht, seine breite Schwanzflosse durchschnitt das schäumende Kielwasser wie die Klinge eines im Feuer geschwärzten Schwertes. Als die ›Marlin‹ auf dem breiten Rücken dieser Welle ritt, blickte Bony wieder nach dem schlingernden Dampfer. Wilton rief ihm zu: »Wenn man den bloß sieht, wird man schon seekrank.«

Bony drehte sich lachend zu ihm um. Er fühlte sich sonderbar glücklich, fast übermütig. »Ich müßte eigentlich seekrank sein, bin es aber nicht«, sagte er zu Wilton. »Die ›Marlin‹ schwebt ja wie ein Vogel, und mir ist, als trüge ein Vogel mich auf dem Rücken. Ich fühle mich so wohl, Jack, wie der Mensch sich immer fühlen müßte.«

Als Joe zurückkam, überließ Wilton ihm das Ruder und ging in die Kabine, um den Motor zu versorgen. Joe warf blinzelnd den Kopf zurück, um Bony wieder auf den nachgeschleppten Fisch aufmerksam zu machen. »Der Bursche folgt uns schön brav«, sagte er, als sei er darauf besonders stolz. »Er mag an die 600 Pfund 'rankommen, aber bestimmt behaupten will ich das noch nicht. Ein feiner Fisch, Bony! Die Leute in Bermagui werden ihre Freude haben, wenn der am Dreieck hängt.«

Ohne hinzusehen, nahm er eine von den beiden in seinem Gürtel steckenden Shagpfeifen in den Mund und brachte erstaunlich gewandt die Flamme des Streichholzes an den Tabakklumpen im Pfeifenkopf. So einen Tabak hatte Bony noch nie gerochen. In aller Eile drehte er sich eine Zigarette, die anzuzünden ihm nach vieler Mühe gelang. Mit Genuß sog er den Rauch ein und entfernte sich möglichst weit von Joe. Wilton, der eben von unten kam, stellte sich zwischen sie. Und Joe sagte: »Muß gerade daran denken, wie ich früher mal Mr. und Mrs. Mack zum Angeln 'rausfuhr. Als wir ungefähr sechs Meilen vor Montague waren, lief das Quecksilber oder was sonst in den Barometern ist, beinahe unten weg, und wir kriegten urplötzlich einen brüllenden Oststurm, den merkwürdigsten, den ich je erlebt habe. Na, wir waren ebenso fix wie dieser Wind weht auf Kurs Heimat, und Mr. Mack war auch sehr dafür. Ich ziehe, juppdich, die Teaser an Deck und will rasch am Heck den Köder 'reinholen, da sagte Mrs. Mack: ›Lassen Sie doch, Joe, vielleicht kriegen wir gerade auf der Rückfahrt einen Fisch.‹ Und tatsächlich kriegen wir einen. Mr. Mack brauchte über 'ne halbe Stunde, bis er ihn am Gaff hatte, na, und dann war's zu spät, über die Sandbank zu schlittern, und die See lief so hoch, als wollte sie uns ins Gesicht schlagen.

Na, wir knüppeln uns durch bis zur Insel Montague und kommen auch gerade noch vor Dunkelheit hin und haben nichts mehr zu futtern an Bord und kein Bettzeug, und der Wind wurde ganz hübsch kalt. Meinen Sie, die Dame ist böse geworden? Nee. Sagt, ihr machte die Fahrt mächtig Spaß. Mir aber nicht. Ich komme immer gleich auf 'n Hund, wenn ich nichts zu beißen habe.

Na egal, wir bringen Mrs. Mack bei der Frau vom Leuchtturmwächter unter, und ich frage den Aufseher, ob er uns was zu futtern geben kann, aber der wird eklig und meint, was wir überhaupt auf der Insel zu suchen hätten, zum Donnerwetter. Und wir wußten ja ganz genau, daß wir kein Recht hatten, dort anzulegen. Kann's ihm also nicht übelnehmen, daß er nichts hergibt, denn die Vorräte sind eingeteilt, und jederzeit kann ein Sturm den rechtzeitigen Nachschub verhindern.

Am nächsten Tage ist das Wetter noch schlimmer, aber es gelingt mir, eine Handvoll Tee, einen Laib Brot und eine Dose Würstchen zu besorgen. Ich gehe gleich bei Mrs. Mack mit vorbei und sage ihr, daß wir auch heute nicht nach Bermagui 'rein könnten. Als ich sie frage, wie's ihr so geht, sagt sie: ›Oh, ganz famos, Joe. Hier ist's ja unbeschreiblich schön, und die Leute sind so nett‹.

Na, ich gehe mit meinen paar Lebensmitteln zurück, und wir drei, ich und Mr. Mack und Jack Wilton, verputzen alles in einem Bogen weg. Am nächsten Tag ist immer noch Sturm, und wir haben keinen Tabak mehr. Also gehe ich zum Leuchtturm und will 'n paar Pfeifen voll holen. Der Aufseher ist Nichtraucher, und die beiden Wärter haben nur noch wenig bei sich. Aber der eine rettet das sinkende Schiff, er bringt nämlich 'ne Platte Kautabak zum Vorschein, den er sich für Notfälle aufgehoben hatte.

Ich nehme die Platte mit an Bord 'runter, und Mr. Mack schneidet sie in drei gleiche Teile. Er und Jack rauchen Zigaretten und mir geben sie die Krümel, die von dem Plattentabak abgefallen sind, und die stopfe ich mit meiner Portion in die Pfeife. Ich will hier lang hinschlagen, wenn wir nicht in zwei Minuten alle seekrank waren, und dabei lag die ›Marlin‹ in ganz ruhigem Wasser!

Tabak! O je! Und Tabak war's tatsächlich. Am andern Tag ist die See so ruhig wie Tee in der Tasse. Wir gehen gleich los, holen Mrs. Mack ab, und 'rauf auf die ›Marlin‹, ab Richtung Heimat. Na, wir drei Männer machen unterwegs 'ne Gewaltkur, wir kotzen wie die Reiher, und dabei erzählt uns Mrs. Mack, ganz vergnügt, wie schön sie es im Hause des Leuchtturmwärters gehabt hat und wie prächtig die Seefahrt überhaupt ist, nur eins wäre schade: daß sie zuwenig Puder bei sich gehabt hatte und nun in der scharfen Luft 'ne rote Nase kriegte ...«

Nach dieser Anekdote kam aus Joes kräftiger Kehle eine ganze Serie glucksender Lachsalven, und Bony freute sich, daß er bei der langen Erzählung vergessen hatte, an der Pfeife mit dem schrecklichen Tabak zu ziehen, so daß sie ausgegangen war.

Die Klippen der Küste wirkten jetzt, von Bord aus gesehen, schon wesentlich höher, sogar der an ihnen hochspringende Gischt war zu erkennen. Hinter dem Schiff wuchs unglaublich schnell die dicke, blauschwarze Wolke in die Höhe.

»Ich wünschte, wir hätten den Schwertfisch an Deck anstatt im Schlepp«, sagte Wilton nach einem Rundblick über Himmel und Meer.

»Lungere jetzt lieber nicht um ihn herum«, riet ihm Joe. »Wir müssen die elende Sandbank schaffen, bevor uns das Unwetter zu fassen kriegt und schweren Seegang bringt, sonst hängen wir die ganze Nacht draußen und haben nichts zu futtern. Ich gehe mal nach vorn, nach der Sandbank peilen.«

Wilton nahm das Ruder, Joe klammerte sich vorn am Mast und Vorstag fest. Der Sturm riß an seinen sauber gewaschenen Köperhosen und dem blauen Pullover und fuhr ihm in das spärliche graue Haar, daß es wie ein Kranz rings um den Kopf stand.

»Können Sie denn die Einfahrt zur Bucht erkennen?« wandte Bony sich an Wilton.

»O ja, das kann ich. Blicken Sie auf den Bug, ich steuere jetzt so, daß er genau zur Sandbank zeigt. Moment – da, jetzt!«

Bony sperrte den Mund auf, als er die Kennzeichen der Sandbank sah. Zwischen zwei niedrigen Vorgebirgen tanzte das Wasser wild und sprang schäumend in Fontänen empor, die wie Geschoßgarben zu platzen schienen, mit mehr Wucht und Wut als am schmalen, sandigen Strand vor den Uferklippen. Bony konnte hinter dem Gebrause nicht das ruhige Wasser einer Bucht entdecken, wie er erwartet hatte.

Joe kam wieder nach achtern. »Rein geht's!« sagte er, denn Wilton hatte ihm die Entscheidung überlassen, ob sie die Gefahr auf sich nehmen sollten.

»All right, dann nimm du das Ruder«, gab Wilton zurück.

Joe pflanzte sich breit vor das Rad, Wilton ging rasch nach unten zur Maschine, um nochmals alles zu kontrollieren, denn ein Versagen des Motors hätte in jedem der kritischen Momente, die ihnen bevorstanden, unvermeidlich die Katastrophe gebracht. Die Sturzseen waren jetzt, im flacher werdenden Wasser, noch bedrohlicher. Wilton kam wieder nach oben und setzte sich platt an Deck, um den Motor besser beobachten zu können und den Schalthebel fester in der Faust zu haben. Bony sah an seiner strengen Miene, daß hier der Geist über die Materie herrschte. Der schön geformte, energische Mund war fest zusammengepreßt, der Blick auf Joes Füße gerichtet.

Peace stand auf den Zehenspitzen, seine Augen waren nur Schlitze. Die Pfeife hatte er noch zwischen den Zähnen, aber so schräg, daß der Pfeifenkopf bis vor die Stirn ragte. Und in dieser Haltung blieb sie. Er schien genauso aufmerksam die See hinter dem Schiff zu beobachten wie die bedrohlichen Strudel vor ihm.

Jetzt stampfte er mit dem linken Fuß auf, und sofort schaltete Wilton auf ›Volle Kraft zurück‹. Die Barkasse begann, plötzlich wie leblos, so scheußlich zu schlingern, als ob sie unbedingt kentern wollte. Der geschleppte Schwertfisch war nicht mehr zu sehen. Aus dem blauschwarzen Osten kommend, stand steil hinter dem Schiff ein gewaltiger Brecher, beängstigend hoch. Bony schien es, als wollte diese gigantische Welle so stehenbleiben. Er blickte nach Joe, und sah, daß er sie scharf beobachtete. Und vor ihnen lauerten neben den wirbelnden Wassern zu beiden Seiten hohe schwarze Felsen ...

Rings um die ›Marlin‹ war die See ein schäumender Strudel. Die Sonne erlosch. Nicht daß ihr Licht allmählich schwächer wurde, nein: Sie erlosch wie eine Kerze. Die Kuppe der nachlaufenden See bog sich einwärts, der brausende Kamm wollte sich auf die ›Marlin‹ stürzen. Und Joe stampfte mit dem rechten Fuß und drehte sich um, scharf vorausspähend. Sofort hatte Wilton den Schalthebel zurückgerissen, die Kupplung sprang um, auf höchste Fahrt vorwärts. Bei dem Ruck, der das Boot nach vorn warf, stieg das Heck an dem achtern anstürmenden Brecher empor. Hoch über ihm, an der Vorderseite der gefährlichen Welle, schwebte der tote Schwertfisch. Es sah aus, als wollte die See nur den Fisch an Deck schleudern. Das gelang ihr nicht, und Bony schien es, als werde sie nun vor Wut über die Enttäuschung noch bedrohlicher.

Die Stimme des Sturms war zum schrillen Kreischen geworden. Joe stampfte wieder mit dem rechten Fuß auf, doch Wilton hatte schon der Maschine das Höchste abgefordert. Jetzt kämmte der Brecher mit vollem Schwung, die Masse seines Wasserberges schlug ganz dicht hinter dem Heck der ›Marlin‹ nieder, rauschte wie kochend unter den Schiffsleib und umschleuderte ihn mit Gischt, den der Sturm packte und wie dünne Bretter in den kleinen Schutzraum schlug, wo die drei Männer geduckt standen.

Bony konnte jetzt durch die Ritzen in dem weißen Vorhang von Gischt die enge, kaum straßenbreite Einfahrt zur Wapengobucht erkennen. Vor der Barkasse, zu beiden Seiten dieser Straße, schienen schwarze Felsen in brodelndem Kalk zu schwimmen. Rechts schoß eine riesige Fontäne empor. Als das Schiff sich der Durchfahrt näherte, sah es aus, als kämen die schwarzen Felsen von beiden Seiten dichter heran, um es zu zerquetschen.

Durch die Luft über und neben der ›Marlin‹ jagten Spritzer in schaumigen Streifen, vom Sturm waagerecht getrieben. Es war unmöglich, nach achtern zu blicken. Vor ihnen teilte sich jetzt der Vorhang wie durch Zauber, und ein ganzes Stück unter der Wasserlinie des Schiffes lag, wie in einem Tal, das kaum bewegte Wasser der Bucht. Die breite Sturzsee, die das Schiff schon weit vor der Sandbank erfaßt hatte, trieb es mit rasender Schnelligkeit vorwärts. Wie von einem Berghang glitt die ›Marlin‹ aus der Höhe der Woge in die Ebene der Bucht und lief nun in gleichmäßiger Fahrt weiter hinein.

Wilton schaltete den Motor von Höchstfahrt auf normales Tempo, Joes Pfeifenkopf senkte sich von der Stirn in die Waagerechte. Bony, der jetzt zurückblickte, war sehr erstaunt, daß sie diesen wilden Wasserwirrwarr tatsächlich durchfahren hatten.

»He«, schrie Joe, »ein Hai flitzt hinter unserem Fisch her!«

»Ja, ich sehe es«, bestätigte Wilton. »Los, wollen den Schwertfisch fix binnenbord holen!« Er schaltete auf Leerlauf und war in ein paar Sprüngen neben Joe, der bereits das Tau, das den Fisch hielt, gepackt hatte. Während er mit aller Kraft daran zog und den mächtigen grauen Körper des Schwertfisches, hinter dem die Rückenflosse des Hais sichtbar war, dicht an die Bordwand zerrte, fluchte er in Ausdrücken, mit denen er dem Steuermann eines Höllenschiffs schwere Konkurrenz gemacht hätte. Bony packte hinter Joe das Tau, schrie ingrimmig mit, von einer ganz ungewohnten Kraft erfüllt und angespornt. Herauf kam der Schwanz des Schwertfisches, hinweg über die Kante des Hecks an der Backbordseite. Die Holzkante preßte fest in das Fleisch des Fisches, und Wilton hatte tüchtig zu tun, ihn so zu drehen, daß sich die breite Schwanzflosse nicht unter die Reling verklemmte.

In dem stillen Wasser schaukelte jetzt die ›Marlin‹ unter dem Gewicht der drei schwer arbeitenden Männer, während der Hai im Zickzack an der Bordwand entlangkreuzte und dem noch unter Wasser hängenden Körper des Schwertfisches immer näher kam. Das Anbordwuchten des schweren Fisches war eine saure Arbeit, etwa als hätten sie einen ausgewachsenen Bullen ohne Hebezeug eine Treppe hinaufschaffen müssen. Endlich hatten sie ihn binnenbords, und Joe brüllte: »Festhalten!« Er meinte den Hai.

Bony und Wilton ›hielten‹ ihn, denn er blieb von selbst, bis Joe mit einem Repetiergewehr aus der Kajüte wiederkam. Er feuerte zwei Schüsse auf die Rückenflosse des Haifisches, der zweite schien Wirkung zu haben, denn der Schwanz des Hais fuhr steil aus dem Wasser, um gleich wieder hart aufs Wasser zu schlagen, daß es hoch aufspritzte. Und weg war er.

»Der wird sich jetzt nicht mehr so wichtig vorkommen«, meinte Joe und half Wilton sofort, den Schwertfisch an den Pollern im Heck zu vertäuen.

Inzwischen hatte der Wind die Barkasse wieder in die Nähe der Sandbank gedrückt. Wilton sprang ans Ruder und schaltete den Vorwärtsgang ein.

Joe kratzte sich den Kopf. »575 Pfund«, schätzte er, wobei er die Worte laut in Bonys linkes Ohr schrie. Das bißchen Seegang und der ›Sprung‹ über die Sandbank schienen ihm dagegen gar nicht der Rede wert.

12

In stetiger Fahrt zog die ›Marlin‹ durch die Bucht. Bony, in etwas träumerischer Stimmung, betrachtete das lange weiße Kielwasser, das sie aufwarf. Er merkte, wie der vom Wind getriebene Regen sein Zeug durchdrang, ihm kühle Schauer über die Haut jagte und in kleinen Kaskaden vom Rand seines alten Filzhuts troff, doch das war ihm alles jetzt nebensächlich. Zur Stunde war nur eins wichtig: der Schwertfisch, der quer über dem Heck der Barkasse lag. Bony suchte im Geist nach einem passenden Wort, um ihn später richtig zu beschreiben, und fand ›gewaltig‹ am besten. Im Verhältnis zu dem Fisch erschien das Achterschiff der ›Marlin‹ sehr klein, denn nach einer Seite ragte sein großer Schädel mit dem Schwert, nach der anderen sein Schwanz über Bord. Das prächtige, leuchtende Blau und Grün hatte der Fischleib schon lange verloren, er sah jetzt eintönig grau aus.

»Wie steht das Rekordgewicht für Australien?« wandte Bony sich an Peace, indem er unwillkürlich die Stimme dämpfte, noch staunend, daß er so einen klotzigen Fisch mit leichtem Gerät gefangen hatte.

»672 Pfund«, antwortete Peace, »gefangen 1937 von einem Mr. Porter. Pech, daß dieser nicht ganz so schwer ist, aber ich will ein Krebs sein, wenn er nicht über 550 auf die Waage bringt. Ein verflixt feiner Bursche ist es schon, was?«

»Und wie lange habe ich gebraucht, ihn bis ans Gaff zu bringen?«

»81 Minuten«, kam prompt die Antwort. »Stimmt genau, ich habe die Zeit gestoppt. Das mache ich immer, sobald der Angler einen fest am Köder hat.«

»81 Minuten? So lange war das?«

»Aber sicher! Bei dem Seegang war das 'ne anständige Leistung, besonders wenn man bedenkt, daß es erst Ihr zweiter ist.«

»Großzügig gesprochen, Joe. Ich habe Ihnen und Jack viel zu verdanken. Ich selbst hätte niemals –«

»Komm nach vorn, Joe, wollen festmachen«, rief Wilton. Als Bony sich umdrehte, sah er, daß die ›Marlin‹ sich hinter die an der Anlegebrücke vertäute ›Dolfin‹ schob. Er sah ferner durch die dichte Regenwand vier Mann auf der Brücke stehen, die auf sie warteten, und sah, daß die Brücke auf eine Straße führte, die sich am Hang eines grasbewachsenen Hügels bis zu einem großen Haus im Bungalowstil, mit hohen Schornsteinen und verglasten Veranden, hinaufzog. Die vier Wartenden trugen Ölmäntel und Südwester. Drei Männer und ein junges Mädchen.

Joe rief, nachdem er mit der Trosse auf die Brücke geklettert war: »Guten Tag, Mr. Rockaway!«

Keiner erwiderte seinen Gruß, sie starrten alle nur hinab auf den Fisch, den die ›Marlin‹ einbrachte. Joe mußte hinter ihnen vorbeigehen, um von Wilton die Hecktrosse entgegenzunehmen. »Feiner Fisch, was?« sagte er beharrlich.

Bony verriet kaum Interesse an der kleinen Schar. Er bemerkte, daß das Mädchen durch stummes Kopfnicken Joes Frage bestätigte, aber weiter nur auf den Schwertfisch starrte. Der größte der drei Männer sprang in die Plicht und stellte sich neben Bony. Er blickte sekundenlang auf die Beute, ehe er sich an den Detektiv wandte. Seine hellblauen Augen leuchteten, weit geöffnet. Er bot Bony seine große, aber weiche Hand, die dieser schüttelte.

»Meine herzlichsten Glückwünsche, Sir«, sagte er in einem Ton, der so weich war wie seine Hand. »Mein Name ist Rockaway.«

»Schönen Dank, Mr. Rockaway. Ich heiße Bonaparte – Napoleon Bonaparte – und versichere Ihnen, daß der Kaiser dieses Namens nicht eitler gewesen sein kann, als ich es heute bin.«

Er merkte wohl, daß bei diesem auffallenden Namen der andere einen Moment stutzig wurde, daß aber sein ganzes Interesse sofort wieder dem riesigen Fisch galt. Dann blickte Rockaway die junge Frau an, die mit den zwei anderen Männern in der Nähe stand, und fragte laut: »Na, was hältst du von dem, Mavis? Ein schönes Exemplar, wie?«

»Ein Traum aus dem Meer!« rief sie begeistert. »Darf ich mal an Bord kommen?«

»Gestatten Sie!« Bony sprang auf die Bordkante, um ihr die Hand zu reichen. Als er aufschaute, traf sein Blick in große, tiefblaue Augen in einem Gesicht von klassisch reinen Linien, das maskenhaft ruhig war. Nur in den Augen spiegelte sich die große Freude. Galant half er ihr in den Cockpit.

»Mavis, das ist Mr. Bonaparte. Ich darf Sie mit meiner Tochter bekannt machen, Mr. Bonaparte«, sagte Rockaway, während er immer noch den Fisch anstarrte. »Ein Meßband, Dan, hol rasch ein Meßband.«

»Wieviel wiegt er, was meinst du?« fragte Mavis ihren Vater.

»Ich kann ihn schlecht genau schätzen, wir müssen messen«, erwiderte er. »Über 500 Pfund wird er haben. Wieviel schätzen Sie, Wilton?«

»570«, antwortete Joe Peace anstelle seines Partners.

Das Meßband wurde gebracht. Rockaway gab ein Ende seiner Tochter in die Hand, und sie maßen den Schwertfisch mit einer Begeisterung, als hätten sie ihn selbst gefangen. Bony war ein wenig zurückgetreten, ihn belustigte die Szene. Joe hockte neben den zwei Männern auf dem Steg.

»Länge drei Meter sechzig«, verkündete Rockaway. »Umfang ein Meter zweiundzwanzig. Ja, nach den maßgebenden Normen hat Joe ziemlich genau geschätzt. Ich darf Ihnen nochmals herzlichst gratulieren, Mr. Bonaparte!«

»Und ich auch«, fügte Mavis hinzu, indem sie den entzückten Bony ansah, der sich in seiner großartigen Manier verbeugte. Nur Wilton, der hinter Bony stand, bemerkte, daß ihre Augen sich einen Moment erstaunt geweitet hatten. Bony sagte mit Grandezza: »Das ist außerordentlich nett von Ihnen, ich weiß ihre sportliche Freundlichkeit sehr zu schätzen. Ihre Glückwünsche sind für mich der Höhepunkt eines Erlebnisses, das ich nie vergessen werde.«

»Wie lange haben Sie gebraucht, ihn bis ans Heck zu bringen?« fragte Mavis.

Er sagte ihr die Zeit. »Ach«, rief sie, »wenn ich doch auch mal so einen finge, bei solchem Seegang wie Sie hatten! Sie haben wirklich kolossales Glück, Mr. Bonaparte.«

»Und kolossal naß ist er geworden«, warf Rockaway ein. »Komm, wir gehen zur ›Dolfin‹ und trinken aufs Wohl des Schwertfischkönigs. Sie bitte auch, Wilton, und Mr. Bonaparte. Und ihr, Dan und David. Kommt alle und trinkt auf den größten Schwertfisch, den ihr vermutlich zu sehen kriegt, abgesehen von dem australischen Rekordfisch.«

Er stieg als erster auf den Landesteg und übernahm Mavis von Bony, der, wieder auf der Bordkante stehend, ihr die Hand gereicht hatte. Rockaway ging voran zur ›Dolfin‹ und gleich in die Kajüte, die er mit Recht ›Salon‹ nennen konnte, denn seine Barkasse, auch äußerlich ein elegantes Schiff, aber nicht protzig, war innen für die hohen Ansprüche eines Millionärs ausgestattet. Der Salon hatte Mahagonitäfelung, Sessel und Sitzbänke waren mit rotem Samt bezogen. Rockaway schob mit einer leichten Handbewegung die Doppeltür eines Schränkchens auf, das so viele Flaschen diverser Liköre enthielt wie eine gute Klubbar.

»Whisky, Mr. Bonaparte? Einen Cocktail? Bier oder Porter?«

»Whisky bitte. Ich bin, wie Sie schon bemerkt haben, außerordentlich naß geworden.«

»Das können wir in einer Minute kurieren«, versprach Rockaway, während er seine Tochter, ihre Gäste und die zwei Seeleute seiner Barkasse persönlich bediente. »Sie werden ja bestimmt die Nacht über in der Bucht bleiben müssen, obgleich das Barometer steigt. Zu meinem größten Bedauern bin ich nicht in der Lage, Ihnen Gastfreundschaft in meinem Hause zu bieten, da dort wegen vollständiger Renovierung alles auf dem Kopf steht, aber hier an Bord sind Sie mir willkommen. Hier können Sie wohnen, solange Ihr Boot in der Bucht bleiben muß. Wir werden Ihnen die Speisekammer zeigen, und Dan wird Wilton den neuen elektrischen Herd erklären. Zigarre?«

»Nein, danke, eine Zigarette vielleicht. Mein Papier ist durch das Wasser ruiniert.«

»Erzählen Sie uns doch bitte von Ihrem Kampf mit dem Fisch, Mr. Bonaparte«, bat Mavis, die sich, mit einem Cocktail in der einen und einer Zigarette in der anderen Hand, an den Eßtisch setzte, nachdem sie ihren Hut abgenommen und ihre prachtvolle braune Haarkrone enthüllt hatte. Vierundzwanzig, älter nicht, schätzte Bony im stillen. Seltsam war, daß sich bei ihr jede Aufregung nur an den Augen, aber gar nicht im Gesicht ablesen ließ, das wie emailliert wirkte, gleichsam erstarrt unter kosmetischen Mitteln, die trotzdem nicht direkt auffielen. Ihre Blicke ließen Bony nicht los, während er von seinem Ringen mit dem Fisch erzählte und die vier Seeleute ihm ebenso gespannt zuhörten wie sie und ihr Vater.

Nette Leute, fand Bony. Sie zeigten keinerlei snobistische Allüren, keine Abneigung gegen seine Hautfarbe und, bis jetzt, auch keine Neugier, wer er sein mochte. Der große, breite Mann strahlte vor Freundlichkeit. An seinen wabbeligen Händedruck dachte Bony im Augenblick nicht. Die Schönheit der Tochter faszinierte ihn, er hatte noch kein schöneres Mädchen kennengelernt. Er wunderte sich sehr, daß sie soviel Interesse für den Schwertfischfang hatte. Bei ihrem Vater konnte er das natürlich verstehen.

Als er mit seiner Schilderung abschloß, redeten alle zu gleicher Zeit, und für eine Weile bildeten sich in dem kleinen Kreis zwei Gruppen, die fachmännisch über seinen Schwertfisch debattierten.

Plötzlich sagte Rockaway: »Na, Herrschaften, die Zeit vergeht schnell. Ich will erst mal für Sie trockenes Zeug auftreiben, Mr. Bonaparte, und Sie, Dan, können Wilton und Peace ein bißchen ausstatten. Zeigen Sie ihnen auch gleich das Mannschaftslogis. Nachher machen Sie die Ufertrosse gut fest, damit wir die Heizkörper anschließen und den Herd ohne die Batterien benutzen können. Auf das ›Mister‹ dürfen wir jetzt wohl verzichten, Bonaparte. Ich werde von meinen Freunden bloß Rock genannt.«

»Und ich, Rock, ganz einfach Bony.«

Rockaway führte ihn in eine der vier Kabinen und zeigte ihm das in einem Schrankfach über der Koje verstaute Bettzeug. Er brachte ihm

Unterwäsche, eine graue Flanellhose und Strandschuhe – ganz der perfekte Gastgeber. Sogar Rasierzeug und einen Morgenmantel holte er für Bony. »Eine Dusche finden Sie vorn im Maschinenraum«, sagte er. »Betrachten Sie an Bord alles wie Ihr persönliches Eigentum. Ich bin wirklich ganz geknickt, daß ich Ihnen nicht mein Haus zur Verfügung stellen kann. Auch, daß ich nicht länger hierbleiben und weiter für ihre Bequemlichkeit sorgen kann. Meine Tochter und ich werden von einem Diktator regiert, der Röcke trägt und aussieht wie eine Bratpfanne. Wenn der Gong zum Dinner schlägt und wir nicht gleich zur Stelle sind, kriegen wir Schimpfe.«

»Sie sind wirklich ein Freund in der Not, Rock.«

»Wir haben wohl beide unsere Sprünge gemacht und stehen jetzt auf gleicher Ebene, Bony. Vorläufig also auf Wiedersehen! Ich hoffe, Sie morgen früh als erster begrüßen zu können. Der Seegang wird sich bis dahin gelegt haben.«

›Ein prächtiger Mensch‹, dachte Bony, während er sein nasses Zeug abstreifte. Er hörte Rockaways Stimme noch auf dem Steg und später die schweren Schritte des Seemanns Dan, der in seinen Seestiefeln über die Laufplanke und den Steg bolzte. Als er zur Dusche ging, konnte er Wilton und Joe vorn im Logis reden hören.

Zwanzig Minuten später lehnte er behaglich in einem roten Plüschsessel und schlürfte einen Whisky mit Soda, der ihn angenehm durchwärmte. Das Entspannen des Körpers war wirklich eine Wohltat. Und die Rockaways waren tatsächlich äußerst angenehme Leute. Sie hatten ihn sofort wie ihresgleichen behandelt, ohne zu wissen, welchen Beruf und welchen Ruf er hatte. Er dachte über sie nach, um sie genauer beurteilen zu können, und mußte sich dazu zwingen, weil seine Gedanken sich nicht mit den Rockaways, sondern unbedingt mit dem Schwertfisch beschäftigen wollten. Engländer waren sie, das hatte er an ihrer Aussprache bemerkt. Daß der Mann reich war, bezeugten seine Barkasse und sein großes Haus am Berghang.

Wilton kam herein.

»Hallo, was haben Sie denn da?«

Wilton machte ein grimmiges Gesicht, als er auf den glänzend polierten Eßtisch eine Winchesterbüchse legte. Bony sah gleich, daß es nicht die war, mit der Joe Peace auf den Hai geschossen hatte. Joe erschien auch, er stand hinter seinem Partner. Wilton beugte sich zu Bony vor, der tief im Sessel saß, und sagte: »Habe das Gewehr in einem Schrank im Mannschaftslogis gefunden, es gehört Bill Spinks. Und zwar ist es dasselbe, das er auf der ›Do-me‹ immer bei sich hatte.«

13

So ungewohnt behaglich Bony in dem roten Sessel saß, während alle Muskeln seines schlanken Körpers sich ausruhten, seine Augen wirkten jetzt wie eisige Punkte. Von dem Gewehr aufblickend, sah er Wilton prüfend in die braunen Augen, und spürte, daß in diesem jungen Mann mehr steckte, als er anfangs geglaubt hatte. Als er sprach, schwang in seiner Stimme ein metallischer Unterton. Und mit seiner Gemütlichkeit war es jetzt vorbei. Er richtete sich auf, seine Nasenflügel bebten wie die der Urmenschen bei der Aussicht auf Jagdbeute gebebt haben müssen.

»Joe, gehen Sie bitte hinaus und sehen Sie nach, ob jemand in der Nähe ist«, sagte er.

Peace verzog seinen dicken Mund zu einem tückischen Grinsen, seine Augen waren ganz klein, der Blick steinhart. Leise wie eine Katze verließ er den Salon. Bony sagte zu Wilton: »Woher wissen Sie, Jack, daß diese Büchse Spinks gehört?«

»Weil das Korn einmal abgebrochen war und repariert worden ist. Das habe ich selbst gemacht und werde ja wohl meine eigene Arbeit wiedererkennen«, antwortete Wilton energisch.

»Bringen Sie sie an ihren Platz zurück«, verlangte Bony.

»Aber sie ist doch –«

»Tun Sie bitte, was ich sage.«

Wilton nahm die Waffe und ging hinaus. Bony lächelte, als er allein war. Seine Nüstern vibrierten jetzt noch stärker. Das Lächeln erlosch, Joe trat ein.

»Es ist niemand in der Nähe«, meldete er. »Der Regen läßt nach, die Wolken stehen höher, und der Wind hat etwas abgeflaut. Gibt morgen schönes Wetter. Was sagen Sie zu dem Gewehr?«

»Es interessiert mich, und ich behalte es im Gedächtnis«, war alles, was Bony ihm zu sagen hatte. »Machen Sie uns doch bitte erst mal Essen zurecht. Wir drei werden hier essen. Was gibt's in der Pantry?«

»Allerlei Schönes in Dosen. Brot ist im Kühlschrank, frisches Brot und Butter.«

»Dann werden wir königlich speisen. Sie beide können ja Bier trinken, wenn Sie wollen, aber ich möchte eine Kanne Tee, recht starken. Sagen Sie das bitte Jack.«

Eine Viertelstunde später saßen sie an dem Mahagonitisch. Zu Bonys Überraschung tranken seine Tischgenossen auch lieber Tee als Bier. Joe benahm sich in dieser feinen Umgebung ein bißchen nervös. Er sprach, wie Wilton, nur wenig. Bony sagte nach einer Weile: »Ich glaube, Jack, wir waren uns neulich darüber einig, daß die ›Dolfin‹ von Osten zum Schwertfisch-Riff gekommen sein und dort, ohne von anderen Schiffen beobachtet zu werden, die ›Do-me‹ getroffen haben könnte.«

»Ganz recht. Auch daß die ›Gladious‹ denselben Weg laufen konnte. Außerdem war da noch der kleine kriegsschiffgraue Dampfer, der nach Meldung von der ›Orcades‹ östlich vom Riff gesichtet wurde.«

»Ja, natürlich, der kleine Dampfer, an dem die ›Orcades‹, die ihn überholte, so dicht vorbeifuhr, daß ihre Passagiere sich für ihn interessierten. Wie lange würden nach Ihrer Meinung drei Mann gebrauchen, um die ›Dolfin‹ von vorn bis hinten grau anzumalen?«

Die kostbare blaue Porzellantasse, die Joe in der Hand hielt, klirrte und wäre fast zerbrochen, so heftig setzte er sie auf die Untertasse. Wilton mußte die Idee wohl nicht ganz abwegig vorkommen, denn er antwortete auf Bonys Frage: »Das könnten sie wohl in drei Stunden schaffen, wenn sie die Farbe bloß anklatschen.«

»Ja, dann ginge es«, stimmte Joe ihm zu. »An dem Tag hatten wir ja gar keinen Seegang, da wäre es nicht schwierig gewesen, auch den Rumpf bis zur Wasserlinie anzustreichen, ohne daß die Farbe gleich von den Seen 'runtergewaschen wurde.«

»Das Fahrzeug, das die Leute von der ›Orcades‹ sichteten, war ein Dampfer. Es hatte einen Schornstein«, gab Bony zu bedenken.

»Mit ein paar Stückchen Ofenrohr kann man auch einen Schornstein markieren«, erklärte Joe.

»Und der zweiteilige Mast kann, wenn er an Deck in einem Scharnier sitzt, umgelegt und um das obere Stück verkürzt werden«, fügte Wilton hinzu. »Meinen Sie denn ...?«

Bony brachte ihn mit einer Handbewegung und einem Lächeln zum Schweigen. »Wir müssen vorsichtig sein. Können nicht einfach Tatsachen fabrizieren, nur damit sie zu unserer Theorie passen. Dieser Dan, was ist das für einer?«

»Dan Malone? Er ist Skipper der ›Dolfin‹. Stammt aus Amerika, Neufundland. Den anderen, David Marshall, hat Mr. Rockaway extra von England kommen lassen. Beides ganz einfache Leute. Haben beide bei Rockaway gearbeitet, als er sich hier niederließ. Sind mit ihm zusammen hergekommen.«

»Hm-m. Sehen mir beide aus wie Rauhbeine. Verkehren sie viel mit Leuten in Bermagui?«

»Sehr wenig. Ab und zu habe ich sie im Hotel gesehen«, erwiderte Joe.

logis, aus dem er die Stimmen von Wilton und Peace vernahm. Er rief die beiden in den Salon, bat sie, Platz zu nehmen, und begann, sie über die Wapengobucht auszufragen: wie tief das Wasser sei, welche Wege zur Bucht führten, ob Bäche oder größere Flüsse in sie mündeten und so weiter. Bei dem Gespräch merkte er bald, daß Joe Peace sich in der Bucht viel besser auskannte als Wilton. Er hatte schon vor Jahren in der Gegend nach Metallen geschürft und im Auftrag der Bahn nach geeigneten Baumbeständen für Schwellen gesucht. Als der Himmel hinter dem Bullauge schon schwarz wurde, sagte Bony zu Joe: »Es ist fast dunkel jetzt. Ich wollte gern mit Wilton diese Barkasse einmal genau durchsuchen. Seien Sie so nett, inzwischen vom Steg aus aufzupassen und uns sofort zu melden, wenn Sie jemand kommen hören. Wir werden eine ganze Weile brauchen, und Sie dürfen während der Zeit nicht rauchen. Haben Sie auf der ›Marlin‹ eine Taschenlampe?«

»Zwei«, erwiderte Wilton, »aber hier an Bord sind eine ganze Menge, in jeder Kabine und an anderen Stellen liegen sie griffbereit.«

Bony lächelte: »Wenn nachher die Batterien von denen, die wir benutzen könnten, erschöpft sind, wundert sich vielleicht jemand, warum sie so lange gebrannt haben mögen.«

Joe ließ sein tiefstimmiges Lachen hören. »Einen Punkt für Sie, Bony«, sagte er sehr respektvoll. »Ja, man soll keinem Hai die Gelegenheit zum Zubeißen geben. Ich hole lieber unsere eigenen Lampen und schiebe dann Wache.«

»Wie alt ist Joe, ungefähr?« erkundigte sich Bony bei Wilton.

»Nicht so alt, wie er aussieht. Hält auch mehr aus, als man ihm zutraut. Muß gegen fünfzig sein, älter nicht. Auf einer Barkasse höchst brauchbar. Wie schnell und wendig der sein kann, würde keiner glauben, der ihn so sieht.«

»Kennen Sie ihn schon lange?«

»Fast mein ganzes Leben. Er hat schon für meinen Vater gearbeitet, als ich noch eine kleine Krabbe war.«

»Aha. Freue mich, daß er ein zuverlässiger Mensch ist, denn eines Tages möchte ich mich auf ihn besonders verlassen können. Was unsere Schiffsdurchsuchung betrifft, bitte ich Sie, sämtliche Schränke und Behälter vorzunehmen. Aber legen Sie alles wieder genauso hin, wie Sie es vorfinden. Vielleicht entdecken Sie etwas, das früher an Bord der ›Do-me‹ gewesen ist oder einmal Spinks oder seinem Steuermann gehört hat. Wenn Sie zum Beispiel einen Pinsel fänden, an dem noch dunkelgraue Farbe sitzt ...«

»So einen könnte ich vielleicht eher in dem Schuppen hinter der Pier finden, wo Farben und Brennstoff und dergleichen aufbewahrt werden.«

»Oh! Kennen Sie das Wohnhaus näher? Waren Sie schon einmal drin?«

»Zweimal, aber nur in der Küche.«

»Wieviel Personal ist dort beschäftigt?«

»Die Haushälterin, eine ganz unangenehme alte Hexe, ein Koch, ein Butler, Malone und Marshall. Wenn die Rockaways eine Gesellschaft geben, nehmen sie noch Hilfskräfte aus Bermagui oder Cobargo dazu.«

»Wer macht die Renovierungsarbeiten? Wissen Sie das?«

»Ich denke, Lawson aus Bermagui, der macht fast alle Arbeiten und Reparaturen im Hause.«

Mit der Durchsuchung der ›Dolfin‹ begannen sie am Bug, bei einem kleinen Gelaß, das für Anker und Kette bestimmt war. Dahinter lag ein größeres, das einen Satz Segel, einige Vorräte und Fässer mit Dieselöl für den Motor enthielt. Genau untersucht wurden das Mannschaftslogis und ebenso gründlich die Schlafkabinen. Plötzlich erschien Joe leise bei ihnen und meldete, es käme jemand über den Laufsteg.

»Gehen Sie beide rasch nach vorn«, ordnete Bony hastig an, während er selbst in den Salon ging und sich, Zigarette im Mund und eine Zeitschrift in den Händen, auf die Ruhebank legte. Kaum hatte er es sich bequem gemacht, als er Schritte auf dem Steg hörte und gleich danach das Stampfen von Männerstiefeln auf dem Deck über sich. Der Mann kam die Treppe zum Salon hinunter. Es war Dan Malone.

»Guten Abend, Mr. Bonaparte«, sagte er, ohne eine Miene zu verziehen.

»Guten Abend«, antwortete Bony, indem er ihn freundlich betrachtete.

»Mr. Rockaway schickt mich. Ich soll fragen, ob Sie alles hätten, was Sie brauchen.«

»Alles. Uns fehlt es an nichts. Bitte übermitteln Sie Mr. Rockaway meinen Dank und sagen Sie ihm, ich sei sehr komfortabel untergebracht und wisse seine Freundlichkeit zu schätzen.«

»All right. Gute Nacht, Mr. Bonaparte.«

»Gute Nacht.«

Bony lauschte den sich entfernenden Schritten, bis sie verklungen waren. Dann sprang er schnell die Treppe hinauf an Deck, wo er sie noch länger hören konnte. Joe kam und stellte sich neben ihn.

»Bleiben Sie bitte wieder hier stehen, Joe, solange wir unter Deck noch nachsuchen.«

Eine Stunde später waren sie damit fertig. Kein Ergebnis.

»Ich möchte nun noch in den Schuppen schauen, wo Farben und Öl lagern, Jack«, sagte Bony, als sie im Salon rauchten und Kaffee tranken. »Vor ein paar Stunden habe ich in der Nähe des Hauses Hunde bellen hören, also wäre es vielleicht unklug, gerade jetzt in den Schuppen zu gehen. Aber vielleicht könnten Sie allein morgen ganz früh hingehen, als wollten Sie sich nur etwas Putzwolle oder dergleichen leihen?«

»Werde schon einen Grund finden«, erklärte Wilton bereitwillig.

»Dann gehen Sie gleich nach Tagesanbruch hin und forschen Sie nach Spuren von grauer Farbe oder Pinseln, in Kanistern oder sonstigen Gefäßen. Na, ich gehe jetzt schlafen.«

Kaum lag Bony in der luxuriösen Koje mit den Daunenkissen, den extrafeinen Decken und dem kupfernen Schutzgeländer, da schlief er auch schon. Er glaubte, nur einen Moment geschlafen zu haben, als ihn Wilton weckte, aber durchs offene Bullauge fielen schon hell die Sonnenstrahlen. Wilton hatte in der rechten Hand einen Malerpinsel.

»Den habe ich aus einem Wassereimer genommen, in dem noch mehr von der Sorte stehen, damit die Farbe nicht hart wird«, sagte er triumphierend. Seine Augen leuchteten. »Hier, sehen Sie!«

Bonys Lippen öffneten sich, seine Zähne schimmerten. Unverkennbar war der Pinsel zuletzt für dunkelgraue Farbe benutzt worden.

»Graue Kalziminfarbe«, erklärte Wilton, »geeignet zum Kaltanrühren.«

»Waren an anderen Pinseln auch Rückstände davon?« fragte Bony.

»An zweien von derselben Größe, fünfzehn Zentimeter breit. Schöne Pinsel zum schnellen Arbeiten. Hinter dem Schuppen liegt ein Haufen von Farbendosen und Kanistern, aber ich wollte nicht gern da 'rumstöbern, damit mich keiner beobachten konnte. Von der Spezialfarbe waren im Schuppen jedenfalls keine Packungen oder angerührte Bestände.«

Bony setzte sich im Bett auf und griff nach den Zigaretten in der Schachtel, die er für die Nacht aus dem Salon mitgenommen hatte. »Sie haben das sehr gut gemacht, Jack. Wie wird das Wetter eigentlich?«

»Der Seegang hat sich gelegt. Wir können jetzt jederzeit über die Sandbank, wenn Sie wollen. Der Himmel ist klar, Wind haben wir aus Süden.«

»Gut, dann wollen wir nach dem Frühstück in Richtung Bermagui starten. Ich muß noch eine Menge in sehr kurzer Zeit erledigen. Heute darf ich an Angeln nicht denken.«

Als bis 7 Uhr weder Rockaway noch einer seiner Seeleute erschienen war, schrieb Bony einen höflichen Dankesbrief, den er auf den Salontisch legte. Um 7 Uhr 30 war die ›Marlin‹ wieder in See, mit Nordkurs auf Kap Bunga. Eine lange Dünung und Rückenwind begünstigten ihre Fahrt.

14

Kurz nach 10 Uhr 30 gab der Sekretär Blade vom Großfischanglerklub Bermagui das Gewicht von Bonys zweitem Schwertfisch bekannt. Die Menge auf der Pier brach in Hochrufe aus, und als die ›Marlin‹ festgemacht war, schüttelten wildfremde Leute Bony die Hand oder baten ihn um Autogramme.

Joes Schätzung war dem wirklichen Gewicht sehr nahegekommen, denn die Waage zeigte 581 Pfund an. Auf dem Gerüst am Kopf der Pier sah der Fisch enorm groß aus, und auf den Fotos, die von ihm gemacht wurden, als er an dem Dreieck hing und Bony mit einem Angelstock in der Faust dicht neben ihm stand, wirkte er noch imposanter, da der Angler kaum mehr als ein Drittel so groß war wie er. Bony wurde eine ganze Zeit aufgehalten, weil ihn die Amateurfotografen und Autogrammjäger nicht loslassen wollten.

Die ganze Einwohnerschaft war von seinem Fang begeistert, und drei Tage lang kamen auch Leute aus Orten und von Farmen im Hinterland, um den Schwertfisch zu bewundern und zu fotografieren. Der Ruhm, den Bony plötzlich gewann, sollte unerwarteten Widerhall finden.

Nachdem er geduscht, sich rasiert und seine alltägliche Kleidung angezogen hatte, verbrachte er eine Stunde im Geschäftszimmer des Sekretariats, wo Blade und Wilton ihm Auskunft gaben auf allerlei Fragen, denen er Bedeutung zumaß. Nach dem Mittagessen schrieb er ausführlich an seine Frau und an das Präsidium in Sydney und brachte die Briefe selbst zur Post. Später besuchte er ›Notts Teestube‹, wo Marion Spinks ihn bediente. Sie bewies ihm genug Interesse, um erkennen zu lassen, daß sie ihm gern mehr Lobendes zu seinem Anglererfolg gesagt hätte, wäre sie nicht so in Sorge um das Schicksal ihres Bruders gewesen. Er fragte, ob sie noch immer das feste Gefühl habe, daß William Spinks nicht tot sei, und sie bejahte das wieder.

Er grübelte, als er mit seiner Aktentasche unterm Arm zum Oberland ging, wieweit er die große Liebe zu ihrem Bruder der Tatsache zuschreiben sollte, daß sie Zwillinge waren. Es war nicht seine Art, sich über unerklärliche geistige Phänomene zu mokieren, da er genug Beispiele von erstaunlichen telepathischen Erscheinungen bei den Stammesgenossen seiner Mutter kennengelernt hatte und selbst schon oft richtig geleitet worden war von einem Gefühl, das er Intuition nannte.

Er verstand, die Intuition immer von seinem persönlichen Urteil über Menschen und Dinge getrennt zu halten. Eine der ersten Lektionen in seinem Beruf als Aufklärer von Verbrechen war gewesen, niemals seine Eindrücke von Männern oder Frauen so stark werden zu lassen, daß sie ihn von dem durch die nackten Tatsachen gewonnenen Bild ablenken könnten. Wenn ein Verdächtiger vor Gericht gebracht wird, geschieht das nicht auf Grund der Eindrücke, die seine Ankläger persönlich von ihm gewonnen haben. Der Fachmann weiß genau, daß die kriminologischen Theorien von Lombroso, der die Verbrecher ausschließlich nach ihrer Kopfform und ihren Gesichtszügen ›bestimmen‹ wollte, ganz abwegig sind. Daß zum Beispiel ein lächelnder, hübscher und wohlerzogener Mensch oft durchaus fähig ist, einem andern die Kehle durchzuschneiden, während der vom Schicksal äußerlich nicht begünstigte, abstoßend wirkende Mensch oft so weich ist, daß er bitten kann, einem verletzten Pferd den Gnadenschuß zu geben oder einen elenden Hund von seinen Schmerzen zu erlösen.

Bei allen Ermittlungen in den Mordfällen kam der Punkt, an dem Bony im Geist eine bestimmte Person ganz genau unter die Lupe nahm, und zwar dann, wenn ein Zusammentreffen mehrerer Tatsachen die Möglichkeit nahelegte, daß die fragliche Person zu einer bestimmten Zeit in der Lage gewesen war, in ganz bestimmter Weise zu handeln. Diese verstandesmäßige Überprüfung des Betreffenden stützte er immer auf Tatsachen, nie auf die eigenen Eindrücke.

An diesem Nachmittag fand er Schutz vor dem Wind, der sonst seine Papiere zerzaust hätte, in dem dichten Gebüsch an der Seekante des grasbewachsenen Oberlandes, ein Stück vor dem stumpfen Ende der nach Norden weisenden Landzunge. Hier hatte er Ausblick übers Meer und den ganzen östlichen Horizont, aber auch nach Norden, wo der höchste Gipfel auf der Insel Montague, der den Leuchtturm trug, gleichsam vor dem mächtigen Dromedarberg zu fliehen schien.

Die See war blau und grün gesprenkelt mit weißmähnigen Wellen, die nach Norden liefen, um an der langen Dünung hinaufzurollen, die nach dem Aufruhr vom gestrigen Sturm noch immer westwärts drängte. Dreißig Meter unterhalb der Stelle, wo Bony saß, wurde der graubraune Panzer des Kaplands unaufhörlich mit weißem Gischt bespritzt. Bonys ungewöhnlich scharfe Augen entdeckten die Masten der beiden Barkassen, die so dünn und allein über die Kimm ragten, als ständen sie nicht auf einem Schiff, sondern auf dem haarfeinen Strich, wo Himmel und Meer sich treffen. Eine dritte Barkasse zog einige Meilen von den ›Brüder-Felsen‹ ihres Weges. Bony spürte leises Neidgefühl, vertrieb aber energisch den Teufel aus seinen Gedanken, der ihn versuchen wollte, seine eigentliche Aufgabe im Stich zu lassen.

Er legte sich auf den Bauch und preßte die Augen auf die gekreuzten Unterarme, um die Erinnerung an seine Angelfahrt besser abwenden zu können, und auch, um die schmerzenden Augen vor dem vom Wasser reflektierten gleißenden Sonnenlicht zu schirmen. In dieser künstlichen Dunkelheit vermochte er im Geist klarer das Bild von der Gesamtkarte zu sehen, die er mit Blade zusammen aus den Einzelskizzen der Seeleute und sonstigen Informationen entwickelt hatte. In diesen Plan von einem Meeresgebiet hatte er die Kurse von fünf Motorbarkassen, einer kleinen Dampfbarkasse, einem Fischdampfer und einem Überseedampfer einzeichnen müssen. Er glaubte noch immer daran, daß die Karte wichtigen Aufschluß geben müsse, sobald er den ersten Anhaltspunkt fand.

Bonys Glaube, daß die Zeit sein wertvollster Verbündeter sei, bestätigte sich wieder einmal, durch die Entdeckung von Spinks Gewehr an Bord der ›Dolfin‹, die Rockaway gehörte. Er kam gar nicht auf die Idee, daß das ein glücklicher Zufall war, daß nämlich, wenn kein Sturm aufgekommen wäre und der Schwertfisch nicht zu einer bestimmten Zeit angebissen hätte, sie nicht gezwungen gewesen wären, in die Wapengo einzulaufen, also auch Rockaway und Tochter nicht kennengelernt und nicht die Gastfreundschaft an Bord der ›Dolfin‹ erlebt hätten. Wenn die Zeit ihm nicht das Gewehr dargeboten hätte, so hätte sie ihm nach seiner Meinung schließlich einen anderen Anhaltspunkt präsentiert. Chronos, der Gott der Zeit, wird immer als alter Mann dargestellt, doch für Bony sah die ›Zeit‹ ähnlich aus wie die Dame Fortuna, die, wenn wir uns um sie nicht kümmern, in reicher Fülle ihre Gaben ausstreut.

Bei dieser Gelegenheit war sie mit Geschenken an ihn großzügig gewesen. Er hatte sie ignoriert, indem er sich ganz der aufregenden Fischjagd widmete, und sie hatte ihm ihre Gaben aufgedrängt, indem sie ihn an die Arbeit mahnte, deretwegen er nach Bermagui gekommen war.

Außer der Winchesterbüchse hatte sie ihm mehrere große Pinsel präsentiert, wodurch er geradezu mit der Nase auf die Meereskarte gestoßen wurde, in der auch der Kurs einer geheimnisvollen, dunkelgrau gestrichenen Dampferbarkasse verzeichnet war. Hätte er nicht mit Blade diesen Kartenplan ausgearbeitet, so wären die Malerpinsel aus Rockaways Schuppen für ihn ohne Bedeutung gewesen. Das Vorhandensein des Gewehrs hätte leicht erklärt werden können, etwa so: daß jemand von der ›Dolfin‹ es am Strande oder an einem Straßenrand gefunden hätte, ohne zu ahnen, daß die Waffe mit der ›Do-me‹ in Zusammenhang zu bringen war.

Die Bedeutung des Gewehrs wurde aber jetzt stark unterstrichen durch die Entdeckung der Pinsel. Sie bildeten den Anfang einer Spur, die um so leichter zu verfolgen war, je weiter sie lief.

Ferner hatte er bemerkt, daß Rockaways Haus ganz in den Farben weiß und hellbraun gehalten war. Seine Barkasse war silbergrau, seine Anlegebrücke mit einem teerhaltigen Präparat gestrichen. Der Baumeister und Dekorateur Lawson in Bermagui hatte Blade erzählt, daß er die Inneneinrichtung von Rockaways Haus im August vorgenommen und nirgends Grau in irgendeiner Schattierung verwendet habe.

Wo und wozu also waren die großen Pinsel in Rockaways Schuppen gebraucht worden?

Blades Besprechung mit dem Dekorateur hatte noch eine Auskunft von hervorragender Bedeutung erbracht. Rockaway hatte zu Bony gesagt, er bedaure, nicht in der Lage zu sein, ihn in seinem Hause gastlich aufzunehmen, weil es infolge Erneuerungsarbeiten in größter Unordnung sei. Lawson aber hatte gesagt, er sei nicht mit Renovierungen beauftragt, wisse auch nicht, daß dort etwas erneuert oder umgebaut würde und wer da arbeitete. Er hatte das Haus gebaut und seitdem alle anfallenden Änderungen und Reparaturen ausgeführt. Lawson bezweifelte, daß zur Zeit überhaupt etwas im Hause renoviert würde.

Frage: Wurden die sogenannten Renovierungen mit den diversen Pinseln ausgeführt, an denen noch die graue Farbe saß? Traf das zu, war dann nicht Dunkelgrau ein recht ungewöhnlicher Farbton für das Innere eines Hauses?

Frage: War Mr. Rockaways Angabe über den Zustand des Hauses falsch, was steckte dann dahinter? Daß er von Natur aus großzügig war, hatte Bony bei der Einladung auf das luxuriöse Schiff erfahren, ohne daß er selbst auf einen gastlichen Empfang im geringsten angespielt hatte.

Er betrachtete wieder die Kartenskizze. Am 3. Oktober war die ›Dolfin‹ schon früh in See gegangen, offensichtlich zum Schwertfischfang, denn im Heck waren zwei Angelgeräte angebracht. Vom Fischdampfer wurde sie zuletzt um 8 Uhr vormittags gesichtet, als sie in dem im Südosten lagernden Dunst verschwand. Etwa 20 Minuten nach 12 Uhr hatten der Wachoffizier und der Rudergänger auf dem Schnelldampfer ›Orcades‹ eine kleine, kriegsschiffgrau angestrichene Dampfbarkasse gesichtet, andererseits aber sich nicht erinnern können, irgendwo in dem Küstengebiet, das ihr Dampfer passierte, die ›Dolfin‹ gesehen zu haben.

Bestand nicht Grund zu der Annahme, daß, nachdem der Fischdampfer die ›Dolfin‹ aus Sicht verlor, die Besatzung der Barkasse ihr Schiff in aller Eile mit den bewußten breiten Pinseln kriegsschiffgrau angemalt hatte? Einen Schornstein konnten sie durch ein Stück Ofenrohr vortäuschen, und ein umlegbarer zweiteiliger Mast mit kürzerem Oberteil konnte sowieso vorhanden gewesen sein. Daß die ›Orcades‹ eine graue Dampfbarkasse, die länger war als der hier übliche Typ, in nächster Nähe passierte, konnten die Leute an Bord der getarnten ›Dolfin‹ absichtlich inszeniert haben, um Aufmerksamkeit zu erregen und jeden möglichen Verdacht von der sonst silbergrauen ›Dolfin‹ abzulenken.

Zu alledem konnte Bony mit einer gewissen Sicherheit annehmen, daß Rockaway schon vor dem Auslaufen der ›Do-me‹ über deren Ziel, nämlich das Schwertfisch-Riff, unterrichtet gewesen war.

Am Abend vor dem Verschwinden der ›Do-me‹ wurde Rockaways Lastwagen von Mr. Parkins, dem Garagenbesitzer, repariert. Im Klubzimmer des Hotels hatte Ericson an dem Abend mehrere Angler und Mr. Blade zu Gast. Blade erinnerte sich, daß die vorgesehene Fahrt zum Riff ausführlich besprochen wurde. Ferner, daß er vorn im Lokal auch Malone und Marshall gesehen hatte.

Neben dem eigentlichen Lokal liegen drei kleine Klubzimmer. Im größten hatte Ericson mit seinen Gästen gesessen, in einem Joe Peace mit Eddy Burns, und Burns wollte Malones rauhe Stimme aus dem dritten Raum gehört haben. Demnach konnten Malone und Marshall ohne Schwierigkeit das Gespräch Ericsons und seiner Gäste über die geplante Fahrt zum Riff belauscht haben, und durch Malone konnte Rockaway über Ericsons Absichten informiert worden sein.

Das alles durfte Bony als ziemlich gewiß voraussetzen, ebenso, daß die dunkelgraue Dampfbarkasse, nachdem sie der ›Orcades‹ aus Sicht gekommen war, Westkurs auf das Riff genommen hatte und ihre Insassen dort ein bestimmtes Vorhaben gegen die ›Do-me‹ ausführten. Dann lief die getarnte ›Dolfin‹ weiter nach See, um nicht von anderen Barkassen gesichtet zu werden. In dem Gebiet, das sie aufsuchte, konnte sie sich auch der Aufmerksamkeit der nur nach Norden oder Süden verkehrenden Dampfer entziehen. Nach Eintritt der Dunkelheit lief sie in die Wapengobucht, wo mit dem Entfernen der grauen Kaltwasserfarbe sofort begonnen wurde, was während der Nacht durchaus zu machen war. Bei Tageslicht konnten noch die letzten Spuren dieser Bemalung beseitigt werden. Erst dann wurde vielleicht die silbergraue Farbschicht aufgetragen, um doppelte Sicherheit zu haben, daß die vorherige Tarnfarbe restlos ausgetilgt war.

Als Bony sich wieder die üblichen drei Fragen stellte: Wie wurde die Tat begangen? Warum? Von wem?, schien ihm die Antwort auf die dritte schon ziemlich sicher. Das Wie konnte er zunächst außer acht lassen, und das Warum ergab sich vielleicht aus dem Handlungsablauf, den er sich jetzt nach den von Blade erhaltenen Auskünften, nach den Eintragungen in Ericsons Scheckbuch, den Angaben eines Rechtsanwalts, nach Briefen Ericsons an seinen Freund und nach den Wetterberichten zusammenstellte. Dieses ›Tagebuch‹ war so gehalten, als habe Ericson von seiner Ankunft in Bermagui an bis zum Tage seiner Ermordung alles Wesentliche regelmäßig aufgeschrieben.

Bony führte das konsequent durch. Um vier Uhr war er damit fertig. Er las es sich halblaut vor, da er aus Erfahrung wußte, daß das Aussprechen seine Denkfähigkeit anregte, indem er jede Einzelheit dabei noch einmal durchkaute.

Folgendes hatte er zusammengetragen:

5. September: Im Auto angekommen. Zimmer im Hotel Bermagui. Wetter: böige Winde, Regenschauer.

6. September: Mit Blade die nötigen Einzelheiten zwecks Ergänzung der Angelgeräte für Thunfischfang besprochen. Mit William Spinks die Miete der Barkasse ›Do-me‹ abgeschlossen. Abends Zusammenkunft mit fünf anderen Anglern. Anmerkung: Vier von ihnen kannte Blade schon von einem früheren Aufenthalt im Ort, der fünfte, ihm unbekannte, war ein Tourist aus England, ein gewisser Edwin Henderson, der als Wohnsitz das Hotel Australia in Melbourne angegeben hatte. Wetter: schön, mäßiger Wind. Abends mit Henderson und Blade im Klub, Gespräche über Fischfang.

7. September: Mit Fischfang begonnen. Schönes Wetter, leichter Wind, trotzdem mehrmals seekrank. Fing 10 Thunfische bis zu 12 Pfund Gewicht. Sehr guter Sport mit leichtem Angelgerät. Befriedigt über Stabilität der ›Do-me‹ und Zuverlässigkeit der beiden Seeleute an Bord. Kurz nach dem Abendessen schlafen gegangen.

8. September: Wetter gut. Nicht seekrank. Fühlte mich sehr in Form. Fang: 15 Thunfische und zahlreiche Königsfische von minderem Gewicht. Abends wieder mit Anglern im Klub.

9. September: Wetter etwas schlechter, aber wieder guter Angelsport.

10. September: Zu schwerer Seegang, keine Ausfahrt. Da Zeit keine Rolle spielt, Imbißkorb bestellt und nach Tathra gewandert. Von dort

nach beiden Seiten die Küste erkundet. Gefällt mir in Tathra sehr. Früh zu Bett gegangen.

11. September: Zwei Angler abgereist. Fischfang nicht besonders. Wetter stürmisch.

12. September: Viel besseres Angeln als gestern. Meine Hotelrechnung bezahlt.

13. September: Henderson heute nach Melbourne abgereist. Hat fest versprochen, nächstes Jahr wiederzukommen. Wenig Fische, aber von gutem Gewicht, 4 zwischen 16 und 23 Pfund.

14. September: Guter Sport. An Spinks die Bootsmiete bezahlt.

15. September: Seegang zu schwer. Zu Fuß nach Tilba Tilba, Mittagessen dort im Hotel, Rückkehr spät am Nachmittag. Zwei Angler aus Sydney mit ihren Frauen gekommen.

16. September: Großartiger Tag. Erstaunt über Menge der Thunfische südlich Insel Montague. Geangelt, bis Arme schmerzten. Ein schönes Exemplar an den Haken gebracht, von Blade mit 31 Pfund gewogen. An dieser Küste ausgezeichnete Fanggründe. Hier an dem einen Tage so viele Fische gesehen wie im ganzen Leben bisher zusammen. Abends lange mit Blade im Empfangszimmer unterhalten.

17. September: Seegang eigentlich zu stark. Einige Angler, die wenig Zeit haben, fuhren aus. Habe den Plan, mich hier anzusiedeln. Schon verkäufliche Grundstücke besichtigt. Wirklich ein Anglerparadies hier. Schwertfischfang soll von Dezember bis April hervorragend sein. Mit Blade und einem Mr. Pink zwei Grundstücke am Rand von Bermagui angesehen, eine etwa fünf Morgen große Parzelle mit Blick über Stadt, Fluß und Bucht. Würde da sehr gern bauen. Blade äußerst gefälliger, angenehmer Mensch. Preise nicht besonders hoch, doch zu sehr verteuert durch Staatssteuer und Gemeindesteuern. Wird neben meinen Abgaben in England zuviel. Müßte meine Guthaben aus England transferieren.

18. September: Guter Angelsport, aber viel Seegang. Nach dem Abendessen mit Blade im Empfangszimmer über Grundstückspreise gesprochen. An Henry geschrieben und Hotelrechnung bezahlt. Anmerkung: Henry ist der Polizeichef in Sydney.

19. September: Bei besserem Wetter gute Angelergebnisse.

20. September: Den ganzen Tag Regen, aber See ziemlich ruhig. Günstiges Ergebnis, größter Thunfisch 29 Pfund. Noch drei Angler eingetroffen.

21. September: Wieder gut. Mehrere Angler abgereist. Bootsmiete bezahlt.

22. September: Ausgezeichnetes Angeln, meilenweit Thunfische

dicht bei dicht. Geangelt bis zur Erschöpfung, pausenlos Beute gemacht. Heute abend an Henry geschrieben, daß ich hier ernstlich an Bauen denke und eventuell die fünf Morgen kaufe. Könnte ein hübscher Besitz werden mit nettem Haus, eigenem Boot und einem Garten. Blade von diesen Träumereien erzählt. Schien begeistert. Versteht fein, für seinen Klub und den Ort zu sorgen.

23. September: Im allgemeinen guter Tag.

24. September: Schönes Wetter, gute Fänge.

25. September: Dunstig, ruhige See. Fänge wieder ausgezeichnet. Hotelrechnung bezahlt.

26. September: Zu schwere See. Bin wieder zu dem Stück Land gegangen. Nachmittags mit Spinks über alles gesprochen, in Kajüte ›Dome‹. Schlug mir vor, Barkasse zu kaufen. Habe ihm angeboten, sie für mich zu führen und zu pflegen. Schien sehr angetan von dem Plan. Werde die fünf Morgen kaufen.

27. September: Vormittags zu rauher Seegang. Auto gemietet und Anwalt in Cobargo aufgesucht, der den Landkauf für mich tätigen soll. Angeln nachmittags gut. Blade fuhr mit.

28. September: Wetter noch rauh, Angeln wieder befriedigend. An Spinks die Bootsmiete bezahlt, ihm vorgeschlagen, daß seine Mutter und Schwester mit in mein neues Haus ziehen. Wenn sie zusagen, werden mehr Räume gebaut. Die Mutter soll kochen, die Tochter den Haushalt führen.

29. September: Wetter gebessert. Angeln ungewöhnlich ertragreich. Bis zur Ermüdung gefischt, dann Garroway und Spinks an die Angel gelassen. Hinterher wieder selbst, solange ich noch konnte.

30. September: Zuviel Seegang. Meine fünf Morgen genauer besichtigt, auf die ich Vorkaufsrechte genommen und angezahlt habe. Ganzen Nachmittag auf der Pier mit Seeleuten unterhalten, viel Spaß gehabt an ihren Erzählungen vom Fischfang und Leben an der Ostküste. Kannten eine merkwürdige Geschichte, die hier vor langen Jahren passiert ist und einer Bucht den Namen ›Geheimnisbucht‹ eingetragen hat. Wer einmal Polizist war, bleibt es offenbar. Stellte jedenfalls fest, daß mich mysteriöse Dinge noch genauso interessieren wie früher.

1. Oktober: Angeln bei heftigem Seegang eine wilde Sache. Schrieb an Henry, daß ich das Land gekauft habe, er soll dann unbedingt mit Muriel zum Richtfest kommen.

2. Oktober: Schönes, warmes Wetter. Geangelt, bis Arme zu sehr schmerzten. Größter Fang ein 24-Pfünder. Einen gewissen Rockaway nach dem Einlaufen an der Pier kennengelernt. Hatte einen Thunfisch

eingebracht, von Blade mit 67 Pfund registriert. Barkasse von Rockaway gefällt mir, sieht aber für meine Verhältnisse zu kostspielig aus. Abends kleine Gesellschaft im Klubhaus gegeben, Blade und einige Angler als Gäste. Haben Plan gemacht, morgen auf Haie zum Riff zu fahren. Blade will mich mit schwerem Angelgeschirr komplett ausrüsten.

3. Oktober: Windstill, See vollkommen ruhig. Neblig. Sind direkt bis zum Riff gefahren. Barkasse ›Snowy‹ zuletzt um 8 Uhr 05 gesichtet, ›Edith‹ auf Nordostkurs um 8 Uhr 40, ›Gladious‹ südlich von uns um 11 Uhr 05. Küste und niedrige Vorberge durch Dunst verhüllt, aber Dromedarberg in klarer Luft.

Von hier an konnte Bony das erdachte Tagebuch Ericsons nicht fortsetzen. Die einzelnen Angaben waren naturgemäß ziemlich spärlich, doch in ihrer Anordnung nach Daten bildeten sie ein Gerippe, an das sich viele andere Informationen, die noch gefunden werden mußten, gut anhängen ließen. Irgendwo in dem Zeitraum, den dieses Tagebuch umspannte, mußte eine Tatsache verborgen sein, die auf die Antworten zu den drei Fragen ›Wie? Warum? Wer?‹ hinwies.

Als Bony sich nachdenklich eine Zigarette drehte, fiel ein Schatten über seine Füße. Eine Frauenstimme fragte: »Hallo, was machen denn Sie hier?«

15

»Haben Sie nicht zufällig die ›Do-me‹ draußen entdeckt?« fragte die hagere, weißhaarige Frau, die auf Bony niederblickte. In ihren braunen Augen brannte ein seltsames Feuer, in dem faltenreichen Gesicht schien eine Hoffnung aufzuflackern.

Bony, der sofort wußte, wer sie war, stand auf und verbeugte sich in seiner feinsten Manier.

»Wie lange sind Sie schon hier oben, Mister?« fragte sie weiter.

»Einige Stunden, Mrs. Spinks. Allerdings« – er deutete auf die umherliegenden Papiere – »habe ich hier studiert, wie Sie sehen.«

Mrs. Spinks nickte. Während Bony seine Papiere einsammelte, blickte sie gespannt forschend über den jetzt blauweißen Teppich der See. »Die ›Ivy‹ kommt mit einem Schwertfisch nach Hause«, sagte sie.

»Oh! Wo ist sie denn?« fragte Bony.

Sie deutete zur Insel Montague. Bony sah, daß auf der Barkasse, nach der sie zeigte, etwas Blaues am Mast flatterte. Das Schiff war so weit entfernt, daß er sich wunderte, wieso sie es zu erkennen vermochte. Er sah ein zweites Schiff, wies in die Richtung und sagte: »Da ist noch eine Barkasse, sehen Sie die?«

»Das wird die ›Myoni‹ sein, Mister. Hat die rote Flagge gesetzt, also hat ihr Angler einen Hai an den Haken gebracht. Ja, ich kenne sie alle, die aus Bermagui. Passe immer gegen Abend auf, wenn sie heimkehren, aber nie sehe ich die ›Do-me‹ – keinen Abend sehe ich die!« Sie ergriff Bony fest beim Arm und hielt ihn in unbeweglichem Griff, während ihre braunen Augen ihn anfunkelten. »Alle sagen, die ›Do-me‹ wäre beim Riff untergegangen, und die Haifische hätten meinen Bill und den jungen Garroway und Mr. Ericson geholt. Aber sie lügen allesamt.«

»Wollen's hoffen, Mrs. Spinks.«

»Hoffen? Brauchen nicht erst zu hoffen, daß die lügen. Ich weiß es genau. Mein Bill ist nicht tot.«

»So?« fragte Bony in weichem Ton.

»Nein, er lebt. Wenn er tot wäre, müßte ich's doch wissen, nicht wahr?«

»Wie merken Sie das denn?« fragte Bony, wieder ganz sanft.

»Merken, Mister? Das wüßte ich eben, weil ich seine Mutter bin, klar? Eine Mutter wird doch wohl fühlen, ob ihr einziger Sohn im Meer ertrunken ist oder nicht! Bill war ein hübscher Junge und ist als Mann noch hübscher geworden. Ein Kerl wie ein Felsblock. Mich hat er immer liebgehabt, sich immer um mich gekümmert. Den hat die See nicht genommen, der kommt eines Tages wieder, mit Garroway und Mr. Ericson.«

»Ja, gewiß«, sagte Bony nun. »Es wäre nett, wenn Sie mir von Ihrem Sohn und der ›Do-me‹ ausführlich erzählten. Wir wollen uns hier ins Gras setzen und nach den heimkehrenden Schiffen ausschauen, und dabei erzählen Sie mir, ja?«

Er sah, wie sie unruhig ihren Mund verzog und der trotzige Zug aus ihrem Gesicht schwand. Sie begann in traurigem Ton, aber eifrig zu sprechen.

»Also das wollen Sie wirklich hören, Mister? Sonst will außer meiner Tochter keiner zuhören, wenn ich erzähle, wie Bill sich die Barkasse selbst gebaut hat. Die Leute sind so kaltherzig, sogar Marion wird manchmal so. So heißt nämlich meine Tochter. Sie und Bill sind Zwillinge. Andere Kinder habe ich nicht.«

»Ja, von den beiden und von der ›Do-me‹ möchte ich hören. Kommen

Sie, setzen Sie sich hier neben mich«, drängte Bony. »Mich interessiert das alles. Sie sagten, Ihr Sohn hätte sein Schiff selbst gebaut. Hat das lange gedauert?«

»Ein Jahr. Ein volles Jahr, Mister. In seiner freien Zeit aber nur. Ich habe auch mitgeholfen, mußte wenigstens eine Decksplanke annageln, damit er sagen konnte, ich hätte ihm geholfen. Ich begreife nicht, warum er so lange unterwegs bleibt. Mr. Blade schickt doch die Funktelegramme, wenn ich ihn bitte, und nie gibt Bill eine Antwort, und zurück kommt er auch nicht. Das sieht ihm gar nicht ähnlich.«

Bony stieß eine Rauchwolke aus. »Vielleicht haben sich Ihr Sohn und Mr. Ericson vorgenommen, zum Angeln mal ganz weit 'rauszufahren«, legte er ihr nahe. »Könnte doch sein, daß sie von anderen Schiffen erfahren haben, wo gerade jetzt extra schwere Thunfische und Haie zu kriegen sind.«

Mrs. Spinks drehte ihren hageren Körper, um sich diesen so freundlichen Mann, der ihr zuzuhören bereit war, näher anzusehen. »Meinen Sie wirklich, daß es so ist?« fragte sie eindringlich. »Mag sein, daß Sie recht haben, Mister. Das hatte ich mir noch gar nicht überlegt.«

Bony mochte ihr nicht in die weitgeöffneten Augen blicken, in denen ein Hoffnungsstrahl aufleuchtete. Er sagte: »Sind Sie mit Mr. Ericson gut ausgekommen?«

Sie antwortete nicht, sondern preßte ihre arbeitsharte Rechte vor den Mund. Als spräche sie zu der im Sonnenschein glitzernden, so schönen und so grausamen See, sagte sie: »Ja, das wäre möglich. Bill und Mr. Ericson können sich in den Kopf gesetzt haben, ganz draußen bei Neuseeland zu fischen. Mr. Ericson mochte ja Bill so gern. Er wollte sich auch eine Barkasse kaufen, eine größere und schnellere als die ›Do-me‹, und die sollte Bill gegen festes Monatsgehalt für ihn fahren. Und darauf freute er sich schon. Regelmäßige Löhnung, das ist doch besser als die Angelei im Winter, mal gut und mal schlecht. Ja, die werden sich wohl plötzlich entschlossen haben, bis nach Neuseeland zu laufen. Habe daran noch nicht gedacht bis jetzt. Und dort könnte Bill sich ja auch neue Unterwäsche besorgen, dann brauche ich ihm seine andere nicht immer parat zu halten, ich kann sie wieder in die Kommode tun!«

»Anscheinend hat Mr. Ericson Ihren Sohn gern gehabt?« warf Bony sanft in ihren Redefluß, ohne das Mitleid, das sich in ihm regte, merken zu lassen. Als sie weitersprach, war ihrer Stimme deutlich der Stolz anzuhören.

»Gern gehabt? Gern hatte den jeder! Ein paar Tage bevor sie ausfuhren, hat Mr. Ericson davon gesprochen, daß er sich das Grundstück von

Watson kaufen, da ein Haus bauen und dann hierbleiben wollte. Er meinte, es sei doch schön, wenn Bill seine neue Barkasse fahren würde, und ich und Marion könnten bei ihm wohnen. Ich sollte kochen und Marion das Haus in Ordnung halten. Was ich koche, schmeckt ihm nämlich, seitdem ich ihm mal etwas von dem Thunfisch zubereitet habe, den er selbst gefangen hatte. Er sagte, ich verstünde vorzüglich, Fisch zu kochen, was von hundert Köchen höchstens einer richtig könnte. Und er hat recht, wenn er das sagt. Man muß nämlich aufpassen, daß das Fett nicht zu heiß wird, und wenn man Fisch sieden will, muß das langsam gehen, dabei ist Eile nicht angebracht.«

»Mr. Ericson hat viel Geld, wie ich hörte«, begann Bony ein anderes Thema.

»Ja, das glaube ich wohl. Er bezahlt Bill prompt jede Woche für das Schiff, weil er ja lange hierbleiben will. – Da kommt die ›Edith‹ jetzt 'rein.«

»Die hat heute keinen Fang gehabt.«

»Nein. Wenn die Angler jedesmal etwas fangen würden, wenn sie 'rausfahren, wäre das Schwertfischangeln als Sport ja nicht so wichtig.«

»Ist das da hinten nicht die ›Dolfin‹?« fragte Bony.

»Sieht ganz so aus.«

»Stimmt, ist sie. Schnittiges Schiffchen, nicht wahr? Hat's ja recht eilig, 'ranzukommen. Sicher bringt sie einen großen Fisch mit. Bestimmt geht gleich ihr Mast hoch mit der blauen Flagge. Mr. Rockaway legt nicht viel Wert darauf, Haifische zum Wiegen zu bringen, der will nur Schwertfische.«

Bony beobachtete den Bug der silbergrauen Barkasse, der das Wasser messerscharf teilte, daß der Gischt hoch nach beiden Seiten spritzte. Dabei lief die ›Dolfin‹ nicht schneller als die übrigen Barkassen in der Gegend. Joe hatte gesagt, sie mache 16 Meilen in der Stunde.

»Ihr Mast ist nämlich zum Niederlegen«, erklärte Mrs. Spinks. »Mr. Rockaway läßt ihn gern an Deck geklappt. Er meint, die ›Dolfin‹ sieht dann noch flotter aus. Ich mag aber lieber einen richtigen stehenden Mast. Da, sehen Sie! Was habe ich gesagt?«

Sie konnten erkennen, daß jemand an einer Winde arbeitete, langsam kam der Mast in die senkrechte Stellung. Und kaum stand er, da stieg rasch die blaue Flagge mit dem kleinen weißen Fisch zur Mastspitze empor.

Gerade steuerte die ›Ivy‹ mit ihrer Tagesbeute auf die Sandbank zu, die ›Myoni‹ näherte sich auch schon dem Kap. Sie trug die rote Haifischflagge, und wenige Minuten später konnten Bony und Mrs. Spinks den über ihrem Heck festgemachten Fisch erkennen. In der weißen Schiffsfarbe spiegelte sich der Glanz der sinkenden Sonne. Wie ins Nest zurückkehrende Vögel kamen die Barkassen in den Hafen. Noch in größerer Entfernung erschienen nun auch die ›Gladious‹ und die ›Snowy‹, ohne Fangflaggen am Mast.

»Bisher zwei Schwertfische und ein Hai«, sagte Mrs. Spinks. »Wo sind aber die ›Vida‹ und die ›Lily G. Excel‹? Ah, die ›Excel‹ kommt dahinten, vom Riff her. Hat nichts gefangen. Und die ›Marlin‹? Ach so, Jack ist ja heute nicht ausgelaufen. Wilton und der blöde Joe Peace haben einen Tag frei. Der Angler, den Wilton zuletzt hatte, soll ja einen tüchtigen Fisch eingebracht haben, nicht wahr? Ach so, Mister, das sind Sie ja selbst!«

»Ganz recht, Mrs. Spinks. Ich fand, daß ich mich heute einmal ausruhen müßte.«

»Natürlich, das würde wohl jeder tun, wenn er mit einem 580-Pfünder gekämpft hat. Na, das wird sich für Jack sehr günstig auswirken, denn das bringen doch sämtliche Zeitungen. Jack Wilton ist ein braver Kerl. Er möchte schon so lange meine Marion heiraten!«

»Mag sie ihn denn nicht?« forschte Bony, während er scharf die schneidig ankommende ›Dolfin‹ im Auge behielt.

Mrs. Spinks seufzte hörbar. »Marion ist mir ähnlich«, versicherte sie, »sie wartet, bis Bill und Mr. Ericson wieder nach Hause kommen. Es ist nämlich so, Mr. Bonaparte – eigentlich ein komischer Name heutzutage. Hat's nicht einmal einen Kaiser oder König gegeben, der so hieß? Na, ich meine, Jack Wilton hat für seine Mutter zu sorgen. Wenn er Marion heiraten würde, müßte er auch für mich sorgen, bis Bill wieder da ist. Aber das ist noch nicht alles. Marion hat ja immer ihren eigenen Kopf gehabt, in mancher Beziehung ist sie allerdings sehr vorsichtig. Und in der Liebe ist doch Vorsicht kein Fehler, nicht? Wenn ich nun jetzt als Köchin und Betreuerin zu Mr. Ericson ginge und Bill auch mit bei Ericson wohnen würde, dann wäre für Marion und Jack doch fein gesorgt. Jack ist ja ein guter Kerl, wie gesagt, doch er hat es schwer, wie alle Fischer hier, im Winter genug Geld zu verdienen.«

»Aber hier gibt's doch Fische in Massen, die sich auf dem Markt verkaufen ließen, nicht wahr?«

»Ja, fangen könnten die das ganze Jahr lang jede Woche so viele, daß ihre Barkassen die Last gar nicht tragen könnten. Aber mit dem Verkaufen, das will und will nicht gehen. Die Leute in den Großstädten mögen, scheint's, Königsfisch und Thunfisch überhaupt nicht, aber Haifische,

Flachköpfe und andere Fische, die sich von Abfällen ernähren, die essen sie.«

Mrs. Spinks funkelte ordentlich mit den Augen. Bony, der gleich merkte, daß er hier auf ein bedenkliches Thema kam, sprach rasch wieder von Ericson und dessen Plänen. »Und Sie glauben, Mr. Ericson wollte sich bestimmt hier ansiedeln und Ihren Sohn dann als Führer seiner Barkasse engagieren?« sagte er.

»Das hat er jedenfalls zu Bill gesagt. Mir freilich auch schon, an dem Abend, ehe sie das letztemal ausliefen. Ich war gerade an der Pier und wartete auf Bill, um ihm zu sagen, daß ein Telegramm von einem Angler gekommen war, der die ›Do-me‹ für zwei Wochen mieten wollte. Als sie 'reinkam, gab ich ihm das Telegramm, und dann stand ich da noch und sprach mit Mr. Ericson, als die ›Dolfin‹ anlegte und einen Fisch zum Wiegen brachte. Mr. Ericson fragte mich, ob ich bei ihm das Kochen und die Wirtschaft übernehmen würde. Als die ›Dolfin‹ festgemacht war, erwähnte er gerade, daß er Marion auch nehmen würde, als Hausmädchen.

Wir schauten uns alle den Thunfisch an, den Mr. Rockaway gefangen hatte, und Mr. Ericson zeigte besonders großes Interesse. Mir kam's vor, als würde er mit einemmal neidisch auf Mr. Rockaway, denn er ging plötzlich rasch weg von der Pier. Ich war ganz überrascht, und Mr. Rockaway sperrte den Mund auf wie ein Fisch auf dem Trockenen.«

»Das«, sagte Bony langsam, »ist sehr aufschlußreich. War Mr. Ericson bei dieser Gelegenheit zum erstenmal mit Mr. Rockaway zusammen?«

»Das weiß ich nicht. Ach, ich wünschte, die ›Do-me‹ käme endlich! Ich habe das nie leiden können, wenn Bill so lange ausblieb und nachher im Dunkeln über die Sandbank steuern mußte. Besonders nicht bei Ebbe. Und jetzt haben wir auch gerade Ebbe.«

»War Mr. Blade auf der Pier, um den großen Thunfisch von Mr. Rockaway zu wiegen?«

»Mr. Blade? Ach so, Blade. Nein. Der war Mr. Ericson am Strand begegnet und hatte mit ihm ganz kurz gesprochen. Ich weiß das, weil dieser Dan Malone nämlich Mr. Blade zugebrüllt hat, er sollte fix kommen und Mr. Rockaways Fisch wiegen.«

»Wer stand sonst noch mit Ihnen auf der Pier?«

»Kann mich nicht mehr erinnern, Mister ... Doch, ja, Alf Remmings von der ›Gladious‹ war noch da. Er war dageblieben, weil Bill ihm das Telegramm von dem Angler zeigte und ihn fragte, ob er den vielleicht übernehmen könnte. Remmings war damit einverstanden.«

Bony lächelte schwach, während er das Panorama von Land und See überblickte. Er sah das bergige Gebiet unter der sinkenden Sonne dunkel erglänzen, sah den Gipfel auf der Insel Montague und den Leuchtturm, der über dem Dunst zu schwimmen schien. Es war wie ein märchenhaftes Land, das auf einen Odysseus wartete. Er beobachtete die ›Gladious‹ und die ›Snowy‹ beim Näherkommen, sah das Sonnenlicht auf dem silbergrauen Rumpf und dem Messingwerk der ›Dolfin‹ spielen, die eben ums Kap bog. Mrs. Spinks stand auf und spähte zum stahlblauen Horizont.

»Da fährt die ›Canberra‹«, sagte sie, auf ein fernes Schiff weisend, von dem nur die Aufbauten sich deutlich gegen den Himmel abhoben. »Die ›Orcades‹ kommt morgen am Spätnachmittag vorbei. Ich verfolge die Fahrzeiten der dicken Dampfer immer in der Zeitung. Mr. Blade setzt sich mit denen durch Funk in Verbindung und fragt an, ob sie die ›Dome‹ gesehen haben. Dann sollen sie meinem Sohn sagen, daß er nach Hause kommt. Er braucht doch saubere Unterwäsche, die habe ich schon für ihn zurechtgelegt.«

»Er wird wiederkommen, sobald Mr. Ericson zurück will«, sagte Bony beruhigend. »Machen Sie sich über das Unterzeug nicht zuviel Sorge, und um Bill selbst erst recht nicht. Dem wird's schon gutgehen. Ich muß jetzt ins Hotel zum Abendessen, sonst bekomme ich nichts mehr. Gehen Sie mit zur Stadt?«

»Nein.« Das Wort klang scharf, Bony sah in ihren Augen wieder die Abwehr.

»Na schön, ich hätte sonst gern noch mehr über Bill, Mr. Ericson und Garroway gehört.«

»Ich gehe aber nicht mit. Will hierbleiben und aufpassen, wenn die ›Do-me‹ wieder einläuft.«

Bony blieb, nachdem er ein paar Meter gegangen war, noch einmal stehen und sagte zu der verstörten Frau: »Vorhin meinten Sie, alle wären so kaltherzig und wollten nicht zuhören, wenn Sie von Bill sprechen. Ich bin nicht kaltherzig. So gern hätte ich noch mehr von Bill und Mr. Ericson gehört, und nun stehen Sie da und wollen mich allein zur Stadt zurückgehen lassen. Kommen Sie doch ein Stück mit und erzählen Sie mir, auch von der ›Do-me‹.«

Zum erstenmal sah er Mrs. Spinks jetzt lächeln. Sie sagte, indem sie zu ihm kam: »Es ist so schön, mit jemand reden zu können, der nicht behauptet, daß Bill von den Haien gefressen wurde. Er ist doch so ein prachtvoller Junge.«

Sie schwatzte pausenlos über ihren Jungen, während sie mit Bony bis zur Hauptstraße ging, wo sie Marion begegneten, die eilig zum Oberland wollte, um ihre Mutter zu holen, damit sie nicht die ganze Nacht oben blieb.

»Wir haben über Ihren Bruder, über sein Schiff und Mr. Ericson geplaudert«, sagte Bony heiter. »Übrigens ist uns eingefallen, daß sehr wahrscheinlich Mr. Ericson Ihren Bruder überredet hat, zum Angeln bis in die neuseeländischen Gewässer zu fahren und sie deshalb so lange ausbleiben. Sie werden wohl dort auf so reiche Beute gestoßen sein, daß sie einfach vergessen haben, Nachricht zu geben.«

»Ja, so wird's sein, Marion«, rief Mrs. Spinks, die wieder lächelte. Marion schloß sich ihnen an. Vom Hotel aus, wo Bony sich verabschiedete, ging Mrs. Spinks zum erstenmal seit dem 4. Oktober mit ihrer Tochter ohne Widerstand nach Hause.

Bony, der noch über die zwei Frauen nachdachte, als er sich zum Abendessen säuberte, wunderte sich nun doch über ihren unerschütterlichen Glauben, daß William Spinks noch am Leben sein müsse. Und als er sich die Szene vorstellte, wie Mr. Ericson ärgerlich von der Pier gelaufen war, weil Mr. Rockaway einen großen Thunfisch gefangen hatte, lächelte er sein Gesicht im Rasierspiegel an und murmelte: »Sie sind ein sehr kluger Mann, mein lieber Napoleon Bonaparte! Mrs. Spinks hat Ihre Gedanken an diesem Nachmittag in eine bestimmte Richtung gelenkt. O ja, in diese Affäre kommt jetzt Bewegung. Freilich glaube ich kaum, daß die Frauen, die behaupten, William Spinks sei noch am Leben, recht haben ...«

16

Der 16. Januar produzierte Bilder, die sich Bony so einprägten, daß er sie gewiß noch nach vielen Jahren leicht ins Gedächtnis zurückrufen konnte.

Es war ein kühler, strahlender Tag. Wilton gab, nachdem sie genügend Köderfische gefangen hatten, Joe den Auftrag, die ›Marlin‹ zunächst auf Südostkurs zu halten und dann am Schwertfisch-Riff nordwärts entlang bis zur Insel Montague zu steuern. Nachdem er seinen Motor überprüft hatte, kam er nach achtern und setzte sich in den freien Anglerstuhl neben Bony, um sich eine Zigarette zu drehen.

»Ich habe gestern nachmittag mit Mrs. Spinks gesprochen«, berichtete Bony. »Als ich auf dem Oberland saß und ein Problem zu lösen suchte, fand sie mich dort. Mir scheint es doch sehr merkwürdig, daß sie und ihre Tochter so fest daran glauben, daß Bill Spinks noch lebt, oder finden Sie das nicht?«

Wiltons braunes Gesicht war frisch rasiert. Er blickte mit seinen braunen Augen forschend übers Meer, denn er hatte in langer Praxis die Fähigkeit erworben, mit der Hälfte seiner Gedanken bei einem Gespräch und mit der andern auf der Suche nach einer typischen Flosse zu sein.

»Nicht so merkwürdig wie man denken sollte«, entgegnete er.

»Erklären Sie mir's bitte«, sagte Bony leichthin.

»Tja, wissen Sie, der alte Spinks hat ja nicht viel getaugt, und bevor er seinen letzten Anker warf, war das Leben der Familie beinahe unerträglich. Schläge und Streit, fast nie Geld im Haus und ewig Sorgen, die reine Hölle.

Als er starb, war Mrs. Spinks vollkommen herunter. Bill und Marion waren damals gerade achtzehn geworden, und Bill wurde plötzlich ein ganz anderer Kerl. Viele von uns hatten immer das Gefühl, als ob der Junge wie in einem Nebel lebte, aber nachdem sein Alter sich zu Tode gesoffen hatte, schien er erst ein richtiger Mann zu werden. Er und Marion und ich, wir hatten schon in der Schule immer zusammengehalten, waren die besten Kameraden. Erst nach der Schulzeit wurde Bill so sonderbar. Als er dann sozusagen wieder aufwachte, erbot er sich, als mein Steuermann mitzufahren. Ich fischte damals auf eigene Rechnung, nachdem ich von meinem Vater, der ein Jahr vorher gestorben war, die Barkasse geerbt hatte.

Der junge Bill entpuppte sich als sehr fleißiger, unermüdlicher Arbeiter, und ich konnte ihm auch mal gefällig sein. In weniger als einem Jahr hatte er die Schulden der Familie bezahlt und seiner Mutter und Schwester ein ruhiges, gesichertes Heim geschaffen. Marion brauchte nicht mehr auswärts zur Arbeit zu gehen. Er verlangte, daß sie zu Hause blieb und gut für die Mutter sorgte. Ich kenne keinen Menschen, der so viel an seine Mutter dachte wie Bill. Nie ging er morgens aus der Wohnung, ohne ihr einen Kuß zu geben, und abends, wenn er nach Hause kam, war's ebenso. Ich glaube, nach den wüsten Jahren, die sie durchgemacht hatten, wollten sie sich ihr Familienleben besonders schön einrichten.«

Wilton stand auf und ging ins Vorschiff, wo er lange übers Wasser blickte. Als er zurückkam, bat Bony ihn: »Na, erzählen Sie mir doch weiter, Jack – die Geschichte vom Leben der Familie Spinks.«

»Ach ja, Bill Spinks. Na, nachdem er mit mir zwei Jahre gefahren war, hatte er Geld auf der Bank, und die zwei Frauen waren recht glücklich und zufrieden. Ich habe Marion immer liebgehabt, schon seit unserer Kinderzeit, und wollte sie gern zur Frau haben. Ich wußte auch, daß sie mich gern hatte, schon ebenso lange, und daß da kein anderer im Wege war. Aber ...«

»Sie konnte sich zum Heiraten einfach nicht entschließen, wie?«

»Ja, so mußte ich's wohl auffassen, bis zu der Zeit, als die ›Do-me‹ verschwand. Jedenfalls steht fest: Bill sparte sein Geld. Er trank nicht und rauchte nicht und verzichtete auch aufs Kino. Er begann von einer zum Verkauf stehenden Barkasse zu reden, die er kaufen wollte. Dann gab er den Gedanken auf und fing an, in seiner freien Zeit die ›Do-me‹ zu bauen. Als Joe Peace von großer Fahrt wiederkam und abmusterte, nahm ich den als Steuermann, und wir beide haben, immer wenn wir konnten, Bill bei seinem Schiffbau geholfen. Manchmal kamen auch seine Mutter und Schwester und sahen uns bei der Arbeit zu. Und dann zählten wir, Joe und ich, auf einmal nicht mehr mit, die drei blieben für sich, und nichts hätte die auseinanderbringen können. Höchstens das, was der ›Do-me‹ passiert sein muß an dem Tag, als sie nicht zurückkam. Ich bin ja manchmal ärgerlich geworden, muß wohl Eifersucht gewesen sein. Ja – ich glaube, wenn Bill tot wäre, dann wüßten es diese beiden Frauen.«

»Tragödien, die an die Toten rühren, vernichten die Lebenden, Jack«, murmelte Bony tiefsinnig und versank eine Weile in Schweigen. Dann sagte er: »Wenn nun aber Spinks nicht tot ist, weshalb meldet er sich dann nicht und sagt der Welt, wer Ericson erschossen hat und was mit der Barkasse geschehen ist?«

»Weil er das nicht darf, nur deshalb.«

»Nicht darf! Soll das heißen, daß er irgendwo gefangengehalten wird?«

Wilton, der Bony nur selten angeblickt hatte, forschte, auch als er diese Frage beantwortete, mit den Augen nach Fischflossen. »Ich weiß eigentlich nicht, was ich denken soll«, sagte er. »Nach Behauptung der Frauen ist er nicht tot. Wenn er aber lebt und dazu in der Lage wäre, würde er sich melden. Da er sich nicht meldet, aber am Leben ist, muß er wohl gegen seinen Willen festgehalten werden.«

»Als Gefangener der Leute, die Ericson umbrachten?«

»Ja.«

Bony seufzte. »Bedauere, Jack, aber diese Theorie leuchtet mir nicht ein«, sagte er langsam. »Seit dem Verschwinden der Barkasse ist über ein Vierteljahr vergangen, und die Leute, die das Schiff auf See angegriffen und den Angler ermordet haben, würden wohl kaum die Besatzung entwischen lassen. Wenn sie also Spinks und Garroway nicht auch um die Ecke gebracht haben, müßten sie die beiden jahrelang, vielleicht ihr ganzes Leben, gefangenhalten.«

»Was ich sagte, klingt blöde, das weiß ich«, gab Wilton zu, »aber die Frauen glauben immer noch, daß Spinks nicht tot ist.«

Bony blieb bei seinem Standpunkt. »Im Weltkrieg haben Tausende von Frauen nicht glauben wollen, daß ihre Männer oder Söhne tot seien, und sie meinten, diese müßten eines Tages wiederkommen, aus einem Gefangenenlager oder nach einer langen, durch die Kämpfe verursachten Bewußtseinsstörung.«

»Das können Sie doch hiermit nicht vergleichen. Die drei Spinks hingen besonders eng zusammen. Außerdem sind Bill und Marion doch Zwillinge.«

»Und Sie meinen, daß Spinks lebt, nur weil die Frauen daran glauben?«

»Ja. Eines Tages wird sich das Geheimnis um die ›Do-me‹ aufklären, und dann kommt Bill wieder nach Hause.«

»Wenn Sie mit der Aufklärung recht haben, könnte er schon sehr bald wieder hier sein.«

Wilton stutzte und blickte jetzt Bony offen an, der lächelnd fortfuhr: »Ich fange nämlich auch an zu glauben, daß er noch lebt. Um meine Ermittlungen abzuschließen, habe ich Vorsichtsmaßnahmen zu treffen, die ich mir erst ernstlich überlegen muß.«

Wilton, der staunend die Augen aufriß, fragte gepreßt, als bekäme er nur mühsam Luft: »Denken Sie denn, daß Sie die Sache schon in Kürze aufklären können?«

Bony nickte.

»Darf ich dann mit Joe am Schluß dabeisein? Malone ist ein gefährlicher Bursche, und Dave Marshall ist auch kein Würstchen, wenn's auf die Fäuste ankommt.«

»Sie haben doch wohl nicht die beiden und Mr. Rockaway im Verdacht, daß –?«

»Na, und das Gewehr? Und die Malerpinsel? Und daß Rockaway gesagt hat, sein Haus würde zurechtgemacht, was gar nicht stimmt? Und daß Rockaway und Mr. Ericson an dem Nachmittag, als die ›Dolfin‹ mit dem großen Thunfisch einlief, sich so benommen haben, als hätten sie sich wiedererkannt? Sagt das alles nichts? Remmings hat jedenfalls behauptet, die beiden müßten sich schon gekannt haben.«

»Na, na, Jack«, sagte Bony tadelnd, »das Spekulieren überlassen Sie lieber mir. Wenn es Zeit zur Schlußaufnahme wird, wie es bei den Filmleuten heißt, werde ich Sie und Joe bestimmt auffordern, in meiner Nähe zu sein. Aber vorläufig bitte kein Wort zu Joe.«

»Gut. Ich muß mal 'n Augenblick nach vorn gehen. Nachher habe ich noch allerlei Fragen an Sie. Zum Beispiel –«

»Lassen Sie das lieber, Jack. Ich antworte nicht gern mit Lügen«, warf Bony lachend ein.

»He, Jack, Achtung da vorn!« schrie Joe vom Ruder her.

Wilton war in ein paar langen Sätzen neben ihm und spähte einige Sekunden durch die Schutzscheibe vor dem Ruderstand. Dann kletterte er gewandt wieder nach vorn und stellte sich gegen den Mast. Bony trat auf die Bordkante, um über das Kajütsdach blicken zu können. Ungefähr zwei Meilen voraus sah er ein Schiff mit schwarzem Schornstein und rostigem Rumpf langsam durch die See stampfen. Wilton kam zu ihm.

»Sieht mir aus, als ob ein Schwarm Thunfische hinter dem Trawler herzieht«, sagte er so laut, daß auch Joe es hörte.

»Wie können Sie denn das von hier aus erkennen?« fragte Bony.

»Vergleichen Sie mal die See hinter dem Schiff mit der vor dem Bug.«

»Ah, ja. Achtern sieht sie dunkler aus, als wenn eine heftige Bö sie aufwirbelt.«

»Das ist aber kein Wind, es sind Fische an der Oberfläche. Ich sehe, wie sie Schaum aufrühren.«

»Jetzt erkenne ich das auch. Da sind ja meilenweit überall springende Fische. Thunfische, oder was?«

»Vielleicht auch nicht. Wenn das Thunfische sind, dann müssen es, aus dieser Entfernung gesehen, große Burschen sein. – He, Joe, mehr Tempo!« Und wieder zu Bony: »Wenn's Thunfische sind, wollen Sie dann mal angeln? Ich habe unten auch leichteres Angelgerät.«

Bony nickte, seine Augen glänzten, sein Puls ging gleich schneller.

»Passen Sie dann aber gut auf Ihren Köder auf«, riet ihm Wilton, »neben dem Schwarm sind sehr wahrscheinlich Schwertfische und Haie.«

Bony sprang wieder in den Cockpit und teilte seine Aufmerksamkeit zwischen dem Köder und dem Trawler vor ihnen. Als die ›Marlin‹ jetzt mit erhöhter Tourenzahl des Motors vorwärtsschoß, spürte er eine wilde Jagdlust. Wilton winkte ihm. Er kletterte nach vorn neben dem Mast, wo er sich am Backbordstag festhielt.

Wilton lachte, seine Augen blitzten. »Tümmler«, sagte er, »zu Tausenden ziehen sie dem Trawler nach. Das Schleppnetz hat er wohl erst eben wieder ausgefahren, nachdem die Mannschaft es gereinigt hat. Dann fliegen die kleinen Fische, Stücke von Kraken und Stachelrochen und so was massenhaft von Bord. Sehen Sie doch bloß, diese vielen Tümmler!«

»Schade, daß es keine Schwertfische sind«, schrie Joe gellend, der sich, um besser sehen zu können, hochreckte, indem er den linken Fuß gegen eine Speiche des Steuerrads stemmte. »Wer will denn schon Tümmler haben? Ich jedenfalls nicht. Ich will Schwertfische, Bengels von fünfhundert Pfund!«

Bony winkte ihm kurz zu, als sei das auch sein Wunsch, dann betrachtete er wieder aufmerksam das interessante Schauspiel hinterm Heck des Fischdampfers, der gemächlich weiterzog. An Deck war kein Mensch zu sehen, in halber Masthöhe hing der ›Hummerkasten‹, als Zeichen, daß das Schleppnetz ausgefahren war und andere Fahrzeuge weit auszubiegen hatten.

Plötzlich befand sich die Barkasse mitten in einem von Fischen wimmelnden Seegebiet. Die Tümmler schwammen in Gruppen zu vieren, fünfen und sechsen, kreuz und quer, und vermieden Zusammenstöße in unglaublich geschickter Weise. Sie erschienen neben der ›Marlin‹, tauchten unter ihrem Kiel durch, flitzten wieder an der Bordwand entlang, um dicht unterm Bug hin und her zu kreuzen. Nach Süden und Osten waren weithin in unabsehbaren Mengen ihre buckligen Rücken zu sehen. Wunderbar wußte dieser Fisch sich in seinem Element zu bewegen.

»Wenn ich über Bord fallen müßte, möchte ich das hier«, sagte Wilton.

»Warum?«

»Weil hier bestimmt keine Haie sind. Diese Tümmler würden einen Hai in weniger als einer Minute zu Brei zermalmen. Tauchen in Scharen unter ihm hoch und schlitzen ihm Schlag auf Schlag den Leib auf, schnell wie Maschinengewehrfeuer. Eigentlich sind es gar keine Fische, sondern Säugetiere. Deshalb müssen sie sich auch von Zeit zu Zeit aus dem Wasser heben. Daß es so viele gibt, hätten Sie wohl nicht gedacht?«

»Nein, ich hätte nicht geglaubt, daß im ganzen Ozean zusammen so viele sein könnten, wie ich allein hier sehe«, sagte Bony. »Sind sie oft in solchen Massen versammelt?«

Wilton schüttelte den Kopf. »Nur einmal habe ich das so gesehen, vor Jahren. Sind ja so viele, daß man auf ihnen gehen könnte. Am besten, wir fahren wieder hier 'raus, Schwertfische sind nämlich jetzt nicht in der Gegend.«

Bony setzte sich hinter seiner Angel am Heck in Positur. Er staunte wie ein Kind über die gewaltige Versammlung der Meereskreaturen rings um das kleine Fahrzeug. Die See wurde von den Tümmlern so zerwirbelt, daß die Sonnenstrahlen kaum reflektierten. Die Masse der Tiere war so dicht, daß man wirklich, nach Wiltons Worten, über sie hätte gehen können wie auf einer, allerdings heftig vibrierenden, Straße.

Wilton sagte zu Joe: »Wollen jetzt wenden und bei dem Fischdampfer längsseits gehen, ich muß mit den Leuten mal reden.«

Joe grinste erwartungsvoll und legte die Barkasse auf Ostkurs. Rasch kamen sie in Höhe des Trawlers, der am Bug die Zeichen ›A.S.1‹ trug.

Auf knapp zwanzig Meter Abstand hielt Joe die ›Marlin‹ neben ihm.

»Die haben schon Reinschiff gemacht«, sagte er und lachte, anscheinend über einen Witz, den er nicht aussprach. Bony, der interessiert hinüberspähte, sah an Deck keinen Menschen. Wilton erklärte ihm, daß nach dem Reinschiffmachen immer die ganze Besatzung wachfrei hatte und dann alle ins Logis gingen. Auf der Brücke hinter den Glaswänden sahen sie zwei Offiziere. Der eine kam in die Nock und blickte auf die kleine ›Marlin‹ hinunter. »›Marlin‹ ahoi!« rief er durch die hohlen Hände. »Wie steht's mit den Schwertfischen?«

Wilton übernahm das Ruder von seinem grinsenden Partner, der noch ein Stück nach achtern ging, die Hände ebenso vor den Mund hielt und mit gewaltigem Stimmaufwand rief: »Wo so'n Stinkpott wie eurer fährt, will sich kein anständiger Schwertfisch bewegen! Mit Angeln habt ihr wohl noch kein Glück gehabt, was?«

»Wir wollen keine kleinen Köderkitzler wie ihr«, kam die laute Antwort. »Wenn wir mal ein bißchen mit Handleinen fischen, tun wir's nicht unter einem Wal von fünfzig Tonnen. Was machen deine Hühneraugen, alter Knoten?«

»Möchten gern mit deinem Hintern Bekanntschaft machen, du schlappohriges schwarzes Schaf aus einer sonst so anständigen Familie«, brüllte Joe. »Wie ist Papa Harris mit dem Hängebart heute zuwege? Bestell ihm, ein Gentleman bei uns will mit ihm ein Wörtchen reden.«

Der Offizier des Trawlers lehnte sich elegant über die Brückenreling, spuckte auf eine Art, die fleißige Übung erkennen ließ, ins Wasser und rief in gemütlichem Gesprächston: »Der Käpt'n kann leider nicht bemüht werden, du plattfüßiger, dickwanstiger Frosch! Unser Käpt'n spricht überhaupt nicht mit ausgedienten Deckschrubbern, die sich nie den Hals waschen, du haifischfressendes Gespenst!«

Joe zwinkerte Bony zu, legte wieder die Hände vor den Mund und setzte sein ›Gespräch‹ fort: »Sag Papa Harris mit dem Hängebart, wenn ich ihn mal wieder treffe, werde ich ihm die Fußmatte mit 'nem Kamm klarieren. Nehme an, er liegt wieder blau in der Koje. Sein armes Weib und die armen Kinder! Und dir, du lackierter Knabe da oben, werde ich bei Gelegenheit mal die Ausgehuniform ein bißchen schmutzig machen, die mit den meterlangen Goldbandagen! Kein Wunder, wenn die Fischpreise in der Stadt so steigen, daß die Leute sich keinen Fisch leisten können! Kein Wunder, wenn die Regierung für ihre lieben Freunde so hübsche Druckposten findet und sie auf protzigen Kästen in See schickt, mal 'n bißchen nach Fischen suchen. Müssen ja auch was tun, damit die Leute glauben, daß Fische knapp sind. Ihr Kerle verpennt ja sowieso die halbe Zeit unterwegs. Wach doch mal auf, Mensch, und fang Fische, du parfümierte Friseurreklame!«

Wilton hatte inzwischen die ›Marlin‹ von dem Dampfer abgedreht und sie entfernten sich schnell, während der Offizier auf der Brücke und Joe Peace ihre freundliche Unterhaltung fortsetzten, bis beide merkten, daß keine Silbe mehr zu verstehen war. Dann wandte Joe sich an Bony und sagte: »Auf dem Kasten bin ich mal ein Jahr gefahren. Der junge Dachs auf der Brücke hat sich damals schon 'n Stiebel eingebildet. Sonst aber kein schlechter Kerl.«

»Jetzt am Riff entlang zur Montague«, befahl Wilton.

Zum zweitenmal sah Bony nun die See über dem Riff. Steile, kurze, kabbelige Wellen zeigten heute die Lage der Klippen an.

Der Fischdampfer, von dem sie nun schon weit entfernt waren, stieß eine kurze Rauchwolke aus dem Schornstein, als wolle er Joe Peace verspotten.

Nach zwei Stunden Fahrt, in denen nicht geangelt wurde, erschien Bony die Insel Montague größer, als er sie beim erstenmal geschätzt hatte.

Wilton, der im Bug saß, stampfte plötzlich mit dem Fuß hart auf. Joe reckte sich über das Kajütsdach, um besser hören zu können, was er sagte. »Schwertfische springen, da drüben. Höhere Fahrt!« schrie Wilton über die Schulter.

Bony beugte sich weit vor, um an der Bordwand entlangschauen zu können. Er merkte, wie rasch sein Puls gleich klopfte, wenn der König der Fische nur erwähnt wurde. Dann sah er selbst den springenden Schwertfisch. Zweifellos hatte der Mensch, der in uralter Zeit erklärte, Venus sei aus der See emporgestiegen, dieses symbolische Bild in einem durchs Sonnenlicht springenden Schwertfisch gesehen. Bony sah den schlanken, schönen Fisch in dem bunt wie ein Regenbogen glitzernden Gischt grün schimmern.

»Der gibt aber an«, rief Joe. »Es sind noch mehr da, die das können. Geben Sie acht auf Ihren Köder!«

Wieder schien der große Fisch ein Weilchen auf seiner Schwanzflosse zu tanzen, ehe er schräg ins Meer zurückglitt.

Wilton machte mit der Hand eine kreisende Bewegung, worauf Joe die Barkasse in großen Kreisen um die Stelle steuerte, wo der Schwertfisch seine Sprünge gemacht hatte. Bony schlüpfte in das Anglergehänge, verband es mit der Leinentrommel, zog Handschuhe an und hielt sich bereit, rechtzeitig zuzufassen, wenn die Leine mit dem Köder ausrauschte. Das Blut rann ihm im Jagdeifer heiß durch die Adern. Wilton kam zu ihm.

»Südlich der Insel sind Vögel in Massen«, verkündete er, »ein sicheres Zeichen, daß dort ein großer Schwarm Fische ist. Wenn Sie schnellen Angelsport lieben, mache ich Ihnen das leichtere Gerät gleich klar.«

Bony nickte. Er hoffte noch, bald die begehrte Flosse zu sehen. Die ›Marlin‹ lag wieder auf geradem Nordkurs. Nach knapp einer halben Stunde sahen die drei Männer voraus das Wasser wie toll wirbeln, mit dunklen Schatten zwischen dem Schaum, als tobte sich dort eine wilde Bö aus.

Hatten sie hinter dem Fischdampfer schon Tümmler gesehen, so weit wie das Auge reichte, so erlebten sie jetzt noch Gewaltigeres: Die ›Marlin‹ fuhr in ein großes Gebiet, wo die Fische sich geradezu drängten in einem ungeheuren Gewühl. Es waren die blauflossigen Thunfische, kräftige, kampflustige Tiere von gedrungener, wohlgerundeter Form. Mit der leichten Angel zog Bony einen nach dem andern an Bord, fast alle im Gewicht von ungefähr 10 Pfund. Nach zwanzig Minuten gab er auf, denn es wurde schnell zu einem anstrengenden Geschäft, in diesem Tempo die Fische mit Schwung durch die Luft zu reißen und an Bord zu werfen, wo Wilton das Weitere besorgte. Fehlwürfe gab es nicht: Kaum war der beköderte Haken im Wasser, schon biß einer an, und wenn er loskam, stürzte sofort ein zweiter sich auf den Haken, dem Hunderte Kopf an Kopf folgten, wenn die Leine eingeholt wurde.

»In diesem Schwarm stecken mehr Fische, als ganz Australien in einem Jahr verzehren könnte«, sagte Wilton ernsthaft. »Wenn wir die alle auf einen Dampfer von zwanzigtausend Tonnen packen sollten, würde er sinken. Und dabei – das wissen Sie vielleicht nicht, Bony – importiert Australien jährlich Fischkonserven im Werte von über einer Million Pfund!«

»Ja, das ist mir nicht neu«, entgegnete Bony. »Und kürzlich habe ich Joe sagen hören, daß die Regierung eigene Schiffe zum Fischfang an unseren Küsten ausschickt. Den Herren sind vielleicht Bermagui und die

Insel Montague unbekannte Begriffe. Allein in diesem Gebiet sind ja Fische genug, um die ganze Bevölkerung zu versorgen, das Pfund für einen Penny. Ja, Jack, wir leben in einer verrückten Welt, die jedes Jahr verrückter wird.«

Eine Stunde später gelangten sie, nachdem sie eine Strecke durch ruhiges Wasser gefahren waren, wo sie keine Fische bemerkten, wieder in ein Gebiet, wo die ungefähr vier Pfund schweren Königsfische zu Milliarden schwammen.

»Das muß man sehen und sich überlegen, daß in den Städten die Männer zu Mindestlöhnen arbeiten und nicht wissen, wie sie ihre Kinder sattkriegen sollen«, bemerkte Wilton erbittert. »Und die Fischer an dieser Küste haben ihre liebe Not, wenn sie nur bescheidene Fänge verkaufen wollen.«

Wieder kamen sie in klares, ungestörtes Wasser. Bony, der auf das von Fischen überfüllte Gebiet mit den zahllosen kleinen Strudeln und Gischtfontänen zurückblickte, wunderte sich wieder einmal über die kurzsichtige Selbstsucht der Menschen, die diese gewaltige Ernte des Meeres den Hungrigen vorenthielten. Wahrhaftig eine verrückte Welt...

17

Die in Bermagui am 17. Januar aus Sydney eintreffenden Zeitungen enthielten Nachrichten, die Bony sehr befriedigten, ihn als Inspektor Napoleon Bonaparte aber ärgerten.

Er hatte das letztemal beim Angeln Pech gehabt, indem er einen großen Schwertfisch verlor, weil er ihn zu hastig einhieven wollte. Dann war ein Seehund zwei Stunden der ›Marlin‹ gefolgt, anscheinend nur aus Langeweile. Da durch ihn wahrscheinlich die Schwertfische von Bonys Köder verjagt wurden, hatten Wilton und Joe sich alle Mühe gegeben, ihn zu verlieren, indem sie den Motor auf Höchstfahrt schalteten, um ihn zu ermüden. Aber gerade das Tempo schien dem Seehund Spaß zu machen. Jedesmal, wenn er auftauchte, drehte Joe hart nach Backbord oder Steuerbord ab, in der Hoffnung, ihm zu entweichen, doch der brave Seehund hob sich nach einem Tauchstoß hoch aus dem Wasser, spähte wie ein kurzohriger Jagdhund in die Runde, bis er die Barkasse entdeckt hatte, und folgte ihr wieder mit Höchstgeschwindigkeit. Der unwillkommene Bursche wollte einfach nicht verschwinden. Um ihn rechtzeitig loszuwerden, hätten sie ihn erschießen müssen, doch das brachten weder Bony noch die beiden Seeleute übers Herz.

Als Bony nach diesem an Pech reichen Tag ins Hotel zurückkam, bat Blade ihn, in sein Geschäftszimmer zu kommen. »Diese Zeitungsberichte werden Sie interessieren«, sagte er, als Bony erschien. »Die Blätter sind heute nachmittag gekommen.« Er gab ihm mehrere Zeitungsseiten, auf denen er die Artikel mit Blaustift umrandet hatte. Bonys Aufmerksamkeit wurde sofort durch eine Überschrift gefesselt. Sie lautete:

›Detektiv-Inspektor aus Brisbane fängt Riesen-Schwertfisch!‹

In ein paar Zeilen wurden Gewicht, Maße und sonstige Einzelheiten des zweiten von Bony gefangenen Schwertfischs gewürdigt, dann folgten zwanzig Zeilen über ihn persönlich:

Es gibt in ganz Australien natürlich nur einen Mr. Napoleon Bonaparte. Er ist Inspektor bei der Mordkommission in Brisbane und kann eine erstaunliche, geradezu romantische Laufbahn aufweisen. Wie es heißt, hat er bisher jeden ihm zur Aufklärung übertragenen Fall erfolgreich beendet. Durch seine Kenntnisse vom wenig erforschten Landesinneren und seine großen Talente, genießt er bei seinen Vorgesetzten hohe Wertschätzung. Sein jetziger Aufenthalt in Bermagui deutet darauf hin, daß er sich in Sonderurlaub befindet, denn das Verschwinden einer Barkasse in den Gewässern vor diesem Küstenstädtchen, wo später ein Fischdampfer im Schleppnetz einen verstümmelten Menschenkopf fand, der identifiziert wurde als Kopf des mit der Barkasse verschollenen Sportanglers – dessen Ermordung durch einen Schuß als bewiesen gelten kann –, gehört zu den mysteriösen Verbrechen, die auch den modernen Kriminalisten vor eine kaum lösbare Aufgabe stellen.

Eine zweite Sydneyer Zeitung erwähnte ebenfalls Bonys Ruf und machte ironische Anspielungen auf seinen ›Sonderurlaub‹. Sie fügte hinzu:

Durch die lange Reihe seiner Erfolge hat er sich überall bei seinen Vorgesetzten so großes Vertrauen erworben, daß er schon wiederholt zwecks Aufklärung besonders schwieriger Fälle an die Kriminalpolizei anderer Landesbezirke ausgeliehen wurde. Sollte Inspektor Bonaparte tatsächlich in der Affäre ›Do-me‹ tätig sein, so können wir uns mit Sicherheit auf erstaunliche Entwicklungen gefaßt machen.

Bony legte die Zeitungen auf Blades Schreibtisch und ging zur Tür, wo er stehenblieb und über diese, eben zur Kenntnis genommenen erstaunlichen Entwicklungen nachdachte. Blade kam und stellte sich mit besorgter Miene hinter ihn. »Ich habe das Gefühl, hierfür mitverantwortlich zu sein«, sagte er. »Allerdings nicht für die Angaben über Ihren Beruf und Ihren Aufenthalt in Bermagui. Das ist von allen, die Sie eingeweiht hatten, streng geheimgehalten worden. Wir sind hier keine Schwätzer.«

Bony wandte sich um und lächelte den Klubsekretär an, doch sein Blick blieb ernst, als er sagte: »Mir ist klar, Blade, daß die mich persönlich betreffenden Angaben von der Redaktion hinzugefügt wurden.«

»Ich freue mich, daß Sie es so auffassen«, warf Blade rasch ein. »Ich habe mir zur Gewohnheit gemacht, die Zeitungen über ungewöhnliche Ereignisse in unserem Gebiet zu unterrichten, und Ihr 580 Pfund schwerer Schwertfisch darf wohl als solches bezeichnet werden. Derartige Nachrichten sind nützlich für die Stadt und den Klub, wie Sie verstehen werden. Hoffentlich wirkt sich diese unselige Indiskretion nicht nachteilig auf Ihre Ermittlungstätigkeit aus?«

»Ich glaube kaum, Blade. Die Sache ist nicht wert, sich darum Kopfzerbrechen zu machen. Natürlich wird es Gerede geben, die Leute werden wissen wollen, weshalb ich mich hier mit Schwertfischangelei amüsiere, wenn ich dazu hier bin, das Verschwinden der ›Do-me‹ aufzuklären, oder warum ich mich nicht um diese Affäre kümmere, wenn ich sowieso zur Erholung hier bin.« Bony mußte lachen. »Und dabei habe ich gedacht, ich könnte noch ein halbes Dutzend Schwertfische fangen, bis ich den Fall aufgeklärt habe! Jetzt aber muß ich wirklich an die Arbeit.«

»Sind Sie denn überhaupt schon vorwärtsgekommen?«

»Ein bißchen, ja, ein bißchen. Fast bin ich schon in der Lage, zu erklären, wie die Tat geschah und wer sie begangen hat. Ich will nur noch feststellen, warum sie geschehen ist. Aber das unter uns, ganz vertraulich. Aha, da kommt Polizeimeister Telfer.«

»'Tag, Mr. Bonaparte«, sagte der massive Mann mit den großen Händen und dem derben, roten Gesicht fröhlich. Nach einem Blick auf Blade zögerte er, weiterzusprechen. Bony sagte: »Hatten die Nachfragen nach der dunkelgrauen Kalziminfarbe Erfolg?«

»Ja. Der Betreffende hat am 11. September zehn Pakete von der Sorte im Eisenwarengeschäft von Milton in Cobargo gekauft.«

»Oh! Das ist höchst befriedigend, Telfer. Übrigens: Morgen werde ich wahrscheinlich zum Angeln draußen sein. Sollte Sergeant Allan oder ein anderer Beamter eintreffen, während ich fort bin, so geben Sie bitte acht, daß nicht zufällig irgendwelche Einzelheiten erwähnt werden, die für unsere Arbeit in der Sache wichtig sind. Wir wollen unsere Lorbeeren nicht mit anderen teilen.« Er sah in Telfers Gesicht ein glückliches Aufleuchten.

»Es wäre tatsächlich von Vorteil für Sie und auch für Sie, Blade«, fuhr er fort, »wenn Sie sich ganz harthörig stellen und sich nur unbestimmt äußern. Vielleicht wird Allan Sie fragen, ob Sie einen Mann mit blauen Augen und weichen Händen kennen, der imposant aussieht, mit englischem Akzent spricht und etwa sechzig Jahre alt ist. Ich erwarte nämlich, daß Allan oder ein anderer Beamter mir wichtige Auskünfte über diesen Herrn bringt, und es kann sein, daß er so schlau ist, den armen alten Bony überlisten zu wollen, klar? Halten Sie ihn also hin mit Gesprächen über das Wetter und dergleichen.«

»Werde mein Bestes tun, ihm interessanten Gesprächsstoff zu bieten«, versicherte Blade.

»Und ich werde ihm allerlei Kalauer erzählen«, erklärte Telfer, hocherfreut über diese Aussicht.

»Ich bin überzeugt, daß wir, vielleicht mit Assistenz der Polizei in Cobargo, unsere Angelegenheit allein erledigen können«, sagte Bony. »Von Allan habe ich den Eindruck, daß er nicht zögern würde, sich mit fremden Federn zu schmücken, und gerade er wird es sein, der die Informationen bringt, weil sie in sein Spezialgebiet fallen. Jetzt muß ich mich aber zum Dinner umziehen. Ich habe eine Wut auf mich selbst, weil ich einen Schwertfisch nur durch blödes Benehmen verloren habe. Au revoir!«

»Muß ich denn die Mitarbeit der Leute aus Cobargo dulden?« fragte Telfer unsicher.

Bony nickte. »In unserem Netz sind mehr Löcher als eins, und mehr als ein Karnickel kann uns entwischen, wenn wir gar keine Helfer haben.«

Als er hinausgegangen war, blickte Telfer den Klubsekretär fragend an. Blade meinte lächelnd: »Er sagte, er könnte mit Ihnen allein nicht alle Schlupflöcher überwachen. Mich hat er nicht in Betracht gezogen, aber über eins der Schlupflöcher werde ich persönlich wachen, und daran werden Sie mich nicht hindern.«

»Ist auch gar nicht meine Absicht«, seufzte Telfer. »Ich wünschte, ich hätte solche Erfolge wie er und könnte nebenbei noch angeln. Wenn ich bedenke, wie viele Nächte ich mir vergeblich um die Ohren gehauen habe, indem ich meinen kleinen Verstandskasten plagte, um eine einleuchtende Theorie über die verschwundene Barkasse zu finden, während er draußen angelte und gleichzeitig an seiner Aufgabe gearbeitet hat, dann ist mir zumute, als müßte ich den Polizeidienst quittieren und Holzhacker werden!«

Beim Abendessen mußte Bony seinen Tischgenossen Emery überzeugen, daß er, obwohl er wirklich Detektiv-Inspektor und wirklich auf Erholungsurlaub sei, nicht das geringste Interesse am Schicksal der ›Do-me‹ habe. Daß die Menschen in seiner Umgebung sich über Gebühr für ihn interessierten, spürte er wohl. An sich gefiel ihm das bei seiner ungewöhnlichen Eitelkeit, doch gleichzeitig ärgerte es ihn auch. Sein Verbündeter ›Zeit‹ hatte ihm einen Schabernack gespielt, indem er ihn in der Welt von Bermagui schon bekannt machte, bevor er selbst zur Demaskierung bereit war.

Als es dunkel wurde, spazierte er durch die Hauptstraße und blieb an dem Dreieck stehen, an dem die Rekordfische zur öffentlichen Besichtigung aufgehängt waren. Als er auch seinen eigenen riesigen Schwertfisch dort noch hängen sah, war er insgeheim sehr stolz, daß die vom Fang dieses Tages gezeigten im Vergleich zu seinem nichtssagend klein waren. Er schlug die Richtung nach Cobargo ein, bog jenseits der Mole von dieser Straße ab auf einen Weg, der zum Oberland führte. Aus dem gardinenlosen Fenster einer kleinen Hütte sah er Licht fallen. Er klopfte an die Tür.

»Herein!« rief Joe Peace.

Bony trat ein. Joe saß an einem primitiv gezimmerten Tisch. Der Ofen glänzte von Fett, das aus der Bratpfanne getropft war, die jetzt, von vier großen schwarzweißen Katzen umlagert, auf dem hölzernen Fußboden stand. Auf einem einfachen Bett lagen einige Decken, über dem Tisch hing, als einziger offenbar mit Sorgfalt gepflegter Gegenstand in dem Raum, eine Petroleumlampe, blank poliert und mit sauber beschnittenem Docht.

Joe erhob sich. »Nanu! Mr. Bonaparte! Kommen Sie 'rein. Bitte machen Sie die Tür zu. Wenn's zieht, qualmt die Lampe. Hier können Sie Platz nehmen.« Er bot Bony eine alte Kiste zum Sitzen an. »Abendbrot haben Sie wohl schon gegessen? Wenn nicht, haue ich fix was zusammen.«

»Danke schön, Joe, ich habe gespeist«, erwiderte Bony. »Wollte nur mal 'reinschauen, vorausgesetzt, daß es Ihnen recht ist.«

»Aber sicher! Freue mich, Sie hier zu sehen. Bin eben mit Essen fertig. Will noch schnell klar Deck machen und den Viechern was geben, dann können wir gemütlich klönen. Nobel sieht's bei mir nicht gerade aus, aber ich lege Wert auf Ruhe und Frieden. Mir unbegreiflich, wie ein Mensch heiraten kann. Verstehen Sie das?«

Mit Worten gab Bony ihm recht, fand aber, daß eine gute Hausfrau für Joes Wohnung entschieden nützlich gewesen wäre. Der Raum war zwar fleckenlos sauber, doch alles lag wüst durcheinander. Joe ging hinaus, die vier Katzen folgten ihm. Er hatte die Tür zugemacht und blieb zwei Minuten draußen. Als er wieder hereinkam, drückten sich auch die Katzen durch die Tür. Er gab ihnen Milch in einer Schüssel und Fleisch auf einem Teller und wusch und trocknete nachher beides mit seinem eigenen Geschirr zusammen ab. Dann setzte er sich mit der Zigarre, die Bony ihm angeboten hatte, ihm gegenüber, während die vier Katzen sich unter dem Tisch gegenseitig sauberleckten, und wartete schweigend ab, was Bony von ihm wollte.

»Wie ich hörte, Joe, haben Sie früher einmal im Gebiet der Wapengobucht nach Gold gesucht«, fing Bony an.

»Sehr richtig. Vor Jahren schon. Wollte außer Metall auch Holz für Bahnschwellen suchen. Geeignetes Holz fand ich massenhaft, Metall gar nicht. Es muß da aber Gold geben, das von den Bergen heruntergespült wird.«

»War das, bevor Rockaway sich dort niederließ?«

»Lange vorher.«

»Wie bekommt Rockaway eigentlich seine Post und die Zeitungen?«

»Die bringt ihm Tatter auf seinem Motorrad. Das ist vielleicht 'ne Nummer! Na, eilig braucht er's nicht zu haben, bei Rockaway wird erst um acht zu Abend gegessen.«

»Ach so. Was ist denn dieser Tatter sonst?«

»Er ist der Butler. Nur wenn der Lastwagen nicht da ist, holt er die Post mit dem Motorrad.«

»Wie sieht er denn aus?«

»Tatter? Ein langer Lulatsch. Hat früher mal geboxt. Na, mit mir hat er sich noch nicht angelegt. Noch nicht.«

»Ein Koch ist doch auch im Haus?«

»Ja, Jules heißt der. Den sehe ich selten. Ein schlapper Kerl, Mosjö Jules.«

»Ein Franzose?«

Joe nickte und pustete Zigarrenqualm zwischen die Katzen. Denen paßte das natürlich nicht, eine sprang gewandt auf Bonys Schulter, wo sie es sich schnurrend bequem machte.

»Wie lange sind Jules und Tatter schon bei Rockaway?« lautete Bonys nächste Frage.

»Ebenso lange wie die anderen, die mit den Rockaways kamen. Auch Mrs. Light, die Haushälterin, hat er mitgebracht. Soll ja Kammerzofe bei Mrs. Rockaway gewesen sein, bis die abkratzte. Eine bissige alte Jungfer. Mögen Sie gern Katzen?«

»Sehr. Und Hunde«, erwiderte Bony, indem er die Katze auf seiner Schulter streichelte.

»Für Hunde habe ich eigentlich nicht viel übrig«, gab Joe zu. Bony konnte sich vorstellen, daß er seine Katzen gegen die Hunde in der Umgebung verteidigte. Er blickte ihn fest an, als er fragte: »Haben Sie, als Sie an der Bucht tätig waren, in der Gegend Höhlen oder große natürliche Gruben bemerkt?«

Joe betrachtete Bony hinter einer Rauchwolke. »Komisch, daß Sie danach fragen«, sagte er langsam, »gerade gestern abend habe ich nämlich mit Jack über Höhlen gesprochen. Ungefähr 'ne halbe Meile von Rockaways Haus ist eine längliche, die sich bis unter den Berggipfel hinzieht. Vorzüglich geeignet, wenn Rockaway jemand verstecken wollte, zum Beispiel Spinks und Garroway.«

»Was Sie nicht sagen!« Bony blickte Joe durch den Rauch scharf an. »Sie glauben also, daß die beiden noch leben?«

»Ich eigentlich nicht, aber Jack glaubt es, allerdings bloß, weil Mutter Spinks und ihre Tochter nicht zugeben wollen, daß sie tot sind.«

»Wo liegt der Eingang zu der Höhle, vom Haus aus gesehen?«

»Direkt vom Haus am Berg 'rauf. Als wenn der richtig hohl ist, wissen Sie. Sandstein und Granit. Der Sandstein ist ausgewaschen, aber der Granit bleibt. Eine dauerhafte Höhle, der Eingang ist so schmal, daß er leicht von außen blockiert werden kann. In der Decke ist nur ein einziges Loch, das läßt sich mit einem schweren Stein zudecken. Von unten kann da sowieso keiner durch, weil's zu hoch ist. Aber davon abgesehen: Was hätte es für einen Sinn, Ericson umzubringen, wenn man die, die das gesehen haben, leben läßt?«

Bony nickte langsam. Eine Weile schwiegen sie beide, dann sagte Bony: »Diese Höhle möchte ich mir gern einmal ansehen, Joe, denn wenn wir auch nicht glauben, daß die beiden Männer noch leben, besteht immerhin die Möglichkeit. Jetzt ist auch die Zeit gekommen, in bestimmter Richtung vorzugehen, aber vorher muß ich mich noch vergewissern, ob die Gefangenen – falls es sich um Gefangene handelt – nicht in Lebensgefahr sind. Ob Sie mich wohl, vielleicht morgen abend, zur Wapengo begleiten und mir die Gegend zeigen können?«

»Ob ich? Aber sehr gern!« antwortete Joe. Er zog einen schiefen Mund, sein Blick war stahlhart: »Wenn ich an Bill und den kleinen Garroway denke, will ich wer weiß wie weit laufen, um mich zu überzeugen, daß sie noch leben.«

»Na schön«, sagte Bony, indem er die Katze von seiner Schulter nahm, »ich gebe Ihnen morgen im Lauf des Tages Bescheid, wann wir die Expedition machen. Inzwischen verlasse ich mich darauf, daß Sie schweigen. Wenn wir nachher handeln, muß das schnell geschehen.«

»Auf mich können Sie bauen, Mr. Bonaparte. Ich bin nicht verheiratet, also kann auch keine Frau aus mir irgendwas 'rauskriegen.«

Im Hotel angekommen, ging Bony sofort in sein Zimmer, das im Parterre lag. Dort öffnete er seine Aktenmappe, um sich die Aussagen von Eddy Burns, die Sergeant Allan protokolliert hatte, wieder ins Gedächtnis zu rufen.

Er ging zum Tisch vor dem Fenster, das Ausblick auf den Hof und die Garagen bot. Die Papiere hatte er noch nicht aus der Mappe genommen. Langsam reckte sich sein schlanker Körper, auf einmal stand er reglos da. Sein sechster Sinn, den er Intuition nannte, war unerwartet wach geworden, was er an einem Kribbeln im Hinterkopf untrüglich merkte.

Wohl eine volle Minute blieb er so stehen, dann dehnten sich seine Nasenflügel und entspannten sich wieder. In diesen Augenblicken siegte das Blut seiner mütterlichen Ahnen über das seines weißen Vaters, er wurde zum primitiven Menschen, dessen Sinne wie die der Tiere instinktiv reagieren. Aus der starren Haltung ging er plötzlich zu fieberhafter Tätigkeit über.

Er durchsuchte das Zimmer und seine eigenen Sachen peinlich genau, fand jedoch alles in Ordnung, auch die Papiere, die er in ganz bestimmter Reihenfolge aufeinander gelegt hatte. Sie lagen so wie vorher. »Sonderbar«, murmelte er.

Das erregende Gefühl im Hinterkopf war verschwunden, er war wieder normal. Er führte es auf eine gesundheitliche Störung zurück, denn im Zimmer und in der Atmosphäre warnte ihn nichts vor unmittelbaren Gefahren. Es war 10 Uhr 45. Er ging mit der Aktenmappe zur Wirtin und bat diese, sie im Geldschrank des Hotels zu verwahren.

In der kleinen Salonbar des Hotels traf er Mr. Emery. Er unterhielt sich mit ihm bei einigen Gläsern eine halbe Stunde über den Angelsport. Als er zu Bett ging, schlief er sofort ein.

Eine leise Stimme, die sehr bedrohlich klang, weckte ihn. »Aufstehen, anziehen! Und nicht den kleinsten Laut, sonst lasse ich Ihr Gehirn an die Wand spritzen ...«

18

Ein Detektiv ist nicht so häufig von körperlichen Gewalttaten bedroht, wie Hollywood uns glauben machen möchte. Napoleon Bonaparte war in seiner Laufbahn nur selten mit Leib und Leben in tödlicher Gefahr gewesen. Er hatte auch nie selbst einen Verbrecher verhaftet, da es seine Gewohnheit war, unauffällig zu verschwinden, sobald er den Schlußstein in den Bau seiner Ermittlungen gesetzt hatte.

Geistig sofort wach, als der Klang der Stimme in sein Bewußtsein drang, spürte er im selben Moment, was so kalt und rund gegen seinen Hinterkopf drückte. Er lag auf der rechten Seite, mit dem Gesicht zur Wand. Hinter ihm sprach die kaum hörbare Stimme weiter: »Licht, Dave.«

Das elektrische Licht wurde eingeschaltet. Bony blinzelte, blieb aber still liegen.

»Aufstehen!« kam der Befehl.

Gehorsam schwang er die Beine über die Bettkante. Er starrte in die runde Mündung eines Pistolenlaufs und sah dahinter das scharfgeschnittene, schmale Gesicht von Dan Malone und bei der Tür, die Hand noch am Lichtschalter, Dave Marshall. Dann fiel sein Blick in die blaßblauen Augen des Amerikaners, in denen er weder Ärger noch Erregung, nur ernste Entschlossenheit las.

»Vielleicht lassen wir Sie leben«, sagte Malone, wobei Bony auffiel, daß er bei dem Mann jede Silbe deutlich verstand, obgleich er so leise sprach, daß die Ohren es kaum auffingen. »Wenn Sie nicht genau tun, was wir sagen, und zwar fix, puste ich Sie aus wie eine Kerze. Es liegt also an Ihnen. Anziehen jetzt, ganz geräuschlos.«

Diesem Befehl zu folgen riet schon der gesunde Menschenverstand. Die ungewöhnliche Situation brachte Bony in dieselbe Geistesverfassung wie der Kampf mit Schwertfischen. Seine Gedanken folgten zwei Richtungen: Teils konzentrierten sie sich auf diese zweite überraschende Entwicklung, teils staunten sie über die Geschicklichkeit, wie der Pistolenlauf genau auf die Mitte seiner Stirn gerichtet blieb, einerlei wie er sich bewegte! Ungewöhnlich war die Situation, weil Malone weder mit der Stimme noch durch seinen Gesichtsausdruck dramatisch wirkte. Seine Drohungen wirkten um so unheimlicher, weil er kühl und gelassen sprach wie ein Arzt, der zu bedenken gab, daß der Patient verhungern würde, wenn er nicht aß. Genauso sicher sprach er seine Drohung aus, die Bony ärgerte, weil sie ihn in seiner Würde kränkte.

Er zog sich rasch an, den Anzug, den er beim Dinner und bei Joe

Peace getragen hatte. Dave Marshall händigte ihm seine Armbanduhr aus, packte seine Toilettensachen in den kleineren der beiden Handkoffer und suchte im Kleiderschrank nach Bonys altem Anglerzeug und den Schuhen. Malone hielt ihm weiter bedrohlich die Pistole vor und gab die Befehle. »An den Tisch setzen jetzt, einen Brief schreiben, wie ich diktiere. Da sind ihre Schreibunterlage, Federhalter und Tinte. Oben hin: ›Donnerstag abend‹.« Bony setzte sich zum Schreiben bereit, und Malone fuhr fort:

»Verehrte Mrs. Steele,
ich sehe mich gezwungen, noch heute abend spät abzufahren, um ein sehr wichtiges Geschäft zu erledigen, das mich voraussichtlich mehrere Tage in Anspruch nehmen wird. Machen Sie sich keine Sorge um die Rechnung: Ein Mann in meiner Position kann nicht zechprellen.« – Bony schauderte vor diesem Wort. – »Bitte unterrichten Sie Jack Wilton, daß ich fort bin, und bitten Sie ihn, sich bis zu meiner Rückkehr bereitzuhalten. Ihr ergebener ...«

»Unterschreiben Sie deutlich! Gut so. Nun den Brief in einen Umschlag und adressieren an Mrs. Steele, Hotel Bermagui.«

Als Bony die Anordnungen befolgt hatte, wurde ihm befohlen, aufzustehen und kehrtzumachen. Malone stellte sich jetzt neben ihn, umfaßte mit der Linken Bonys rechten Arm, schob seinen eigenen rechten vor Bonys Körper und preßte ihm den Pistolenlauf in die Seite. »Jetzt wollen wir so spazierengehen«, sagte er ganz kühl. »Werden sehr leise auftreten, damit niemand geweckt wird. Wenn Sie fester auftreten, als ich das wünsche, oder schreien oder den wilden Mann spielen wollen, sind Sie tot, ehe Sie's merken. Fertig, Dave?«

Marshall stand bei der Tür am Lichtschalter, beide Koffer Bonys, den großen schweren und den kleinen leichten, griffbereit neben sich auf dem Fußboden. Er nickte, das Licht erlosch, und die Tür ging auf, ohne daß Bony das leiseste Geräusch wahrnahm.

Malone wartete drei Sekunden, dann ließ Marshall eine Taschenlampe aufblitzen, deren Strahl er mit einem Taschentuch halb verdeckte. In dieser gedämpften Beleuchtung wurde Bony von Malone aus dem Zimmer geführt, durch den Korridor und eine kurze Treppe hinab in den Hof. Sie gingen dicht an der Hauswand entlang, um Schritte auf dem knirschenden Kies im Hof zu vermeiden. Als sie über den Fahrweg hinausgingen, hatte Marshall, der mit den Koffern folgte, die Taschenlampe ausgeknipst. Wo der Fahrweg in den Bürgersteig der Straße mündete, begegnete ihnen ein dritter Mann, der Malone zuflüsterte, es sei niemand in der Nähe und auch kein schlafloser Hotelgast auf dem Balkon.

Bony wurde quer über die Straße auf das offene Grasland zwischen der Stadt und dem Strand geführt, wo sie, parallel zur Straße, geräuschlos auf dem Gras weitergingen, bis sie das Stadtgebiet hinter sich hatten. Zweimal mußten sie die Straße betreten, um über Brücken zu gehen, zuerst über einen kleinen Fluß und, ein ganzes Stück jenseits der Mole, über den Bermaguee. Nachher hielten sie sich über einen Kilometer auf der Grasnarbe neben dem Fahrweg, bis zur Kreuzung der Straßen nach Tilba Tilba und Cobargo, weit außerhalb der Stadt, wo tief im Schatten des dichten Waldes ein Wagen auf sie wartete.

Es war ein moderner, teurer Wagen. Marshall verstaute das Gepäck im Kofferraum und setzte sich in den Fond. Malone und der dritte Mann drängten Bony neben ihn, dann stieg auch Malone ein, während der Unbekannte sich ans Steuer setzte. Erst als sie schon weit von der Kreuzung waren, schaltete er die Scheinwerfer ein.

Bony sagte mit erkünstelter Ruhe: »Vielleicht hat jemand von Ihnen eine Zigarette?«

Die Bitte schien die Spannung der zu beiden Seiten von ihm sitzenden Männer zu lösen, denn Malone sagte lachend: »Gib Mr. Bonaparte 'n Glimmstengel, Dave. Hat einen verdient, der brave kleine Schwarze.«

»Ihre Güte bestrickt mich«, sagte Bony schneidend, nachdem Marshall ihm Feuer für die Zigarette gegeben hatte. »Zu fragen, wohin wir uns begeben, ist natürlich unerwünscht, nicht wahr? Wenn Ihre Sprechweise einen Schluß auf Ihr Herkommen zuläßt und Ihre Handlungsweise das bestätigt, habe ich ein gutes Recht, anzunehmen, daß Sie mit mir, um in Ihrem Jargon zu reden, eine Genickbruchfahrt machen wollen.«

Wieder lachte Malone, kalt und humorlos. »Die richtige Bezeichnung, Mr. Bonaparte, aber in diesem Fall wollen wir gar nicht erst vorher noch aussteigen und mit Ihnen spazierengehen, ehe wir Sie erledigen.«

»Aha, Sie haben also eine andere Idee?«

»Wird nicht verraten«, erklärte Malone in vorsichtiger Abwehr. »Jedenfalls werden wir Sie mit ganz besonderer Sorgfalt befördern. Können nicht dulden, daß ein Farbiger wie Sie herumspioniert, Skizzen von Schiffskursen zeichnet und Malpinsel klaut, wenn keiner in der Nähe ist. Leute, die ihre schmutzige Nase in fremde Geschäfte stecken, verbrennen sie sich früher oder später. Stimmt das nicht, Mr. Tatter?«

»Ganz recht, Kapitän Malone«, erwiderte der Fahrer in korrektem Englisch.

Also war der Fahrer Mr. Rockaways Butler, von dem Bony schon wußte, daß er oft auf dem Motorrad in die Stadt kam, um Post und Zeitungen zu holen. Der Anführer bei diesem ›Ausflug‹, der vielleicht gar nichts mit den Rockaways, Vater oder Tochter, zu tun hatte, war offensichtlich Malone. Bony hoffte, daß nicht Rockaway dahintersteckte, denn er hegte bisher noch freundliche Gefühle für den Mann, der ihn in seiner Bucht so gastfrei empfangen hatte, ein so begeisterter Angler war und in so charmanter Weise die Hautfarbe seines Gastes ignorierte.

Nach knapp einer halben Stunde schneller Fahrt durchquerten sie einen Ausläufer der Stadt und bogen über eine Brücke nach rechts ab. An den Sternen erkannte der naturverbundene Bony, daß die Fahrtrichtung von Westen nach Süden gewechselt hatte, und als sie am Rand einer zweiten Stadt entlangfuhren, bemerkte er, daß es jetzt ostwärts ging. Die Straßen wurden immer schlechter, schließlich bogen sie auf Feldwege ab und folgten einem kurvenreichen, schmalen Weg durch niedriges, dichtes Gehölz.

Als sie auf diesem Weg ungefähr drei Kilometer zurückgelegt hatten, stand plötzlich ein großes, hübsches Landhaus im Licht der Scheinwerfer. In gemäßigtem Tempo fuhr der Wagen am Hause rechts vorbei in einen breiten Schuppen, dessen Türen weit offenstanden. Es war eine geräumige Garage. Im Scheinwerferlicht sah Bony einen Lastwagen, einen leichten Sportwagen, ein Motorrad, Fässer mit Öl und Benzin, eine Drehbank und Werkzeugbänke. Als der Motor abgestellt wurde, hörte er das Schließen der Doppeltür. Die Innenbeleuchtung wurde eingeschaltet, die Scheinwerfer des Wagens erloschen.

»Los, hier wird ausgestiegen«, befahl Malone, der zuerst den Wagen verließ. Bony folgte gehorsam und – sah Rockaway an den Kotflügel des Sportwagens gelehnt stehen, während ein hagerer Mann von der Tür herkam, die er eben geschlossen hatte. Rockaway sagte in gemütlichem Ton: »Well, Mr. Bonaparte, wir begegnen uns zum zweitenmal, leider unter widrigen Umständen. Ich finde das bedauerlich, da ich Männer, die einen Schwertfisch von fünf Zentnern fangen, ehrlich bewundere.«

Bony verneigte sich à la Grandseigneur. Jetzt, da die Ereignisse einen melodramatischen Beigeschmack bekamen, fühlte er sich etwas wohler. Rockaway sprach in wärmerem Ton als Malone, aber vielleicht war er als Feind genauso gefährlich. Tatter begab sich zur Tür. Der Hagere stellte sich neben Rockaway, Malone ein paar Schritte vor Bony. Marshall hob die Koffer aus dem Wagen.

»Die bei unserer ersten Begegnung obwaltenden Umstände waren ebensowenig durch mich veranlaßt wie die bei der jetzigen«, sagte Bony, und setzte großsprecherisch hinzu: »Vielleicht sind Sie so freundlich, meine Neugier über Ihr sonderbares Verhalten zu befriedigen?«

»Aber gewiß, Mr. Bonaparte«, erklärte sich der große Mann sofort bereit. »Eine bestimmte Ursache hat eine Reihe von Wirkungen. Die Ursache war eben Ihre zu große Neugier, und die Wirkungen bestehen bisher darin, daß gewisse Zeitungen andeuten, Ihr Aufenthalt hier sei nur ein fingierter Urlaub, ferner darin, daß die Prüfung Ihrer Papiere uns Ihr großes Interesse am Schicksal der ›Do-me‹ bewiesen hat, und drittens in Ihrer Entführung aus dem Bett und der Fahrt hierher.«

»Ah! Also hat jemand die Papiere in meiner Mappe durchstöbert«, rief Bony. »Seltsam – ich konnte zwar keinen Beweis finden, daß sich jemand an der Mappe zu schaffen gemacht hat, aber ein sechster Sinn hat mich gewarnt.«

»Ja. Als Sie heute abend, vielmehr gestern, nicht im Hotel waren, Mr. Bonaparte, hat Tatter, mein Butler, sich für Ihre Effekten interessiert und in Ihrer Mappe die Karten und Pläne, Berichte und Protokolle entdeckt, die Sie über die verschwundene ›Do-me‹ zusammengetragen haben. Bevor Ihre Abwesenheit vom Hotel ihm die Gelegenheit bot, diese Papiere zu überprüfen, konnte er auch von mir keine Instruktionen empfangen. Er hat alles wieder genauso hingelegt, wie er es vorfand. Da er früher ein sehr erfolgreicher Einbrecher gewesen ist, hätte er sich in seinem Ehrgeiz gekränkt gefühlt, wenn Ihnen die geringste Unordnung in Ihren Sachen aufgefallen wäre.«

»Ich kann Ihnen versichern, daß sein Ruf unbefleckt geblieben ist«, sagte Bony mit leisem Lächeln.

»Freut mich, das zu erfahren. Selbstverständlich hat er richtig gehandelt, die Mappe in Ihrem Koffer zu lassen, und da Marshall jetzt beide Koffer hergebracht hat, werden wir uns nun Ihre Papiere etwas genauer anschauen. Dave, geben Sie mir die Mappe.«

Marshall öffnete Bonys größeren Koffer, wühlte den Inhalt heraus und warf alles auf den Fußboden. Bony, der ihn beobachtete, sah auf seinem Rattengesicht zuerst Bestürzung und dann bitteren Ärger.

»Sie – sie ist nicht da«, stotterte er.

»Oh!« sagte Rockaway gedehnt. »In welchen Koffer hatten Sie Mr. Bonapartes Mappe gelegt, Tatter?«

»In den großen«, rief Tatter von der Tür her.

»Da ist sie aber nicht drin«, erklärte Marshall.

»Ich habe sie aber hineingetan«, bekräftigte Tatter. »Da hatte ich sie ja auch gefunden, das weiß ich ganz genau.«

»Tja – ja, ja«, sagte Rockaway, und zum erstenmal klang seine Stimme unangenehm. »Malone, Sie haben sich doch wohl über die Bedeutung dieser Aktenmappe keinem Zweifel hingegeben und demgemäß nachgeprüft, was Tatter Ihnen sagte? Dazu hätten Sie nur eine Sekunde gebraucht.«

»Tatter sagte, er wüßte genau, daß sie in dem großen Koffer war«, antwortete Malone.

»Tatter sagte, Tatter sagte – Sie Idiot«, rief Rockaway. »Wenn ich euch nicht bei jedem Schritt begleite, seid ihr hilflos! Nun, dann werden jetzt Sie uns unterstützen, Mr. Bonaparte. Was ist aus Ihrer Mappe geworden?«

»Die Sache ist folgende«, erwiderte Bony gelassen. »Als ich gestern abend ins Hotel zurückkam und Gelegenheit nahm, mein Gedächtnis in einem bestimmten Punkt meiner Untersuchung Ihrer eigenartigen Aktivität aufzufrischen, sagte mir mein sechster Sinn, daß jemand an meiner Aktenmappe gewesen war. Um sie vor einem zweiten Eingriff zu schützen, brachte ich sie bei Polizeimeister Telfer in Sicherheit.«

»Das ist gelogen«, platzte Marshall heraus. »Sie haben das Haus ja gar nicht verlassen, nachdem Sie ins Hotel zurückgekommen waren. Wir haben es doch von elf Uhr an überwacht.«

»Also, Mr. Bonaparte, was ist aus der Aktenmappe geworden?« wiederholte energisch der große Mann mit dem frischen Gesicht und der sanften Stimme. »Fix, wir können uns nicht leisten, Zeit zu vertrödeln.«

»Sie ist im Panzerschrank bei Polizeimeister Telfer.«

Mr. Rockaway seufzte. Dann sagte er: »Schlagen Sie ihn zu Boden, Malone.«

Es gab keine Verzögerung. Malones eisenharte Faust krachte genau gegen Bonys Kinn, daß ihm ein knarrendes Geräusch in die Ohren fuhr, Lichtflecke vor seinen Augen flimmerten und ein gewaltiger Schmerz durch sein Gehirn zuckte. Den zweiten Schlag, der ihm Übelkeit verursachte, bekam er beim Fall auf den Fußboden der Garage. Er wäre so gern liegengeblieben, doch sie rissen ihn hoch. Die Beleuchtung im Raum schien ihm jetzt schwach, er sah Schatten vor den Augen, und hinter den Schatten sah er Rockaway und seine Kumpane. Malone stand ihm am nächsten, er hatte ihn losgelassen. Rockaways Stimme schien aus weiter Ferne zu kommen. »Nun, Mr. Bonaparte, was haben Sie mit der Mappe gemacht?«

Bony blinzelte, um die täuschenden Schatten loszuwerden und mühte sich, wieder klar und ruhig zu denken. Eine merkwürdige Hitze stieg ihm über den Nacken ins Gehirn und brannte ihm in den Augen, doch so benommen er noch war, sein Verstand sagte ihm, daß dieses Gefühl aufsteigender Zorn war. Es erstaunte ihn, daß er diesmal nicht fähig war, sich voll zu beherrschen, so große Mühe er sich auch gab. Fast sein ganzes Leben hatte er Zorn als die stumpfe Waffe des Schwachen betrachtet, die ein kultivierter Mensch wie er verachten mußte.

»Die Aktenmappe, Mr. Bonaparte«, sagte Rockaway noch einmal.

»Die habe ich ...« begann Bony, aber da verließ ihn die in langen Jahren anerzogene Selbstbeherrschung. Das Blut seiner mütterlichen Vorfahren ließ dem heißen Zorn freien Lauf. Dieser brutale Kerl da hatte ihn niedergeboxt, ihn einen ›Schwarzen‹ genannt und ihn, den gebildeten Napoleon Bonaparte, wie einen Wilden aus dem Busch behandelt! Ehe Malone, der auf Befehl zu weiteren Schlägen wartete, sich zur Wehr setzen konnte, hatte Bony ihn mit beiden Händen um die Kehle gepackt und drückte sie zusammen mit einer Kraft, die ihm bei seiner leichten Figur wohl niemand zugetraut hätte. Malone sackte in die Knie, doch Bony hielt ihn noch in der Schwebe, als er Rockaway sagen hörte, noch immer ruhig und kühl: »Haut ihn zusammen, einer von euch, aber tötet den Schafskopf nicht, wir müssen die Aktentasche haben.«

Bony, zu größter Wut gereizt, lachte laut. Doch sein Lachen erstarb plötzlich: Wie eine Stichflamme schoß etwas an seinen Augen vorbei, dann ward es Nacht um ihn ...

19

Während der Fangzeit für Schwertfische öffnete Edward Blade mit eiserner Regelmäßigkeit um 7 Uhr früh sein Geschäftszimmer, um den Barkassenführern, die sich auf die tägliche Angelfahrt vorbereiteten, mit Rat und Tat zur Seite zu stehen. Meistens ging er um 8 Uhr zum Frühstück nach Hause und kam um 9 Uhr wieder, denn nachdem alle Angler hinausgefahren waren, hatte er seine Post und allerlei andere tägliche Aufgaben zu erledigen.

Als er am 18. Januar vom Frühstück ins Büro zurückkam, wunderte er sich, daß Jack Wilton ihn erwartete, der eigentlich mit seiner Barkasse und seinem Angler schon in See sein mußte.

»Hallo, was haben Sie denn auf dem Herzen, Jack?« fragte er, indem er die Tür aufschloß und seinen Besucher hineinbat.

»Ich habe seit heute früh um sieben Uhr auf Mr. Bonaparte gewartet«, erklärte Wilton. »Als er um halb acht noch nicht auf der Pier war, ging ich in sein Hotel, um festzustellen, was vorlag. Anscheinend ist er abgereist, denn er hat in seinem Zimmer diesen Brief für Mrs. Steele und mich hinterlassen.«

Blade nahm den von Malone diktierten Brief entgegen und las ihn, wobei sich auf seiner Stirn zwischen den weit auseinanderstehenden Augen finstere Falten bildeten. Er las den Brief mehrmals, ehe er den sichtlich befremdeten Barkassenführer anblickte. Ohne zu sprechen ging er an seinen Tisch und suchte dort zwischen seinen Papieren, bis er den mit ›Napoleon Bonaparte‹ unterschriebenen Leihvertrag für Angelgerät fand. Der an die Hotelbesitzerin Steele adressierte Brief war unterzeichnet mit ›Nap. Bonaparte‹. Nach Prüfung beider Unterschriften blickte Blade den stumm wartenden Wilton an und sagte: »Die Sache scheint ganz einfach, Jack. Es ist etwas geschehen, was uns Mr. Bonaparte für einige Tage entführt hat. Immerhin ...«

»Joe sagt, Mr. Bonaparte hätte ihn gestern abend in seiner Hütte besucht, aber kein Wort von Abfahren erwähnt. Im Gegenteil: Er hat Joe versprochen, ihm heute bei der Angelfahrt über eine bestimmte Angelegenheit Bescheid zu geben.«

»Oh! Um welche Zeit hat er denn Joes Wohnung verlassen?«

»Ungefähr um halb elf.«

»Ja, das kann stimmen, ich habe ihn nämlich um elf in der Bar mit Mr. Emery reden hören. Sie sprachen beide über ihre heutigen Angelpläne. Und jetzt fällt mir ein, daß ich gehört habe, wie er zu Mr. Emery sagte, sie wollten lieber bald schlafen gehen, um morgens zur Angelfahrt frisch zu sein.«

Wieder las der Klubsekretär den Brief und blickte wieder Jack Wilton nachdenklich an. »Ich werde daraus nicht klug. Er müßte sich dann ja erst zur Abreise entschlossen haben, nachdem er Emery Gute Nacht gesagt hatte und in sein Zimmer gegangen war. Wissen Sie vielleicht, ob er Gepäck mitgenommen hat?«

»Ja, als ich in seinem Zimmer gewesen war, wo ich den Brief vorfand, ging Mrs. Steele hinein. Mr. Bonapartes zwei Handkoffer sind nicht da, doch im Bett hatte er offenbar gelegen.«

»Das macht die Geschichte noch merkwürdiger«, murmelte Blade. »Ich habe die Koffer gesehen. Einer war schwer, ein ziemlich großes Ding. Den müßte er doch wohl in einem Wagen transportiert haben, anders hätte er mit beiden Koffern Bermagui nicht verlassen können. Warten Sie hier, ich will zu Telfer gehen und mich erkundigen.«

Er fand den Polizeimeister mit dienstlichen Schreiben beschäftigt. Telfer las den Brief, hörte sich Blades recht unbestimmte Vermutungen an, schob seine Papiere beiseite, stand auf und sagte: »Die Sache gefällt mir nicht.« Er las den Brief noch einmal und wiederholte diesen Satz.

Auf ihrem Wege zum Hotel erwähnte Blade, daß Bonaparte bei Joe Peace gewesen sei und sich später in der Bar mit Mr. Emery unterhalten habe. Er betonte auch jetzt, Bony müsse, um Bermagui zu verlassen, seines schweren Koffers wegen, zumal er noch einen zweiten mithatte, einen Wagen genommen haben.

Mrs. Steele führte sie in Bonys Zimmer und sagte: »Das Mädchen ist gerade mit Aufräumen fertig.«

Telfer hielt forschend Umschau im Zimmer. Er ging an den Tisch und betrachtete genau die Federhalter, die Tinte und den Briefblock. »Sie waren vor einer Weile mit Jack Wilton hier, Mrs. Steele. Wie sah das Zimmer da aus?«

»Eigentlich wie immer, wenn gerade einer der Herren abgereist ist. Das Bett war nicht gemacht und der Aschenbecher fast voll von Stummeln und Asche. Mr. Bonapartes Angelanzug ist im Kleiderschrank, alles übrige hat er mitgenommen.«

»Oh! Das Zimmer wirkte also nicht wie in großer Eile verlassen?«

»Nein.«

»Nichts durcheinandergeworfen?«

»Nein.«

»Wann haben Sie Mr. Bonaparte zuletzt gesehen?«

»So zwischen zehn und elf, da kam er zu mir und bat mich, seine Aktenmappe im Büro in den Geldschrank zu schließen. Dann ging er in die Bar, wo er mit Mr. Emery sprach.«

Telfer zog die Brauen hoch, während Blade leise sagte: »Oh! Ah!«

»Ich hoffe, es ist nichts passiert, Mr. Telfer?« fragte Mrs. Steele, plötzlich nervös werdend.

»Weiß ich noch nicht«, antwortete Telfer. »Jedenfalls reden Sie bitte nicht über unser Interesse an Mr. Bonaparte. Hat er zu jemand gesagt, daß er vielleicht abfahren müßte, oder sonst eine Andeutung gemacht?«

»Kein Wort, auch nicht andeutungsweise, Mr. Telfer. Vielmehr hat er Mr. Emery erzählt, er wollte Jack Wilton überreden, ihn heute zum Angeln bis zur Insel Montague zu fahren, weil er so weit draußen bisher noch nicht gewesen sei.«

Telfer warf ihr einen Blick zu, der Unbehagen erwecken konnte. »Wir werden uns jetzt in Ihr Büro begeben«, sagte er energisch. »Ich möchte gern die bewußte Aktenmappe betrachten.«

Im Gänsemarsch gingen sie durch den Korridor, eine kurze Treppe hinab in den alten Hotelbau, wo unter der Treppe das kleine Büro lag. Telfer forderte Mrs. Steele und Blade durch eine Handbewegung auf, hineinzugehen, während er selbst wie zufällig durch die Räume des Lokals und die Bar ging, ehe er ihnen folgte.

Mrs. Steele hatte ihren Geldschrank geöffnet und nahm Bonys Aktenmappe heraus. Telfer schob den Schnappverschluß auf und sichtete rasch die Papiere, von den beiden aufmerksam beobachtet. Als er sie zurücklegte und die Mappe schloß, sagte er: »Ich werde sie in Obhut nehmen, Mrs. Steele.«

»Aber«, protestierte sie, »Mr. Bonaparte hat mich extra gebeten, sehr auf die Mappe zu achten und sie nur ihm selbst auszuhändigen.«

»Das ist schon in Ordnung«, erklärte ihr Telfer. »Er hat nicht gesagt, wie lange Sie sie für ihn verwahren sollten?«

»Nein.«

»Schien er in besonderer Sorge zu sein?«

»O nein. Er war so nett und lächelte so freundlich wie immer.«

»Wissen Sie, ob er gestern abend das Telefon benutzt hat?«

»Ich glaube nicht. Das kann ich aber vom Barkellner genau erfahren.«

»Ja, ich möchte es gern bestimmt wissen.«

Mrs. Steele ging fort und berichtete ihm nach wenigen Minuten, daß seit 5 Uhr am vorigen Nachmittag niemand den Apparat benutzt habe. »Ich hoffe doch, daß nichts Schlimmes geschehen ist«, sagte sie ernst. »Nach allem, was schon mit der ›Do-me‹ und dem armen Mr. Ericson ...«

»Sprechen Sie bitte mit niemandem ein Wort über diese Fragen, Sie täten mir damit einen großen Gefallen«, erwiderte Telfer.

»O nein, ich schwatze doch nicht.«

»Gut. Kommen Sie, Blade.«

Schweigend gingen sie zu Blades Büro, das näher lag als die Polizeiwache. Dort sagte Telfer langsam und betont: »Mir gefällt das immer noch nicht. Weshalb hat Inspektor Bonaparte überhaupt nichts von einer Abreise verlauten lassen? Geht zu Bett wie gewöhnlich, steht mitten in der Nacht auf, zieht sich an, packt seine zwei Koffer und verschwindet, während er heute einen Beamten von der Mordkommission Sydney mit wichtigen Informationen empfangen sollte. Wie erklären Sie sich das alles?«

»Keine Ahnung, Telfer. Die Frage ist: Wie hat er Bermagui verlassen?

Er muß sich doch mit dem schweren Gepäck einen Wagen genommen haben. Aber wessen Wagen hat er gemietet?«

»Ja, wessen? Das müssen wir feststellen. Warum mag er Joe Peace noch abends aufgesucht haben? Auch das muß festgestellt werden. Inzwischen werde ich die Aktentasche mit in mein Dienstzimmer nehmen und ermitteln, wer nachts auf der Post Telefondienst gehabt hat. Sie könnten, wenn Sie wollen, bei Smale und Parkins wegen des gemieteten Wagens nachfragen. Anderswo kann er eigentlich keinen bekommen haben.«

Eine Stunde später trafen sie sich wieder auf der Straße. Blade berichtete, daß weder Smale noch Parkins den Detektiv aus Bermagui gefahren hätten, und Telfer hatte ermittelt, daß Bony am Vortag überhaupt kein Telefongespräch angemeldet hatte. Vorsichtige Erkundigungen ergaben, daß keiner der Hotelgäste und kein Anwohner der einzigen Straße des Städtchens nach 10 Uhr am letzten Abend einen am Hotel ankommenden oder von dort abfahrenden Wagen bemerkt hatte. »Ich bin nämlich selbst bis gegen Mitternacht herumgebummelt«, erklärte Telfer, »habe aber nirgends einen Wagen gesehen oder gehört. Die Sache kommt mir jetzt noch verdächtiger vor als bisher. Möchte wissen, ob er in einer Barkasse abgefahren ist.«

»Das könnte schon sein, aber hätte er in dem Fall nicht die ›Marlin‹ genommen?«

»Na, Wilton steht ja bei Ihnen vor dem Klubhaus. Wir können gleich hingehen und ihn fragen, ob ihm heute früh aufgefallen ist, daß eine Barkasse fehlte.« Sie waren schon dicht bei Blades Büro, als der Polizeimeister stehenblieb und sagte: »Ich höre gerade ein Flugzeug.«

Blade lauschte. »Ja, ich kann es auch hören. Kommt von Norden, aus Richtung Sydney. Vielleicht bringt es den Beamten, den Bonaparte erwartet.«

»Wenn das zutreffen sollte, denken Sie daran, daß wir Bonaparte versprochen haben, taubstumm zu sein«, sagte Telfer eindringlich, denn ihm machte der Gedanke, daß er infolge Bonys unerklärter Abwesenheit alle Lorbeeren für seine Mitarbeit verlieren könnte, immer größere Sorge. »Es wäre ein großer Fehler, wenn wir über alles, was wir wissen – wenn's auch wenig ist – schwatzen würden, nur weil der Inspektor vielleicht für ein paar Tage fortgefahren ist.«

»Trotzdem ...« Blade zögerte. »Mir ist das alles zu mysteriös. Und wir wissen doch, daß er Rockaway und dessen Tochter stark in Verdacht hatte.«

»Jedenfalls werden wir abwarten, ehe wir den Anordnungen von

Inspektor Bonaparte zuwiderhandeln«, gab Telfer fest zurück. »Wollen jetzt Wilton wegen der Barkassen befragen.«

Sie baten Wilton ins Geschäftszimmer des Klubs, wo sie ihn fragten, ob morgens, als er zum Anlegesteg ging, eine der Barkassen schon in See gewesen sei.

»Nein, die lagen alle an ihrem Platz«, erwiderte Wilton. »Die einzigen, die draußen waren, hatten ihre Angler an Bord. Wenn Mr. Bonaparte anstelle eines Autos eine Barkasse genommen haben sollte, müßte die schon zurückgekehrt sein, bevor ich heute früh um sechs zum Hafen kam.«

»Hm. Wo steckt Joe Peace?«

»Ich glaube, der ist in der Garage. Er wollte an unsere Drahtvorläufer ein paar Haken löten.«

»Schön, bringen Sie ihn her.«

Joe erschien nach knapp einer Minute, während das Flugzeug gerade auf seinem Weg zum Landeplatz über ihre Köpfe donnerte. Telfer wurde jetzt energisch.

»Also, Joe, wie ich höre, ist Mr. Bonaparte gestern abend bei Ihnen zu Besuch gewesen. Zu welchem Zweck?«

Joe grinste breit, aber keineswegs vergnügt. »Wollte sich meine Katzen anschauen«, sagte er.

»Und was sonst noch?«

»Sich freundlich nach meinem Befinden erkundigen.«

»Hat er Ihnen versprochen, sich über eine gewisse Sache heute zu entscheiden, wenn Sie in See wären?«

Joe überlegte ein Weilchen, bevor er antwortete. »Tja, er hatte nämlich den Plan, zusammen mit mir bei der Wapengobucht 'n bißchen zu schürfen.«

»Oh! Ist das Tatsache? Aus welchem Grunde?«

»Na, hören Sie mal! Was sucht denn ein Prospektor anderes als Metall, wie?«

»Quatsch, Joe. Geben Sie jetzt gut acht. Wir glauben, daß Mr. Bonaparte etwas Ernstes passiert ist«, sagte Telfer in vertraulichem Ton. »An uns liegt es, gemeinsam zu ermitteln, was ihm passiert sein kann. Was halten Sie davon, Jack?«

»Ich mache mit, was Sie wünschen, aber Joe wird nicht reden«, gab Wilton zurück.

»Ich habe ihm versprochen, nichts zu sagen«, warf Peace ein. »Es handelt sich nur um eine kleine Privatsache zwischen uns beiden, die gar nichts damit zu tun hat, daß er weggefahren ist.«

»Woher wollen Sie das wissen?«

Ein Wagen brummte am Hause vorbei. Blade wußte, daß das der Fahrer Smale war, der die vertragliche Verpflichtung hatte, bei Ankunft von Flugzeugen zur Stelle zu sein.

»Weil es eben damit nichts zu tun hat, ganz einfach.«

»Nehmen Sie mir's nicht übel, Joe Peace, aber Sie sind ein ganz dummer Dickschädel«, erklärte ihm Telfer langsam und deutlich. »Nachdem Mr. Bonaparte gestern abend von Ihnen fortging, kehrte er zum Hotel zurück, trank ein Glas mit Mr. Emery und begab sich zu Bett. Und heute morgen war er verschwunden, mitsamt seinen Koffern, und hat einen Brief hinterlassen, daß er demnächst wiederkäme. Angenommen – ich sage: angenommen –, die Leute, die Mr. Ericson umgebracht haben, hätten läuten hören, daß man ihnen auf den Fersen ist, und hätten, um sich selbst zu retten, Mr. Bonaparte entführt und unschädlich gemacht? Also seien Sie vernünftig, wir müssen ihn doch finden. Sagen Sie mir alles, was er gestern abend geäußert hat.«

»Na ja, hm. Wir haben über Katzen und Hunde geredet, und über Gold und Höhlen und Rockaway.«

Mehr wollte Joe nicht aussagen, und Telfer, dessen Gesicht vor unterdrücktem Zorn violett anlief, konnte ihn nicht weiter aushorchen, weil Smale mit seinem Wagen vom Flugplatz zurückkam. So machte er seinem Ärger in einem langen Seufzer Luft. »Sie beide können vorläufig wieder gehen«, sagte er, sich an Wilton wendend. »Und eisern den Mund halten, verstanden?«

Er folgte ihnen bis zur Tür, wo er dem auf der Straße von Wapengo kommenden Wagen entgegenblickte. Blade blieb neben ihm stehen und sagte: »Ich glaube, das, was Joe über seine Unterhaltung mit Mr. Bonaparte gesagt hat, entspricht im wesentlichen der Wahrheit. Er will nur gern mit dem ganzen Besuch, der ihn ehrt, ein bißchen geheimnisvoll tun.«

»Mag sein«, räumte Telfer ein. »Aha, dachte ich's mir doch: Da kommt Detektiv-Sergeant Allan.«

Der Mann, der aus dem gegenüber anhaltenden Wagen stieg, war groß und hager und wirkte in seiner ganzen Art energisch und zielbewußt. Er schritt flott auf Telfer zu, der ihm vom Eingang zum Klubhaus entgegenkam, und sagte nur, als seien Begrüßungen reine Zeitvergeudung: »Tag, Telfer.«

»Guten Tag, Sergeant. Wieder auf dem Posten?«

»Ja. Mr. Bonaparte heute nicht hier?«

»Nein.«

»All right, dann fahre ich erst ins Hotel, mir ein Zimmer nehmen. Bis später.«

Als sie ihn abfahren sahen, sagte Telfer ernst: »Die Sache geht mir immer mehr gegen den Strich. Der erwartet jetzt, daß Mr. Bonaparte heute abend auf der ›Marlin‹ zurückkommt, und wenn er erfährt, daß der Inspektor heute gar nicht zum Angeln gefahren, sondern in der Nacht verschwunden ist, dann kriege ich mächtig was auf den Deckel. Ich weiß nicht, wie ich's richtig machen soll. Na, erst gehe ich mal zum Mittagessen.«

Als er nach einer Stunde wiederkam, sah er Blade aufmerksam über eine in großem Maßstab ausgeführte Gebietskarte gebeugt.

»Ich habe inzwischen nachgedacht«, sagte er zu Blade. »Vielleicht hat in Cobargo jemand ein von hier kommendes Auto auf der Durchfahrt beobachtet. Darf ich Ihr Telefon benutzen?«

»Selbstverständlich. Und dann wollen wir mal beleuchten, was ich mir überlegt habe«, sagte Blade, indem er mit Hilfe von zwei Kompassen verschiedene Richtungen auf der Karte nachprüfte und Entfernungen ausmaß.

Telfer sprach vier Minuten. Als er fertig war und Blade von seiner Karte aufschaute, sah er ihn gespannt zur Decke blicken.

»Polizeimeister Earle von der Berittenen wohnt in Cobargo dicht bei der Brücke«, erklärte Telfer langsam. »Er sagt, er hätte einen von Bermagui kommenden Wagen gehört, der über die Brücke fuhr und die Straße nach Bega nahm. In diesem Wagen könnte Bonaparte gewesen sein. Zeit: zwei Uhr zwanzig nachts.«

»Ja, die Vermutung liegt nahe, Telfer. Nun hören Sie, was ich mir vorstelle. Bonaparte hat abends Joe besucht und mit ihm über die Wapengobucht gesprochen. Nehmen wir an, daß er erst, als er schon im Bett lag, beschlossen hat, sich das Grundstück von Rockaway anzusehen, dann seine Sachen gepackt hat und sich in eins der beiden Pensionshäuser hinter der Bucht fahren ließ, um von dort aus die Suche nach Edelmetall zu beginnen. Was meinen Sie dazu?«

»Warum sollte er dann den Umweg über Cobargo und Bega und noch dazu über den Georgsberg gemacht haben? Weshalb nahm er dann nicht den direkten Weg?«

»Weil er wußte, daß in der stillen Nacht jemand den Wagen beim Abfahren hören würde.«

»Woher hat er das Auto bekommen, und wann hat er es bestellt?« fragte Telfer triumphierend. »Und weshalb nahm er dann seine Aktenmappe nicht mit?«

»Da fragen Sie mich zuviel!« antwortete Blade entmutigt.

»Nein, Sie sind sowieso auf dem Holzweg, mein Lieber. Ich denke mir folgendes: Angenommen, Bonaparte war den Mördern Ericsons auf der Spur – und er hatte ja die Rockaways in Verdacht, nicht wahr? – und weiter angenommen, es wären die richtigen gewesen, dann wußten die auch, wer Bonaparte ist und wo er gestern nachmittag war, als Tatter mit der Post kam. Er las eine Zeitung, dann telefonierte er mit Rockaway. Spätabends war er jedenfalls in der Stadt. Ich habe ihn selbst im Lokal gesehen. Dann also – angenommen – kommt ein Wagen, der außerhalb der Stadt geparkt wird, mit Tatter und seinen Genossen, die Bonaparte im Bett überwältigen und mitnehmen. Ich werde jedenfalls dem Wagen nachforschen, den Earle heute früh gehört hat.«

Er ging wieder ans Telefon, und als er das zweite Gespräch geführt hatte, lächelte er grimmig. »Gellibrand in Tanja erklärt mir, daß er auf der Steigung Georgsberg um halb vier heute morgen ein Auto gehört hat. Da das ganz ungewöhnlich war, ist er aufgestanden, um aus dem Fenster zu blicken. Er sah den Wagen an seinem Haus vorbeifahren und erkannte, daß es Rockaways eleganter ›Südstern‹ war. Das könnte er beschwören.«

Jetzt schwiegen beide eine ganze Minute. Telfer brach zuerst das Schweigen. Er sagte, merklich zögernd: »Ich muß Sergeant Allan vollständigen Bericht erstatten, sonst kann ich lieber gleich den Dienst quittieren. Warum mußte der bloß herkommen und seine Nase 'reinstekken! Mit den Beamten von Cobargo zusammen hätten wir den Fall schon aufgeklärt.«

»Das wäre bestimmt der beste Weg«, meinte Blade. »Ich habe mir übrigens den an Mrs. Steele adressierten Brief genau angesehen und bin fast überzeugt, daß er nach Diktat geschrieben ist.«

»Wieso?«

»Na, sehen Sie sich mal das Wort ›zechprellen‹ an und vergleichen Sie es mit den übrigen: Es ist holperig geschrieben, als hätte der Schreiber es ungern verwendet. Ich wüßte auch nicht, von Bonaparte schon derartige Worte gehört zu haben. Aber, mein verehrter Telfer, von Malone habe ich gerade dieses Wort schon mehr als einmal gehört. Ferner betrachten Sie mal die Unterschrift hier auf dem Leihvertrag für Angelgerät. Sie ist voll ausgeschrieben: ›Napoleon Bonaparte‹. Im Brief steht nur ›Nap. Bonaparte‹. Der Mann ist aber gerade auf seinen Namen insgeheim sehr stolz, Telfer. Ich glaube, er würde niemals freiwillig ›Nap.‹ schreiben. In diesem Fall hat er's vielleicht auch nur getan, um uns auf den Gedanken zu bringen, daß ihm diktiert worden ist. Ja, Allan muß über die Einzelheiten informiert werden, aber Sie können ihm einen schon gut entwickelten Fall präsentieren, oder finden Sie nicht?«

Telfer grinste. Er stand neben dem sitzenden Blade, klopfte ihm auf die Schulter und sagte: »Dank Ihrer Hilfe. Ich will gleich zu Allan 'rübergehen.«

Blade sah Telfer erst wieder, als der ihn aus Smales Auto grüßte. Neben ihm saß Detektiv-Sergeant Allan. Der Wagen nahm die Richtung nach Cobargo. Es war 4 Uhr.

Blade fand es jetzt unmöglich, seiner Tagesarbeit nachzugehen, denn ständig ging ihm ein ›Warum?‹ durch den Kopf. Warum fuhren die beiden jetzt nach Cobargo? Er verfolgte das Auto mit den Augen, bis es die Brücke über den Bermaguee passiert hatte und kurz vor der Straßenkreuzung, wo Rockaways Wagen auf Bony und die Entführer gewartet hatte, seinen Blicken entschwand.

Die Sonne schien dem auf der Vortreppe des Klubhauses sitzenden Sekretär stechend auf den Kopf, während er geistesabwesend den Gruß von Bekannten, die vorbeigingen, erwiderte. Ebenso abwesend vermerkte er im Unterbewußtsein die heimkehrenden Barkassen, zum erstenmal erfreut, daß keine einzige die Fangflagge gehißt hatte. Sonst ging er stets um 6 Uhr nach Hause, doch heute blieb er sitzen.

Eine Barkasse aber brachte ihn auf die Beine wie eine am Draht gerissene Marionette: die ›Marlin‹ zog durch die innere Bucht nach See zu. Es war fast 7 Uhr. Laut sprach Edward Blade vor sich hin: »Wohin wollen die beiden Kerle um diese Zeit, zum Donnerwetter?« Er eilte ins Büro, trat an seinen Tisch und starrte ärgerlich auf die Karte, die diesen fast ganz bedeckte. »Verfluchte Geschichte!« schrie er. »Weshalb habe ich mich nicht auf die Aktenmappe konzentriert! Entweder hat Bonaparte sich schon vor dem Zubettgehen entschlossen, das Hotel zu verlassen und seine Mappe im Hotelsafe zu verwahren, oder er erwartete einen Schlag von der Gruppe Rockaway und ließ sie deshalb einschließen. Und dann haben die ihn geschnappt. Ja, so muß es sein: Dann haben Sie ihn geschnappt. Ich Dussel muß mit Allan und Telfer hier hokken, während die anderen den ganzen Rahm abschöpfen. Und ich könnte wetten, daß Wilton und der brave Joe gleichfalls zur Wapengobucht streben.«

Durch den Torweg blickte Mr. Parkins herein. »Sie kriegen wohl 'n Klaps, daß Sie so mit sich selbst reden?«

»Kriegen? Den hab ich schon«, rief Blade.

20

Napoleon Bonaparte fand nur in Etappen wieder ins Bewußtsein und ins Leben zurück. Zwischendurch war er offenbar immer längere Zeit wieder bewußtlos, denn er erinnerte sich nur dumpf an eine Welt, die mit irrsinniger Geschwindigkeit durch einen tickenden Mechanismus umhergewirbelt wurde, dann an eine Leere, in der Undeutliches vibrierte, und nachher an ein dunkles Meer, auf dem er sanft dahintrieb, während feurige Schmerzen ihn langsam verzehrten.

Als er endlich ganz erwachte, entdeckte er, daß er in einer großen Höhle lag, in der Sonnenstrahlen wie helle Säulen den sandigen Boden mit dem düsteren Dach verbanden. Das tickende Geräusch kam von tropfendem Wasser, das vibrierende von einem schnarchenden Mann, und die linde See war nur eine schmale Matratze, auf der er lag. Der starke Schmerz in seinem Kopf wurde durch das Schnarchen und Klopfen so schlimm, daß er nicht fähig war, ihn stumm zu ertragen. Die Qual preßte ihm ein lautes Stöhnen ab, durch das der Schnarchende offenbar gestört wurde, denn er verstummte. Dann rief eine Stimme: »He, Bill, der Bursche kommt zu sich! Bill, he – wach auf.«

»Was'n los?« fragte eine zweite schläfrig.

»Der Neue kommt zu sich, habe ich gesagt«, erwiderte die erste Stimme. »Scheint ihm ganz dreckig zu gehen.«

Bony, der auf der linken Seite lag, hörte Bewegungen und sah eine Gestalt schattenhaft aus einem Winkel der Höhle auf sich zukommen. Sie näherte sich auf Händen und Knien, und als sie in einen der pfeilergleichen Sonnenstrahlen kam, vergaß Bony für einen Augenblick seine Schmerzen vor Staunen über diese Erscheinung. Das Gesicht des Fremden war totenbleich, die großen Augen wirkten blauschwarz, das auf die nackten Schultern fallende Haar war schwarz, und schwarz hing ihm ein zottiger Vollbart bis auf die Brust. Bei seinen Bewegungen klirrten eiserne Kettenglieder.

Ein Stück hinter diesem Mann befand sich ein zweiter, auch auf Händen und Knien, ein jüngerer mit rotem Haar und Bart. Als er auch durch einen Lichtstrahl kroch, sah Bony, daß er blaßblaue Augen und ein kreideweißes Gesicht hatte.

Diese beiden verwilderten Menschen kamen dicht an ihn heran und betrachteten ihn, ihren eigenen Zustand vergessend, mitleidig.

»Ich möchte etwas trinken«, bat Bony.

»Hol den Becher, Bob«, befahl der Schwarzbart. Der Rote wandte sich ab und kroch in den Hintergrund. Wieder spürte Bony die eigenen

Schmerzen weniger, als er sah, wie raffiniert der mit dem roten Bart gefesselt war: die Kette um den Leib war mit anderen um die Fußgelenke so verbunden, daß seine Füße vom Boden gehoben wurden und er sich nur auf Händen und Knien fortbewegen, aber nicht aufstehen konnte.

»Können Sie sich vielleicht umdrehen?« fragte der Schwarzbart. »Probieren Sie's mal.«

Bony hatte nur den Wunsch, stillzuliegen, doch der andere drehte ihn herum, freilich ganz behutsam. Dann schob er einen Arm unter die Matratze und richtete Bonys Oberkörper auf, damit er besser von dem Wasser trinken konnte, das der Rotbart im Becher brachte.

»Sie haben ja ein furchtbares Ding auf den Schädel gekriegt«, sagte der Schwarzbart leise. »Heruntergeführt wurden Sie hier erst vorige Nacht, doch da wir nachts kein Licht haben, wußten wir nicht, ob sie lebendig oder tot sind. Konnten nichts weiter tun als Sie auf diese Matratze wälzen. Rücken Sie ein bißchen zur Seite, damit die Matratze nicht naß wird, ich will Ihnen die Kopfwunde auswaschen.«

»Sie sind ...?«

»Sprechen Sie jetzt lieber nicht, dazu ist später noch viel Zeit. Wir sind schon lange hier, und vielleicht müssen Sie auch lange hierbleiben.«

Bony schloß die Augen, das kalte Wasser hatte ihm wohlgetan. Während der Schwarze ihm die Wunde am Kopf auswusch, brabbelte der Rotbart vor sich hin: »Komisch eigentlich, der Kerl, was? Sieht aus wie'n Indianer. Kenne ihn aber nicht. Muß mit Malone, diesem Schurken Malone, zusammengeraten sein. Hol mich der Teufel, den Schuft möchte ich bei der Kehle packen wie der Terrier ein Karnickel! Was hat er dem hier für einen Schlag auf den Schädel verpaßt! Muß ja 'n Amboß dazu genommen haben oder so was! Na, wir haben nun wenigstens einen hier, mit dem wir uns unterhalten können. Ich habe keine Lust mehr, mit Steinchen zu spielen und Gräben zu buddeln, um Kartoffelschalen und Abfall wegzuspülen. Das gibt's nicht mehr. – Noch Wasser, ja? Hier bitte.«

Allmählich ließen die Schmerzen in Bonys Kopf nach. Sanft bettete der Schwarzbart ihn wieder auf das Lager. »Danke«, sagte Bony, »jetzt schmerzt es nicht mehr so. Wer sind Sie?«

Der andere machte große Augen und antwortete: »Bill Spinks bin ich, und der da ist mein Steuermann, Bob Garroway. Und wer sind Sie? Weshalb hat man Sie hier 'reingeworfen?«

Bony wollte lächeln, doch das war zu schmerzhaft. »Ich bin nur eine Fliege, in ein Spinnengewebe geraten, das ich auf zehn Meilen hätte sehen müssen«, erwiderte er. »Angeblich bin ich Detektiv.«

»So? Detektiv?« rief Garroway.

»Ja. Und Sie sind also Spinks und Garroway! Also haben Ihre Schwester und Mutter doch recht gehabt, Spinks. Die haben nämlich keinen Augenblick glauben wollen, daß Sie tot wären.«

»Wie geht es den beiden? Wann haben Sie sie zuletzt gesehen?« fragte Spinks gespannt.

»Erst gestern – oder war es vorgestern – habe ich mit ihnen gesprochen. Nachdem die ›Do-me‹ verschwunden war, haben Jack Wilton und Joe Geld gesammelt, und ein gewisser Mr. Emery hat sich mit einem namhaften Betrag beteiligt, so daß Ihre Schwester die Teestube von Nott kaufen konnte. Mr. Blade steht ihr auch zur Seite, berät sie und macht ihre Buchführung. Sehen Sie doch mal nach, ob ich noch Tabak, Papier und Streichhölzer in den Taschen habe, ja?«

Bei dem Wort Tabak stieß Garroway einen fast tierischen Schrei aus, kam rasch wie eine riesige Spinne herangekrochen und hätte Bony in seiner Gier vielleicht übel zugerichtet, hätte Spinks ihn nicht durch einen Faustschlag abgewehrt. »Abstand halten, Bob!« brüllte er. Wimmernd kroch Garroway rückwärts. Zu Bony sagte Spinks entschuldigend: »Wir sind nämlich schon lange hier, wir beiden. Interessant war es nicht, kann ich Ihnen versichern. Nichts zu tun und immer nur daran denken, was mit uns passieren soll und wie es denen zu Hause gehen mag. In dieser Höhle hat Bob es mit den Nerven gekriegt, dann weiß er manchmal nicht recht, was er tut. – Hier ist eine Dose Feinschnitt, noch fast voll, Streichhölzer und Papier sind auch da.«

»Dann drehen Sie mir eine Zigarette, und für Sie beide auch gleich. Erzählen Sie mir von der ›Do-me‹. Sie dürfen mich Bony nennen, wie alle meine Freunde. Nach dem Rauchen wird's mir gewiß besser, dann will ich versuchen 'rauszukommen. Angekettet bin ich wohl nicht, oder doch?«

»Nein. Uns haben sie in Ketten gelegt, weil –«

»Davon später. Jetzt berichten Sie erst über die ›Do-me‹, von Anfang an.«

»Gut«, erklärte Spinks sich bereit, während er eifrig die Zigaretten drehte. »Zurück, Bob, du kriegst auch zu rauchen, keine Angst. Der dreckige Schweinehund draußen hätte uns auch Tabak geben können und mal 'ne Zeitung zum Lesen. Hält uns hier an Ketten wie die Zirkuslöwen! Also von der unseligen ›Do-me‹ wollen Sie hören? Na, die Sache ging folgendermaßen zu:

Wir fuhren zum Riff 'raus, um Haie zu jagen, das heißt: meine Wenigkeit und Bob und Mr. Ericson. Das war ein sehr anständiger Kerl, der Ericson. Kam zum Thunfischfang nach Bermagui. Als er uns fragte, ob sich Haie auch mit der Angel fangen ließen, haben wir ihm erklärt, daß das ginge, und Mr. Blade, den wir darum baten, hat dann das richtige Angelgerät zusammengestellt, ähnlich wie für Schwertfische. Die See war an dem Tag glatt wie ein Brett, bei leichtem, tiefliegendem Nebel. Die ›Edith‹ und die ›Snowy‹ kamen uns schon bald aus Sicht, und nach einer Weile auch die ›Gladious‹. Na, draußen am Riff lief doch eine ganz tüchtige Brandung, als wenn's da kochte, so daß wir das ganze Riff bis zur Insel Montague an dem Gischtstreifen erkennen konnten. Vielleicht kennen Sie selbst das Küstengewässer und die Insel?«

»Ja«, antwortete Bony. »Auch beim Riff bin ich schon gewesen und habe genauso eine Brandung gesehen wie Sie beschreiben.«

»Oh, dann kann ich Ihnen ja alles leichter klarmachen. – Marion und Jack Wilton haben gewiß geheiratet?«

»Nein. Jack sagte mir, Ihre Schwester könnte sich nicht entschließen, ihn zu heiraten. Ein Jammer! Jack ist doch ein prächtiger Mensch und liebt Ihre Schwester schon seit Jahren.«

»Ja, das stimmt. Aber wenn wir hier überhaupt wieder 'rauskommen, wird sie sich entschließen, und zwar fix. Das können Sie ruhig mir überlassen. – Was ich sagen wollte, wegen der ›Do-me‹. Also, wie wir da am Riff längs auf Nordkurs laufen und Ausschau nach Haien halten, kommt aus dem Nebel von Westen eine dunkelgraue Dampfbarkasse, etwas voraus, so daß wir sie nicht genau erkennen konnten. War uns sowieso fremd. Na, jedenfalls blieb sie auf Ostkurs, und ich sah, daß wir in Kollisionsgefahr gekommen wären, wenn wir unseren Nordkurs genau gehalten hätten.

Als die Schiffe ungefähr noch fünfzig Meter auseinander waren, rief Bob mir zu, der Schornstein der Dampfbarkasse käme ihm komisch vor. Ein Mann stand an den Schornstein gelehnt. Auf einmal springt der herum, der Schornstein kippt und wird über Seite gestoßen. Bob ruft mir zu, daß es Dave Marshall war, der da gestanden hatte, einer von Rockaways Leuten, und ich wußte, daß er recht hatte, weil ich Malone drüben am Ruder erkannte. Und dann merkte ich, daß das Schiff die ›Dolfin‹ war, grau übermalt. Ich war platt. Konnte mir nicht vorstellen, weshalb sie die grau angestrichen und ihr einen falschen Schornstein aufgesetzt hatten.

Na, sie zog weiter auf Ostkurs und die Kollision schien mir unvermeidlich, wenn ich nicht hart nach Backbord abdrehte. Und gerade in dem Moment schreit Mr. Ericson ›Fisch-ho!‹. Ich blicke achteraus, da kommt ein Hai in hoher Fahrt hinter dem Köder her, und zwei folgen ihm noch. Beobachten konnte ich sie nicht weiter, denn ich mußte hart Ruder legen, um die ›Dolfin‹ nicht zu rammen, die keine Haaresbreite von ihrem Kurs abwich.

Ich rufe Malone an und frage, was er sich dabei denkt, zum Donnerwetter, aber er antwortet nicht. Wir hatten die beim Angeln übliche Geschwindigkeit, drei Knoten, und die ›Dolfin‹ machte ungefähr acht, bis sie ganz nahe bei uns war. Erst dann verlangsamte Malone ihre Fahrt, und wir liefen dicht nebeneinander weiter. Marshall übernahm das Ruder, und Malone stellte sich auf das niedrige Kajütdach und stierte uns von oben an.

Ich konnte hören, wie Mr. Ericson seine Angelschnur aufrollte, noch bevor der Hai den Köder erreichte, denn der wäre wahrscheinlich unters Schiff geschwommen und hätte die Schnur in der Schraube vertörnt. Ericson fluchte ein bißchen, was ich ihm nicht verdenken konnte. Und ich sagte zu Malone: ›Was habt ihr denn eigentlich vor?‹

›Stopp deine Maschine!‹ brüllt er mich an, zieht im selben Augenblick einen Revolver und legt auf mich an. Da die See so ruhig war und die Schiffe so gleichmäßig nebeneinanderliefen, war mir klar, daß der gar nicht besonders zu zielen brauchte, um mich zu treffen. Also stelle ich die Zündung ab und schalte auf Leerlauf. Über die Schulter sehe ich Mr. Ericson in der Plicht hinter seinem Stuhl stehen und von da auf die Bordkante treten.

›Steck das Schießeisen weg, kanadischer Jack‹, sagt er, zieht aber im gleichen Augenblick blitzschnell selbst einen Revolver aus der Tasche.

Doch Malone war im Vorteil. Es ging alles so schnell, daß ich es nicht genau verfolgen konnte: Jedenfalls gab Malone einen Schuß ab, Ericson ging in die Knie und stürzte senkrecht neben der Bordwand ins Wasser, die Pistole noch in der rechten Hand. Obwohl die Schraube der ›Dolfin‹ schon stillstand, war noch ziemliche Fahrt im Schiff, und ich sah hinter uns die Blasen aufsteigen, wo Mr. Ericson abgesackt war, und sah das blutgefärbte Wasser. Ich konnte den Blick nicht von diesen Wasserblasen lassen, die immer weiter zurückblieben, und sah bald in ihrer Nähe einen Hai lavieren, und gleich danach noch zwei Haiflossen dicht dabei. Als das Wasser dort etwas dunkler wurde, wußte ich, daß sie sich um die Leiche von Mr. Ericson balgten.

Na, Bob und ich, wir schimpften nicht schlecht auf diesen finsteren Mordbuben, doch den ließ das ganz kalt. Er sagte bloß, wenn wir nicht fix an Bord der ›Dolfin‹ kämen, wollte er uns genauso zu den Haien schicken. Uns blieb nur übrig, zu gehorchen. Marshall kam mit Tauenden, band uns die Hände so fest auf den Rücken, daß es schmerzte, schubste uns unter Deck und sperrte jeden in eine Kammer.

Dann hörte ich die Schraube der ›Dolfin‹ schlagen und den Motor auf Touren kommen. Als ich aus dem Bullauge blickte, konnte ich nichts erkennen, und auch an nichts anderes denken als an dieses Piratenstück auf offener See und die Ermordung des armen Ericson. Auf einmal bekam die ›Dolfin‹ einen Stoß, vermutlich, weil sie die ›Do-me‹ ins Schlepptau nahm. Nach einer Minute ging es vorwärts, und an der Art, wie die ›Dolfin‹ arbeitete, merkte ich, daß sie meine Barkasse schleppte. Ich hörte auch anhaltende Hammerschläge, die nicht auf der ›Dolfin‹ zu fallen schienen.

Wir kreuzten die Fahrrinne über dem Riff, und jetzt sah ich, daß wir nach Osten, also seewärts, steuerten. Ich blieb am Bullauge stehen, um abzuwarten, was noch geschah. Nach der Geschwindigkeit der ›Dolfin‹ zu urteilen, und wie lange wir die ›Do-me‹ schleppten, war mir klar, daß wir inzwischen weit nach draußen gekommen waren, in das sehr tiefe Wasser vor der Festlandsbank. Die ›Dolfin‹ verlangsamte ihre Fahrt, dann wurde die Maschine gestoppt. Es gab wieder einen Bums, als die nachkommende ›Do-me‹ gegen ihr Heck stieß. Ich konnte Malone mit Marshall sprechen hören. Der schrie plötzlich: ›Los!‹, worauf die ›Dolfin‹ in hoher Fahrt davonzog. Nach einer Weile drehte sie nach Steuerbord. Ich blickte zurück. Ein paar hundert Meter hinter uns lag die ›Do-me‹. So weit konnte ich sehen. Und die ›Dolfin‹ stoppte wieder.

Ich hatte keine Ahnung, was werden sollte. Auf einmal sah ich die ›Do-me‹ heftig beben und das Wasser rings um sie aufbrodeln. Und es dauerte nicht lange, da fing sie an zu sinken, und ich wußte, daß sie den Schiffsboden aufgesprengt hatten. Sie sank mit dem Bug zuerst. Mr. Ericsons Angelstock war abmontiert. Da dachte ich mir: Sie werden alle beweglichen Gegenstände in die Kajüte gepackt und diese zugenagelt haben, wohl damit keine Wrackteile aufschwimmen können.«

Spinks unterbrach seinen Bericht, und Bony sah helle Tränen über sein graubleiches Gesicht in den schwarzen Bart rinnen. Er sagte nichts. Spinks sprach mit vor Kummer gebrochener Stimme weiter:

»Mit dem Bug voran ist sie gesunken, das habe ich selbst mitansehen müssen. Sie war meine Barkasse, die ›Do-me‹, ich habe sie gebaut, meine Mutter hat sie mit einer Flasche Wein getauft. Und nachher ging es uns besser, wir kamen allmählich ins Gleichgewicht, weil wir bald alle Schulden abgedeckt hatten. Und dann kommen diese Kerle, bringen meinen Angelgast um und versenken mein Schiff!«

Bob Garroway fing an, wüst auf Rockaway und seine Kumpane zu fluchen. Spinks kroch auf ihn zu und schrie ihn an: »Halt's Maul!« Durch eine Gefangenschaft von über drei Monaten waren die Männer fast verwildert. Garroway entfloh jetzt, immer noch üble Schimpfwörter ausstoßend, auf Händen und Knien wie eine widerliche Riesenspinne. Bony hörte ihn in einem düsteren Winkel der Höhle wimmern, und an Spinks fiel ihm auf, wie schwer es dem Mann wurde, sich zu beherrschen und wieder ruhig zu werden.

»Der kann mich rasend machen, dieser Junge!« sagte er. »Hat mich auch schon oft aufgeregt. Andauernd knurrt er, als ob es meine Schuld wäre, daß wir hier wie tolle Hunde angekettet sind.«

»Drehen Sie mir eine Zigarette«, sagte Bony, um ihn zu beruhigen. »Was geschah, nachdem die ›Do-me‹ gesunken war?«

»Nachdem sie gesunken war? Oh, wir gingen weiter in See. Stundenlang fuhr die ›Dolfin‹ nur hin und her. Als Malone einmal für eine halbe Stunde auf Höchstfahrt ging – die Barkasse kann immerhin sechzehn Knoten machen – sagte ich mir: Der will wahrscheinlich einem Dampfer ausweichen. Er konnte ja bei dem Nebel das Schiff mit dem dunkelgrauen Anstrich neugierigen Blicken vom Dampfer leicht entziehen. Als es dunkel wurde, steuerte er zur Küste. Es muß wohl nach elf Uhr abends gewesen sein, bis die ›Dolfin‹ hinter der Sandbank in die Wapengobucht einlief. Gleich nachdem sie festgemacht hatte, hörte ich, wie Rockaway zu Malone sagte: ›Alles klar, Dan?‹

›Ja‹, antwortete der, ›aber Ericson zog einen Revolver, also waren wir gezwungen, ihn abzuknallen.‹

›Sieht dir ähnlich‹, sagte Rockaway ganz höhnisch. ›Und vermutlich warst du auch gezwungen, die beiden Seeleute niederzuknallen?‹

›Nee, die haben wir unter Deck eingelocht‹, gab Malone zurück. ›Aber keine Sorge, es wird kein Beweisstück auftauchen. Wir haben die ›Do-me‹ versenkt und genau auf Treibgut geachtet. Es ist nichts zurückgeblieben. Und um Ericsons Leichnam haben sich die Haie gekümmert.‹

›Na ja, du wirst wohl immer ein Döskopf bleiben‹, antwortete Rockaway. ›Wenn du schon einen Mord begehen mußtest, hättest du ebensogut noch zwei mehr auf dich nehmen und die Aufgabe richtig lösen können, klar?‹

›Oh‹, sagte Malone, ›wenn weiter nichts nötig ist, Sie zufriedenzustellen, können wir die beiden ja fix wieder in See bringen und sie draußen absaufen lassen.‹

›Und dann erst gegen Morgen zurückkommen und vom Tageslicht überrascht werden, wenn wir die Kalziminfarbe vom Schiff abwaschen, was?‹ sagte da Rockaway ganz giftig. ›Jedesmal, wenn ich nicht bei euch bin und euch wie ein paar Schafen den Weg zeige, macht ihr bloß halben Kram. So wart ihr schon immer. Also bring jetzt mit Marshall zusammen die Männer in die Höhle und kettet sie so an, wie wir besprochen haben, und dann kommt gleich wieder her und wascht die Farbe vom Schiff. In vier Stunden ist es hell!‹«

»Und so haben sie uns hierhergebracht«, schloß Spinks seinen Bericht. »Der Eingang ist da hinten, 'ne ganze Ecke von hier, und davor haben sie einen dicken Felsblock gewälzt. Verpflegung ließen sie später durch das Loch da oben 'runter. Wenn es uns möglich gewesen wäre, diese Ketten zu sprengen, hätte sich Bob auf meine Schultern stellen können und wir wären vielleicht durch das Loch 'rausgekommen, aber wir konnten uns ja in den Ketten nicht mal aufrichten, und sie hatten gut vorgesorgt, daß keine größeren losen Steine hier liegenblieben, mit denen wir vielleicht die Ketten aufschlagen konnten. Alles haben sie sich sauber ausgedacht, und sicher wäre Mr. Ericson auch hier, wenn er nicht den Revolver auf Malone angelegt hätte.«

»Zuerst kriegten wir Krämpfe in den Beinen«, rief Garroway aus seinem Winkel.

»Ja, das stimmt«, bestätigte Spinks. »War manchmal so schlimm, daß wir vor Schmerzen heulten, doch später gab sich das. Aber dann wurden uns die Knie vom Kriechen wund. Am schlimmsten war die Langeweile. Als ich eines Tages Malone um etwas Lesestoff bat, sagte er, das wäre unwichtig für uns, weil Rockaway immer mehr zu der Überzeugung käme, daß man uns lieber ersäufen sollte.

Schließlich verloren wir unser Zeitgefühl. Ich weiß nicht mal, welchen Monat wir jetzt haben. Wir spielten mit kleinen Steinen wie Kinder, und später spielten wir Bewässerung, indem wir aus dem Bach, der durch die Höhle fließt, kleine Kanäle abteilten und die Sandflächen dazwischen als Viehweiden bezeichneten. Und dann fing Bob an, sich einzubilden, ich hätte schuld, daß wir hier sitzen. Ein paarmal verlor er den Kopf und wollte mich angreifen. Ich mußte mich gewaltig beherrschen, sonst hätte Rockaway zum Ersäufen nur noch einen übrig gehabt. Ja, die Zeit war schlimm, schlimm. So muß es in den Todeszellen sein, denn wir wußten ja auch nie, wann sie kommen und uns ins Meer werfen würden.«

Bony konnte von seinem Platz aus Garroway nicht sehen, hörte ihn aber murmeln. Spinks, dicht neben ihm, schwieg jetzt. Er starrte auf das gezackte Loch in der Höhlendecke, wie er es sicher schon oft und lange getan hatte.

Plötzlich fing Garroway jämmerlich zu weinen an, und Spinks schrie: »Laß das, Bob, sonst kriegst du eins über'n Schädel!«

Bony schauderte, aber nicht vor Schmerzen, obgleich ihn der Kopf noch sehr quälte...

21

Es war ziemlich dunkel, als Jack Wilton ein paar Minuten nach 10 Uhr seine ›Marlin‹ nach den Kommandos von Joe Peace über die Sandbank in die Wapengobucht steuerte. Joe stand vorn am Mast und erteilte seine Ruderkommandos nach vereinbarter Methode durch Aufstampfen mit dem Fuß. Die Sterne waren im Hochnebel etwas verschleiert, der beständige Wind kam aus Süden. Das Brausen der Brandung erstickte das Geschrei der Seevögel und das Aufklatschen der Fische, die durch die Wasserfläche emporstießen und sich wieder fallen ließen.

Sobald sie über die Bank waren, stellte Wilton den Motor ab. Die Barkasse behielt noch genug Fahrt, um bis zu einem windgeschützten Platz unterhalb einer Klippe zu laufen, wo sie den Anker auswarfen. Das vollzog sich ohne Lärm, denn Joe hatte die Ankerkette durch zweizölliges Tau ersetzt. An dieser vor Wind und Brandung geschützten Stelle lag die Barkasse sicher.

Sie ließen ein kleines Dinghi zu Wasser und kletterten hinein. Wilton ergriff die Riemen, Joe die Ruderpinne. Eine Viertelstunde später trafen sie vor Rockaways privatem Bootssteg ein.

In dem kleinen Boot stehend, konnten sie, sich an der Kante des Stegs festhaltend, so über die Planken blicken, daß sie die Aufbauten der ›Dolfin‹ an der anderen Seite und die erhellten Fenster des Wohnhauses im Hintergrund vor Augen hatten. Sie sahen auch auf dem Wasser den Widerschein von Licht aus einem Bullauge der ›Dolfin‹ und wußten, daß er aus dem Maschinenraum kam.

»Ist jemand an Bord«, flüsterte Joe.

»Hast recht, sonst hätten sie sicher kein Licht brennen lassen«, stimmte Wilton zu.

»Wie wär's, wenn wir mal 'reinschauten?« fragte Joe. Wilton sah ihn gleich nach einem schweren Schraubenschlüssel greifen, den er neben seinen Shagpfeifen im Gürtel stecken hatte.

»Nein, keine Gewalttaten, du Dussel. Haben wir vielleicht Beweise gegen diese Herrschaften? Im Gegenteil: Wir befinden uns hier ohne

Erlaubnis auf fremdem Besitz. Ich komme mir überhaupt dämlich vor, daß ich mich nach den Vermutungen anderer Leute richte.«

»Und was wollen wir dann eigentlich? Die ganze Nacht hier bloß 'rumstehen?«

»Wollen feststellen, wer sich auf der ›Dolfin‹ befindet, und uns nachher die Höhle ansehen, von der du geredet hast. Setz dich hin, ich will mit dem Boot etwas näher 'rangehen.« An der Kante des Stegs nachfassend, drückte Wilton das Boot mit den Füßen langsam weiter, bis er es in Höhe des Hecks der ›Dolfin‹ hatte. An dieser Stelle ragte Joe, der wieder aufgestanden war, mit Kopf und Schultern über die Planken des Stegs. Unter Deck der Barkasse, vermutlich im Maschinenraum, wo das Licht brannte, pfiff jemand einen Trauermarsch. Joe flüsterte seinem Partner zu: »Ist mächtig vergnügt, was?«

Wilton zischte leise, um ihn zum Schweigen zu bringen, denn er hatte an Land ein anderes Geräusch vernommen. »Es kommt jemand mit einer Karre zum Steg«, raunte er. Sie hörten das Knirschen der eisenbereiften Räder auf dem feinen Kies des Weges, der vom Haus zur Bootsbrücke führte. In der Barkasse fiel klirrend ein Werkzeug auf die Bodenplatten, aber der Mann unten pfiff weiter seine triste Melodie. Und jetzt begannen die Planken des Steges zu beben, als die Karre darüber rollte.

»Bringt tatsächlich den verdammten Karren hier auf den Steg«, flüsterte Joe.

»Ja, und wir stehen gleich mit der Nase dicht vor ihm. Los, ein paar Meter weg von der Brücke. Vorsichtig.« Sie manövrierten mit den Füßen ihr Dinghi so, daß es ein Stück vor dem schnittigen Bug der ›Dolfin‹, der seewärts zeigte, zu liegen kam. »So ist's besser«, sagte Wilton, »hier können wir beobachten, ohne selbst gesehen zu werden. Die bringen wohl Vorräte oder Benzin an Bord, für morgen zum Fischen.«

»Mitten in der Nacht?« gab Joe spöttisch zurück.

Polternd kam die Karre den Steg entlang. Sie konnten den Mann sehen, der beim Heck der Barkasse anhielt, die Karre hochkippte, um etwas abgleiten zu lassen, und dann laut rief: »Hallo, David, bist du an Bord?«

Es war Tatter, Rockaways Butler, wie sie an dem gewählt feinen Ton erkannten. Im Schiffsraum knallte ein Schraubenschlüssel zwischen andere Werkzeuge in einen Kasten, der Trauermarsch verstummte, leichte Schritte von Gummisohlen auf Holz erklangen, und der Mann aus dem Maschinenraum kam nach oben. Es war Marshall.

»Wie weit bist du mit der Arbeit?« fragte Tatter.

»Oh, den Fehler habe ich gefunden. Im Getriebe war ein Radzahn abgebrochen. Ich habe eben ein Ersatzrad montiert. Hast du Malone mitgebracht?«

»Ja, Mr. Rockaway verlangt, daß wir Kapitän Malone mit Hochachtung behandeln. Sagt, der hätte viele gute Seiten gehabt, wenn er auch manchmal geistig leicht angeknackst war und sich ohne genaue Instruktionen nicht benehmen konnte. Wir sollen ihn in Kabine eins legen.«

»Kapitän! So'n Kapitän kann mir den Buckel 'runterrutschen«, schnaubte Marshall.

»Er ließ sich doch so gern Kapitän betiteln«, sagte Tatter sanft. »Los, komm, wir bringen ihn in die Kabine.«

Joe stieß Wilton mit dem Ellbogen in die Rippen, und Marshall sagte: »Na ja, richtig besehen, ist der Job nicht schlecht. Bleibt der Boss bei seinen Plänen?«

»Er hat kleine Änderungen vorgenommen«, erwiderte Tatter. »Ihm schien es am zweckmäßigsten, seinem Fräulein Tochter einen Erholungsaufenthalt in Melbourne zu empfehlen, und demgemäß ist sie gegen fünf Uhr in dem Sportmodell abgebraust. Mit ihrer Abwesenheit haben wir sozusagen klar Deck, und Mr. Rockaway kommt wieder in seine alte Form. Sobald wir Kapitän Malone untergebracht haben, soll ich mich nach Bermagui begeben, um Mr. Bonapartes Aktenmappe zu holen, die ihr dämlicherweise vergessen habt, du und Kapitän Malone. Ich glaube, dem Geldschrank im Hotel gewachsen zu sein.«

»Woher willst du wissen, daß die Mappe im Hotel eingeschlossen ist und nicht bei Telfer im Panzerschrank, wie Bonaparte gesagt hat?« fragte Marshall verdrießlich.

»Weil wir wissen, David, daß Mr. Bonaparte das Hotel, nachdem er gestern abend dort ankam, nicht wieder verlassen hatte. Er hat doch auch steif und fest behauptet, er hätte Telfer gebeten, die Mappe für ihn einzuschließen, gerade um uns zu bluffen. Aber einerlei: Wenn ich das Ding im Hotelsafe nicht finde, werde ich bei Polizeimeister Telfer nachforschen müssen. Mr. Rockaway muß die Aktentasche haben.

Ich komme bis drei Uhr zurück, nicht später, und dann sollen wir die Gefangenen auf der Karre an Bord bringen. Vielleicht wird es nötig sein, sie zu beruhigen, klar? Von Mr. Bonaparte erwarten wir keine Schwierigkeiten, denn dem geht es sehr schlecht: Er war noch nicht wieder bei Bewußtsein, als wir den Gefangenen um eins ihre Tagesverpflegung brachten, und auch um sieben noch nicht, als ich die Höhle inspizierte. Du hast viel zu hart zugeschlagen, David; Mr. Rockaway ist darüber sehr ärgerlich. Und so wird denn«, fuhr der erstaunliche Tatter fort, »wenn wir das Beweismaterial in Händen haben, das heißt, wenn die Aktenmappe in Mr. Rockaways Händen ist und die Gefangenen sich unter Deck auf der ›Dolfin‹ befinden, jeglicher mögliche Beweis vernichtet sein. Du wirst die ›Dolfin‹, sobald es hell wird, in See bringen, und ich soll mitfahren, und zwar geht es aus den Küstengewässern hinaus an eine besonders tiefe Stelle.«

»Mir gefällt das nicht, Tatter«, sagte Marshall langsam.

»Mir auch nicht, David. Aber ich habe zum Beispiel auch das Rasieren nicht gern und lese nicht gern scheinheilige Bücher. Wäre Kapitän Malone ein Mensch mit Vernunft, so hätte er, als er mit dir die ›Do-me‹ versenkte, gleich gründliche Arbeit gemacht, und uns wäre die unerfreuliche Aufgabe, drei Mann in tiefer See zu ertränken, erspart geblieben. Immerhin sollten wir von Kapitän Malone jetzt, da er tot ist, nicht mehr schlecht reden.«

Von ihrem tiefer gelegenen Beobachtungsposten sahen Wilton und Joe, wie die beiden den Toten vom Steg hoben und ihn auf die ›Dolfin‹ trugen. Sie konnten sie reden hören wie Möbelträger, und dann flammte in Kabine 1 ein Licht auf.

»Zum Teufel, das sind ja ganz gemeine Halunken«, flüsterte Wilton erbittert.

»Machen das, als wenn's gar nichts wäre«, sagte Joe belustigt. »Na, was habe ich dir gesagt? Die haben Bill und den kleinen Garroway in die Höhle gepackt, und vielleicht Mr. Bonaparte auch. Jetzt hätten wir Gelegenheit, die zwei Verbrecher da unter Deck umzulegen, dann bleiben nur noch Jules und Mr. Rockaway übrig.«

In diesem kritischen Moment war Wilton über das klare, schnelle Arbeiten seines eigenen Verstandes erstaunt. Er wußte die Dinge nach ihrer Bedeutung genau einzuschätzen. Unter gleichen Bedingungen wären er und Joe mit Tatter und Marshall schon fertig geworden, und jetzt hätten sie durch überraschendes Erscheinen sogar einen Vorteil gehabt. Er war aber vom Sieg über die beiden nicht unbedingt überzeugt und wußte, daß ihm und Joe, wenn das Gegenteil eintrat, dasselbe Schicksal drohte wie Spinks und Garroway und Bony, falls der noch lebte. Er hatte im Dinghi eine einläufige Flinte liegen, und Joes einzige Waffe war ein Schraubenschlüssel. Im übrigen wollte Tatter ja sofort gehen, um einen Einbruch zu verüben, was zumindest ein paar Stunden dauerte. Er war der gefährlichste von der Bande, deshalb empfahl es sich, ihn gehen zu lassen. Dann konnten sie Marshall überwältigen.

»Du verhältst dich still und unternimmst gar nichts«, zischte er Joe ärgerlich zu.

»Aber irgendwo und bei einem müssen wir doch den Anfang machen«, widersprach Joe. Er wurde gleich wieder zur Ruhe gewiesen.

Als Tatter und Marshall wieder auf dem Steg erschienen, hörten sie Tatter sagen: »Es ist halb zwölf, David, ich muß los. Sobald du die Maschine ausprobiert und Ordnung an Bord gemacht hast, meldest du das Mr. Rockaway.«

»All right, werde in einer halben Stunde das Schiff seeklar haben. Sei nur in Bermagui vorsichtig. Auf Wiedersehen.«

Marshall ging wieder an Bord, während Tatter die Karre über den Steg zurückschob. Wilton wartete gespannt, bis das Gepolter der Räder verklang und sie wieder auf dem Wege zum Haus sein mußte. Joes unruhiges Hin und Her machte ihn nervös. Marshall begann wieder seinen Trauermarsch zu pfeifen und ließ von Zeit zu Zeit ein Werkzeug mit hartem Geklirr fallen. Und nach einer Weile sahen die Beobachter, wie neben dem Haus ein Licht erschien, und hörten das Geräusch eines Motors. Wilton wartete, bis das Geräusch schwächer wurde und im dumpfen Donnern der Brandung vor der Sandbank unterging. Jetzt endlich gab er dem ungeduldigen Joe freie Hand.

»Nun kannst du an Bord steigen und dich auf dem Kajütsdach postieren. Warte da ab, bis Marshall 'raufkommt, aber mach mit dem keinen Fehler. Wenn der ein Geschrei erhebt, wird die Sache schwieriger.«

»Überlaß das doch ruhig mir«, bat Joe und kletterte lautlos auf den Steg, während Wilton das Dinghi mit den Füßen ein paar Meter weiterstieß, bis es genau gegenüber dem Heck der ›Dolfin‹ lag.

Er war froh, dieser bedächtige junge Fischer, daß er nicht gleich zugeschlagen hatte, wie Joe wollte, sondern so vorsichtig gewesen war, Tatter erst gehen zu lassen. Da Malone tot und Tatter für einige Stunden aus dem Wege war, konnte er diese Mordgesellen einen nach dem andern vornehmen. Er mußte an Marion denken, die so an ihrem Glauben festgehalten hatte, daß ihr Bruder nicht tot sei. Sein Weg in die Zukunft, an ihrer Seite, schien ihm glückverheißend. Es lohnte sich, dafür etwas zu wagen, und jetzt, nachdem sich ein bloßer Verdacht in brutale Wahrheit gewandelt hatte, war er bereit, noch mehr zu wagen.

Mit Bedauern dachte er an Napoleon Bonaparte und hoffte, daß er lebend wiedergefunden wurde, denn der Mann hatte ihm gefallen und besonders in den wundervollen Minuten, als er bei wachsendem Sturm den Schwertfisch fing, starken Eindruck auf ihn gemacht.

Das Licht im Maschinenraum wurde ausgeschaltet, er hörte Marshalls

Schritte auf der Treppe zum Oberdeck. Sah, wie Joes massiger Körper sich bewegte, und sah mit Freude, wie er, einen zwei Fuß langen Schraubenschlüssel in der Faust, den rechten Arm hochhob.

Joe beging keinen Fehler, denn er hatte in puncto Faustrecht schon früh eine gute Lehrzeit in den Hafenvierteln einer Reihe berüchtigter Städte absolviert.

Marshall gab keinen Schrei von sich, er stürzte unter dem harten Schlag mit dem schweren Werkzeug die Treppe hinunter, und Joe sprang ihm verblüffend gewandt nach.

»Den hätten wir«, sagte er zu Wilton, der auf den Steg und von da auf die ›Dolfin‹ geklettert war. »Gib 'ne Lampe her.«

Wilton ging nach unten, nahm von einem Haken am Eingang zur Kajüte eine Taschenlampe und dämpfte den Lichtstrahl durch sein Taschentuch. Gemeinsam fesselten sie Marshall so kräftig, daß er sich unmöglich selbst befreien konnte. Sie bewiesen dabei ihre ganze seemännische Kunst im Binden haltbarer Knoten und besorgten das sehr schnell. Dann wälzten sie den Bewußtlosen unter den Tisch und eilten nach oben.

Nach dem Plan, den sie auf der Fahrt zur Bucht besprochen hatten, ließen sie jetzt das Beiboot der ›Dolfin‹ zu Wasser und warfen die Taue los, mit denen sie festgemacht war. Joe sprang mit einem Bootshaken auf den Steg und schob die Barkasse ab, wobei der Wind ihm half. Ohne mit Wilton zu reden ging er dann über den Steg zum Strand, während sein Partner sich an Bord mit dem Anker und der langen schweren Kette abmühte.

Zwanzig Minuten später näherte sich die ›Dolfin‹ dem Südufer der Bucht und der Sandbank, wo die brüllende Stimme der Brandung das Gerassel der Kette übertönte, als Wilton den Anker ausrauschen ließ. Er wartete eine Minute, um sicher zu sein, daß der Anker Grund faßte, dann stieg er in das Boot und pullte gegen Wind und Strömung zum Steg, indem er die hellen Fenster in Rockaways Haus als Landmarken nahm.

Als er die Bucht halb durchquert hatte, ertönte vom Haus her ein gedämpftes, donnerähnliches Getöse. Wiltons ›Ansteuerungslaternen‹ erloschen.

Inzwischen war es Joe gelungen, in die Höhle einzudringen, die er so gut kannte, da er früher dort viele Nächte kampiert hatte. Als er sah, daß der dicke Felsblock, der früher neben dem Eingang gelegen hatte, so davorgewälzt und hineingeschoben war, daß niemand durch konnte, kletterte er den Hang hinauf, um an das Loch in der Decke der Höhle zu kommen, durch das die Verbrecher täglich die Verpflegung für ihre Gefangenen und zuletzt auch Bony hinabgelassen hatten. Auf dem Bauch liegend spähte er durch die dunkle Öffnung hinunter. Das Loch war gerade groß genug, einen Menschen hindurchzulassen, die Decke an dieser Stelle ungefähr einen halben Meter dick.

»He, Bill, bist du da unten?« rief er.

Antwort gab ihm Garroway, der sofort wie ein Verrückter schrie: »Bill, wach auf! Bill! Joe Peace ist oben am Loch! Bill, du sollst aufwachen! Oder bist du tot?«

»Was ist das? Hilfe! Ach, ich muß geschlafen haben. Was hast du eben gesagt?«

»Ich bin's, Joe, bin auf eurem Dach an der Luke!« rief Joe.

»Joe Peace! Mensch, altes Haus!« rief Spinks. »Mann, wie freue ich mich, deine Stimme zu hören! Wo steckt Bony?«

»Weiß nicht. Ist er nicht bei euch da unten?«

»Nein. Der Tatter war zweimal hier, und da lag Bony noch wie halbtot. Weg ist er erst seit 'ner knappen halben Stunde. Weißt du, wie wir ihm geholfen haben? Bob und ich, wir rückten so dicht wie möglich zusammen, Bony kletterte uns auf die Schultern, dann packten wir ihn bei den Füßen und stemmten ihn so hoch, daß er sich gerade an den Rand der Öffnung klammern konnte. Wir sind ja so gekettet, daß wir uns nicht aufrichten können. Hol uns rasch 'raus, Joe, ich will mir den Rockaway schnappen.«

»Ja, ich hole euch 'raus, Bill, und befreie euch auch von den Ketten. Kleinen Moment –«

Joe rutschte den Hang hinab, vorsichtig, damit keine Steine ins Rollen kamen. Am Höhleneingang versuchte er mit aller Kraft, den Felsblock wegzuschieben. Spinks rief ihm von innen zu, er solle sich den Balken holen, den die andern als Brechstange, und den kleinen Stein, den sie als Keil benutzt hatten. Er fand beides, klemmte den Stein richtig ein und drückte das Ende der Stange über dem Stein unter den Felsen. Doch mit größter Anstrengung vermochte er ihn nur einen Fuß breit zu bewegen. Sobald er mit Drücken nachließ, fiel der schwere Block wieder zurück.

Unverzagt ging er mit Stange und Stein auf die andere Seite des Felsblocks und probierte es wieder, konnte aber auch da das schwere Gewicht nicht weiter bewegen. Nachdem er die Stange in verschiedenen Winkeln angesetzt hatte, gelang es ihm schließlich doch, den Block nach dem Abhang zu ein Stück zu bewegen. Vor Anstrengung keuchend, Gesicht, Hals und Arme schweißbedeckt, raffte er seine ganze Kraft zu einem letzten wuchtigen Druck auf die Stange zusammen. Hau-ruck! Der Felsblock kippte, balancierte für den Bruchteil einer Sekunde auf dem schmalen Vorsprung, dann rollte er polternd den Hang hinunter.

Joe mußte, so mühsam er um Luft rang, laut lachen. Er klopfte sich auf die Schenkel und rief Spinks und Garroway, die in der Öffnung standen, triumphierend zu, sie sollten noch einen Augenblick stillhalten und horchen. Denn in der Richtung des abstürzenden Felsens lag Rockaways Haus.

22

Mr. Rockaway war nicht glücklich. Und wenn er unglücklich war, veränderte er sich so auffallend wie der historisch berühmte Dr. Jekyll durch sein merkwürdiges Geheimmittel. Gewöhnlich trug er sein langes weißes Haar sorgsam aus der prächtigen Stirn zurückgebürstet, in seinen blauen Augen leuchtete eitel Lebensfreude, sein frisches, breites, aber nicht zu feistes Gesicht strahlte Wohlwollen auf alle Mitmenschen aus.

An diesem Abend jedoch, als er am Schreibtisch in seinem üppig eingerichteten Arbeitszimmer saß, waren die Augen klein und hart, seine Frisur war zerwühlt und der Mund ingrimmig verzerrt. Unglücklich war Rockaway, weil das Schicksal in das angenehm reibungslos laufende Getriebe des neuen Lebens, das er sich an der bewaldeten Bucht eingerichtet hatte, so viel Sand warf, daß ihm seine ganze Schöpfung verleidet wurde. Der vernichtende Sand war aufgetreten in der Person eines früheren Oberinspektors von Scotland Yard namens Ericson. Und kaum hatte er die Maschinerie wieder halbwegs in Gang gebracht, da flog neuer Sand hinein durch diesen Kerl, der Bonaparte hieß. Und zu allem Überfluß mußte sein braver Malone sich so leichtsinnig in Gefahr begeben, daß er erwürgt wurde.

Armer alter Dan! Sein Gehirn war ja schwach, aber seine Treue fest wie Stahl. Schade, daß dieser Mann so enden mußte.

Daß Dan Malone die Geschichte mit der ›Do-me‹ so verkorkst hatte, durfte er ihm eigentlich kaum sehr ankreiden, denn die Schuld hatte er selbst. Er hätte an dem Tag mit Malone und Marshall zusammen auf der ›Dolfin‹ sein müssen, dann wäre auch nicht diese verdammte Dummheit passiert, daß man Tatter, der schon zehn Jahre aus dem Beruf war, zum Geldschrankknacken losschickte. Er hätte dann nicht nötig gehabt, am nächsten Morgen außer Marshall auch noch Tatter in die Tiefe zu schikken und dazu noch drei Männer zu ersäufen, von denen zwei am besten schon liquidiert worden wären, als Ericson erschossen wurde. Ja, er war ein Narr gewesen, von seinem alten Dan soviel zu verlangen.

Selbstverständlich war das reine Narrheit gewesen. Aber dieses ruhige Leben hier hatte an seiner Vitalität gezehrt, er hatte den Sinn für das rasche, harte Zuschlagen verloren. Und jetzt? Jetzt benahm er sich ebenso schlapp wie Dan, an den er denken mußte! Dabei war er in einer verdammt üblen Lage. Als die ›Dolfin‹ Spinks und Garroway zurückbrachte, hätte er dem ›armen‹ – diesem geistig armen! – Dan gleich befehlen sollen, mit ihnen 'rauszufahren und sie absaufen zu lassen. Das hatte er versäumt, und jetzt kam der Rückschlag. In seiner langen und doch wohl einigermaßen aufregenden Karriere hatte er Mord stets zu vermeiden gewußt, weil ihn frühe Studien der Kriminalgeschichte belehrt hatten, daß ein Mord die Polizei zu ganz besonders eifriger Tätigkeit anspornt und sehr oft noch einen zweiten Mord nach sich zieht. Auch der peinliche Gedanke an den Strick des Henkers hatte ihn davon abgehalten.

Natürlich war auch seine Tochter ein störendes Element gewesen, weil sie sein gereiftes Urteil trübte. Mavis war weichherzig wie ihre Mutter, daher hatte sie, sobald sie von den Gefangenen hörte, heftig gegen seine Absicht, die beiden zu ertränken, gearbeitet. So war ein Problem entstanden, dessen Lösung äußerst schwierig werden mußte, wenn auf die Beseitigung der Gefangenen verzichtet wurde. Sich aus seinen Geschäften zurückzuziehen und sich an einem Ort wie diesem niederzulassen, frei von der Gefahr, ins Gefängnis gesteckt zu werden, und dabei das ganze Jahr seinen geliebten Angelsport betreiben zu können, war keine leichte Aufgabe gewesen. Umzug in eine andere Gegend, wo er ebensoviel erreichte, mußte größere Komplikationen bringen. Der Gedanke, diesen selbst geschaffenen, gut funktionierenden Apparat aufgeben zu sollen, war ihm sehr zuwider. Nein, das kam nicht in Frage.

Jedenfalls hatte er sich für ein paar Wochen von Mavis befreit, die bestimmt in Melbourne einen Haufen Geld ausgab. Nun konnte er doch wenigstens die üblen Zustände bereinigen, die der arme alte Dan angerichtet und die er auf Veranlassung seiner – ihrer wundervollen Mama so ähnlichen – Tochter Mavis bisher noch geduldet hatte. Im Augenblick hörte er noch das bald schwächer werdende Brummen von Tatters Motorrad, und dachte mit Befriedigung daran, daß er in drei Stunden die Aktenmappe in Händen haben würde. War erst das darin enthaltene

Beweismaterial vernichtet und hatte er die Gefangenen – einschließlich Bonaparte, wenn der noch lebte – auf hoher See ersäufen lassen, dann waren alle Steine entfernt, die den Fluß seines Lebens störten, so daß er wieder frei seine Bahn ziehen konnte. Und dann – hei ho! – ging's mit voller Kraft an den Schwertfischfang!

Mr. Rockaway saß mit dem Rücken zur Zimmertür, gegenüber den hohen Flügelfenstern zum Garten. So sehr betrübte ihn der Tod seines bewährten Kapitäns Malone, daß er ein, freilich ganz leises, Geräusch nicht wahrnahm: wie jemand eine Portion Öl ins Türschloß und in die Rillen an der Klinke spritzte. Infolge der verschwenderischen Anwendung von Öl merkte er auch nicht, wie die Klinke niedergedrückt wurde, so daß die Tür sich leicht öffnen ließ. Bei all seinem Reichtum hätte Rockaway wahrscheinlich im gegebenen Moment an ein paar Tropfen Öl gespart, während der Mann vor seinem Zimmer darin großzügig war, denn er spritzte, nachdem er die Tür behutsam nur einen Spalt geöffnet hatte, erst noch Öl auf die Angeln. Aber auch mit viel Öl blieb es eine beachtliche Leistung, den Raum zu betreten, ohne daß Mr. Rockaway es merkte. Und ein noch größeres Kunststück mußte es für den Eindringling sein, die Tür hinter sich zuzudrücken und abzuschließen, ohne Mr. Rockaways Gedankenflug zu unterbrechen.

Mr. Napoleon Bonaparte jedoch löste die Aufgabe ganz einwandfrei.

Inspektor Bonaparte von der Kriminalpolizei war durch die Leiden von Mitmenschen, die nichts verbrochen hatten, nicht nur äußerlich verwandelt. Heute wirkte er völlig anders als seine Kollegen ihn kannten. Der Firnis der Zivilisation, der auch beim höchstgebildeten Menschen recht dünn ist, war ganz von ihm abgefallen. Bony war nackt. Unter einer Ölschicht glänzte sein Körper wie neue, polierte Bronze. Sein Haar war von Blut verklebt, die Augen waren auffallend groß, das Weiße blutunterlaufen. In seinem weitgeöffnetem Mund blinkten die Zähne wie Fänge eines jungen Raubtiers.

Die aus der Garage entnommene Ölkanne ließ er draußen, er kam herein mit einer alten Jagdflinte, die er ebenfalls dort vorgefunden und mit den dicksten Rehposten geladen hatte. Mr. Rockaway wurde nicht gewahr, wie Bony von der Tür bis dicht hinter seinen Rücken schlich, den Doppellauf der Flinte auf seinen Schädel richtete und den Zeigefinger mit dem rosa Fingernagel an den Abzug legte.

Geräuschlos pustete er Mr. Rockaway in den Nacken, so daß dessen weißer Haarschopf leicht zitterte. Ein wenig nervös, als ärgere ihn eine Fliege, wandte Rockaway sich um. Wie ein elektrischer Schlag fuhr der Schrecken ihm in die Glieder. Er erstarrte.

Bony hatte jüngst in diesem Gesicht über einer drohenden Revolvermündung deutlich die Mordbereitschaft gelesen, und jetzt sah Mr. Rockaway hinter dem Doppellauf der Flinte ein Menschengesicht, in das der Wille, gnadenlos zu töten, scharf eingeprägt war. Er fühlte, daß der Mann ihn sofort niederknallen würde, wenn er sich nur einen Zentimeter bewegte, und sterben wollte er nicht. Wenn er tot war, konnte er ja nicht sein Leben genießen, nicht mehr die wunderbare Erregung beim Kampf mit gefangenen Schwertfischen spüren. Und er fühlte auch, daß er sich gar nicht zu rühren vermochte, selbst wenn er es gewollt hätte. Sogar sein Gehör schien zu versagen, denn er sah, daß Bonys Lippen sich bewegten, doch der Klang seiner Worte schien aus einer anderen Richtung zu kommen.

»Malone«, zischte Bony, »war nur ein brutaler Bursche, der Ericson sofort niederschoß, weil er sich in Gefahr glaubte. Sie aber sind viel schlimmer als er, sind schlimmer als eine Bestie, nämlich ein unaussprechlich gemeiner Kerl, weil Sie zwei Männer über drei Monate gefangengehalten und sie so angekettet haben, daß sie auf grausame Art am Gebrauch ihrer Füße behindert waren, wahrscheinlich fürs Leben verkrüppelt sind, und weil Sie ihre einfachsten menschlichen Wünsche ignorierten und ihnen keinerlei Ablenkung von ihrem bösen Schicksal erlaubt haben.

Wenn ich Sie nicht sofort töte, Rockaway, so nicht etwa, weil Sie das verdient hätten, sondern weil es mir Spaß macht. Das gefällt mir auch deshalb, weil ich nicht dieses Gewehr benutzen mag, um Sie zu töten, denn die präzise Mechanik von Schußwaffen ist für die Vertilgung von Ungeziefer zu schade. Ich will, daß Sie Ihren Tod fühlen, verstanden! Sie sollen sich vergeblich wehren, während Sie von meiner Hand sterben – wie Malone. Noch einen Augenblick nur, dann lege ich diese Flinte beiseite und nehme meine Hände, um Sie zu vernichten.«

Rockaway war noch wie gelähmt vor Entsetzen. Er versuchte, sich zu bewegen und wollte sprechen, doch beides gelang ihm nicht. Als das elektrische Licht einmal flimmerte, glaubte er, verrückt werden zu müssen. Es kam ihm unglaublich vor, daß er fortwährend auf einen engen Kreis zu starren gezwungen war, in dessen Mitte zwei blaue, rotumränderte Augen glühten. Obwohl es ihm nicht gelang, den Blick von diesem Gesicht abzuwenden, sah er die rostige Flinte auf den Teppich fallen und wunderte sich, daß sie nicht losging. In seiner höchsten Angst wollte er die lähmende Furcht durch einen Aufschrei abschütteln, doch nicht einmal zu schreien vermochte er.

In diesem Moment nahte der von Joe gelöste Felsblock, dessen letzter

Aufschlag am Abhang die elektrische Lichtleitung erschüttert hatte. Der Anbau auf der Rückseite des Hauses grenzte an eine niedrige Klippe, aus der eine ebene Fläche für diesen Teil herausgeschlagen war. Der Schornstein vom Küchenherd erhob sich über der Rückwand des Hauses. Der Felsen traf den Schornstein, durchschlug das Mauerwerk, sauste durch die große Küche und krachte in den Korridor zwischen Küche und Eßzimmer, wo er durch den Fußboden brach, so daß die elektrischen Leitungen beschädigt wurden.

Ein Augenblick tiefster Stille trat ein, dem gewaltiges Gedonner folgte, als der hohe gemauerte Schornstein umfiel und durchs Dach in die Küche stürzte, wo er das gesamte Geschirr auf den Wandbrettern und in den Schränken zu Scherben zermalmte und nach mehreren Sprüngen auf dem Linoleumboden liegenblieb.

Der Lärm, den Joes Felsblock machte, verwandelte die Haltung der beiden Männer im Arbeitszimmer vollkommen: Napoleon Bonaparte war für Momente starr, während sich bei Rockaway die Fesseln der schreckhaften Erstarrung lösten. Er sprang vom Schreibtischsessel, den er Bony vor die Füße warf, und rannte zur Tür. Da das Licht erloschen war, verfehlte er die Richtung und stürzte gegen ein altes venezianisches Schränkchen, das antikes chinesisches Porzellan enthielt. Als er zurückprallte, spürte er, wie Bonys Hände sich um seinen Hals legten. Jetzt brach seine Angst vor dem Tod in einem gräßlichen Schrei hervor, vielmehr in einem schrecklichen Quieken, das ähnlich klang wie das Jammern eines in der Schlinge gefangenen Kaninchens.

Als sein Schreien nachließ, weil er Luft holen mußte, hörte er Bony grimmig lachen. Sofort schrie er wieder laut um Hilfe. Er sah grau die matt erhellten Fenster der Flügeltür, lief in wilder Hast auf sie zu, vergaß, daß der Schreibtisch im Wege stand, und stürzte breit über ihn. Schon fühlte er Bonys Griff an seinen Beinen, die ihm am Rücken hochgebogen wurden, eine schmerzhafte Prozedur, bei der er gleich wieder aufschrie.

Bony hatte ihn gerade an den Schultern gepackt, als die Tür eingeschlagen wurde und die Fenster nach innen krachten, um ein halbes Dutzend kräftige Männer einzulassen. Einer schwang eine Taschenlampe, die übrigen fielen über Bony und Rockaway her und rissen sie in dem Moment auseinander, als Bonys Hände sich so fest um Rockaways Hals schlossen, daß seine Schreie erstickten.

Noch mehr Männer kamen ins Zimmer, noch mehr Taschenlampen blitzten auf. Mr. Rockaway schien aufzuatmen, als er sah, daß die Besucher Polizisten waren, und hätte sie nur zu gern um Schutz gebeten.

Bony, der in der Schar Sergeant Allan und Polizeimeister Telfer erkannte, besann sich im selben Augenblick auf seine gute Erziehung und seine berufliche Würde und dachte mit Stolz an die Rasse seines Vaters. Wie eine Welle überflutete ihn die Scham, aber nicht, weil er nackt war.

23

Als Mr. Rockaways viele Uhren die zweite Morgenstunde schlugen, befand sich ihr Besitzer in gemischter Gesellschaft in seinem eigenen Luxusauto. Außer mehreren Polizisten fuhren seine Köchin, seine Hausdame und Dave Marshall mit, der sich noch äußerst unwohl fühlte. Die schlechte Straße über den Georgsberg war für seine furchtbaren Kopfschmerzen nicht gerade Medizin, doch die Polizei nahm diesen Weg, um Bermagui und auch Mr. Tatter jetzt ganz zu vermeiden.

Die durch den Felsblock an der elektrischen Leitung angerichteten Schäden waren bereits repariert. Hinter den dicht zugezogenen Gardinen des Hauses Rockaway begann nach Abfahrt der Gefangenen eine rege Tätigkeit. Detektiv-Sergeant Allan hatte sich entschlossen, dort auf Tatter zu warten, anstatt in Bermagui nach ihm zu fahnden oder ihn auf dem Rückweg von der Stadt zu verhaften. Nach allem, was er von Tatters Vergangenheit und seinem Charakter wußte, schien ihm das am klügsten.

Ein Polizist war vor dem Haus postiert, um sofort Alarm zu geben, wenn Tatter auf dem Anfahrtsweg erschien. Ein zweiter stand, wie üblich, vor der Haustür, und ein als Sanitäter ausgebildeter blieb bei Bony, Spinks und Garroway. Wilton half ihm bei der Betreuung der drei, und Joe sorgte für genügend heißes Wasser.

Als Mr. Rockaways zahlreiche Uhren drei Schläge taten, saßen Bony, Allan und Telfer bei Kaffee und Schinkenbroten im Arbeitszimmer, während auf der Diele – gebadet, massiert, rasiert und mit sauberem Haarschnitt – Bill Spinks und Bob Garroway sich die feinsten Speisen schmecken ließen, die der abwesende Hausherr ›spendieren‹ konnte.

Bony, der auch gebadet und sich wieder angezogen hatte, war sehr deprimiert und hörte den Worten Allans, der ihm erklärte, daß er Tatter nach der Rückkehr von Bermagui beim Hause verhaften wolle, nur zerstreut zu. Allan wurde beinah wütend, weil Bony sich so wenig für Tatter interessierte.

Die genauen Beschreibungen von Rockaway und seiner Tochter, von

Malone und Marshall, die Bony an das Präsidium in Sydney gesandt hatte mit dem Rat, sofort bei Scotland Yard anzufragen, ob diese Personen dort schon bekannt gewesen waren, bevor Oberinspektor Ericson in den Ruhestand trat, hatten bewirkt, daß für Funksprüche und Kabeltelegramme in Sydney wie in London erstaunlich viel Geld ausgegeben und Detektiv-Sergeant Allan nach Bermagui entsandt wurde, um mit und unter Inspektor Napoleon Bonaparte zu arbeiten.

Soweit ermittelt werden konnte, war Rockaway in Australien geboren und im Januar 1910 in London als Finanzier und Firmengründer aufgetreten. Kurz nach dem Krieg hatte er Konkurs gemacht, aber 1924 wieder neue Geschäfte begonnen, um in rapidem Aufstieg in drei Jahren ein Vermögen anzusammeln. Anders als die meisten in seinem Metier tätigen Leute zog er sich von selbst aus den Geschäften zurück, mit einem auf rund eine Million Pfund geschätzten Vermögen. Sein vertrauter Diener, David Marsden, war 1927 mit ihm und seiner Tochter aus London verschwunden.

Ericson, damals noch Inspektor, war mit dem Fall befaßt. Seine ausgedehnten Ermittlungen ergaben, daß Rockaway eng mit einer Gruppe von Erpressern zusammenarbeitete, die in allen europäischen Hauptstädten ihre Vertreter hatten. Direktor dieser Firma war ein gewisser Lumley-Saunders, ein Spezialist im Geldschrankknacken, sein Partner eine bekannte Verbrechertype mit dem Beinamen ›Kanadischer Jack‹.

Nach den durch Bonaparte übermittelten Einzelheiten war man in Scotland Yard zu dem ziemlich sicheren Schluß gekommen, daß Rockaway in Wahrheit der Geldmann und Firmengründer Elson war, Marshall sein ehemaliger Kammerdiener Marsden und Malone der ›Kanadische Jack‹. In London wurden an Hand genauer Beschreibung seiner Person und seiner Gewohnheiten weitere Erkundigungen über Lumley-Saunders eingezogen, ob gegen ihn ein Verdacht vorlag, wobei sich herausstellte, daß alles auf Tatter paßte. Und sein Ausflug zum Geldschrankeinbruch in Bermagui deutete besonders darauf hin, daß er mit Lumley-Saunders identisch war.

Die neuesten Mitteilungen aus London ließen erkennen, daß Scotland Yard sehr daran gelegen war, Tatter dingfest zu machen, denn man hatte mitgeteilt, daß Lumley-Saunders von mehreren Ländern wegen Totschlags gesucht wurde. Es war bekannt, daß er sofort bedenkenlos schoß, kalt und zielsicher. Daher konnte seine Verhaftung nur mit großer Vorsicht und schneller Entschlossenheit gelingen. So wuchs auch Allans Besorgnis, daß Tatter eine Warnung erhalten haben könne und sein Bedauern, daß sie nicht doch mit ihrem Wagen den Privatweg durch das Dickicht abseits der Küstenstraße genommen hatten und er ihnen vielleicht doch noch entging. Als sie nachher über Tatters Vorhaben in Bermagui informiert wurden, war es zu spät, ihn zu verfolgen, und ihn im Hotel zu überraschen, war zu gefährlich. So hatten sie es für das klügste gehalten, seine Rückkehr abzuwarten.

Durch Bonys erschreckende Attacke in seinem Arbeitszimmer in jämmerliche Angst versetzt, hatte Elson alias Rockaway zugegeben, daß die Auskünfte aus London stimmten und daß Tatter mit Lumley-Saunders identisch war. Er beteuerte mit allem Nachdruck, ursprünglich habe er, um zu verhindern, daß Ericson ihn verriet – nachdem er ihn auf der ›Dolfin‹ erkannt hatte –, beabsichtigt, Ericson und seine Barkassenführer nur so lange einzusperren, bis er für sich und seine Bande den Umzug in ein anderes Land bewerkstelligt hatte. Er schwor, Tatter und Malone würden seinen Widerstand gegen die Ermordung der beiden Seeleute gebrochen haben, wenn nicht seine Tochter gewesen wäre, die gedroht hatte, sie alle anzuzeigen, falls noch ein Mord geschähe. Andererseits hatte sie sich verpflichtet, weder die Gefangenen in der Höhle aufzusuchen, noch ihnen zur Flucht zu verhelfen. Von der Entführung Bonys habe sie nichts gewußt und sei veranlaßt worden, für längere Zeit zur Erholung zu verreisen.

Als die Uhren im Hause 4 Uhr schlugen, war Allan ernstlich in Sorge. Inzwischen hatte Sergeant Lester schon die Polizei in allen Städten aufgefordert, nach Tatter auf seinem Motorrad zu fahnden und alle die Städte passierenden Kraftwagen zu kontrollieren. Da er Polizeimeister Telfer hier bei sich hatte, war Bermagui ohne Polizeischutz und in Cobargo nur ein Mann im Dienst.

»Am besten wäre, wir fahren nach Bermagui, um festzustellen, was dort los ist«, sagte Allan, doch Bony war dagegen.

»Warten wir, bis es hell wird«, riet er. »Wir haben dann, falls wir Tatter auf seinem Rückweg abfassen, genug Licht, um ihn auch wirklich zu überrumpeln. Im Dunkeln kann er uns leichter entkommen. Wir werden von hier auf dem Lastwagen abfahren, der in der Garage steht, dann in Ihren Dienstwagen umsteigen und mit dem nach Bermagui fahren. Selbst wenn Joe Peace und Wilton daran gedacht hätten, uns über Tatters Absicht aufzuklären, bevor sie losfuhren, um die ›Dolfin‹ wieder an ihren Anlegeplatz zu bringen, hätte ich dazu geraten, auf den Mann hier zu warten. Als wir von Tatters Absichten durch Rockaway erfuhren und erst Spinks und Garroway aus der Höhle gerettet hatten, war es zu spät.«

»Er muß wohl irgendwie gewarnt worden sein, sonst wäre er inzwischen zurückgekommen. Sie haben richtig gehandelt, aber wenn Tatter einen umbringt oder wenn er entkommt, kriege wahrscheinlich ich allerlei auf den Kopf«, befürchtete Allan.

»Das werde ich dann schon glattmachen, mein lieber Allan, aber umgekehrt geht's nicht, falls mir was mißglückt. Ich kann nur mein Bedauern äußern über das, was passiert ist. Wenn ich auch annehmen darf, daß Sie und Lester so nobel sein werden, in Ihren Berichten nicht zu erwähnen, bei welchem Rückfall ins Primitive Sie mich antrafen, als Sie in Rockaways Studierzimmer platzten, so werde ich selbst jedoch das nie vergessen und es ewig bereuen. Selbstverständlich habe ich nicht gewußt, daß Joe ein Gespräch zwischen Telfer und Blade in dessen Büro angehört hat und daß infolgedessen – und infolge meines eigenen Gesprächs mit Joe am Abend zuvor – er und Wilton auf dem Seeweg in die Wapengo-Bucht kamen. Ebensowenig war mir bekannt, daß Sie und Lester auf dem Landweg hierhergekommen sind, oder daß Wilton und Joe den Marshall erledigt hatten, so wie ich den Malone erledigt zu haben glaubte – genau weiß ich das aber nicht. Selbst wenn ich berücksichtige, daß ich Grund zu der Annahme hatte, ich müsse mit der ganzen Bande fertig werden, gibt es für die Zügellosigkeit, mit der ich Rockaway angriff, keine Entschuldigung. Nein, auch dann nicht, wenn ich meine ganz begreifliche Empörung über die Art, wie Spinks und Garroway behandelt wurden, in Rechnung stelle.

Ich habe Anerkennung verdient und werde dafür sorgen, daß Telfers Verdienste durch Beförderung gewürdigt werden. Schon bevor mir Mrs. Spinks erzählte, daß Ericson und Rockaway sich auf der Anlegebrücke in Bermagui begegnet waren und sich als Feinde erkannt hatten, war ich überzeugt, daß die Vorgeschichte der Affäre ›Do-me‹ in Ericsons beruflicher Tätigkeit, ehe er sich ins Privatleben zurückzog, gesucht werden müsse.

Der Fall lag nicht einfach, Allan, und war überdies von Ihrer Seite falsch angefaßt, weil Sie dem Schauplatz des Verbrechens nicht genug Aufmerksamkeit gewidmet haben.« – Allan bekam eine Gänsehaut, da er an seine Seekrankheit dachte. – »Ich hoffe, daß Sie später einmal aus meinen Schriften deutlich ersehen werden, wie wichtig es ist, das Verbrechen und die Motive zu rekonstruieren. Sogar auf dem ewig bewegten Wasser können Spuren von Objekten verfolgt und ihre Bewegungen nachgezeichnet werden. Mir ist freilich die sonst aus einem Erfolg gewonnene Genugtuung verdorben, weil ich in höchst tadelnswerter Weise die Selbstbeherrschung verloren und damit bewiesen habe, daß ich trotz allem ein Wilder bin.«

Bony konzentrierte sich ganz auf die Herstellung einer neuen Zigarette. Allan zwinkerte Telfer, der still zugehört hatte, unverblümt zu und sagte ruhig zu Bony: »Ein Wilder mit Courage ist wertvoller als ein kultivierter Mann vom Schlage dieses Rockaway, der zum schäbigen Feigling wird, sobald sein kostbares Leben bedroht ist. Ich hätte genauso gehandelt wie Sie, wenn ich der Meinung gewesen wäre, allein einer ganzen Bande gegenüberzustehen, wobei der Knall eines einzigen Schusses alle gegen mich auf den Plan gerufen hätte. Nein, ich sehe wirklich nicht ein, daß Sie sich irgendeinen Vorwurf machen müssen.«

Bony seufzte. »Sie können mein Wesen doch nicht ganz verstehen«, sagte er leise.

Nach gewissen Vereinbarungen mit Wilton begab sich Bony, begleitet von Allan und Telfer sowie zwei Konstablern, nach Bermagui. Unterwegs entdeckten sie zu Allans großem Verdruß keine Spur von Lumley-Saunders alias Tatter.

Um 5 Uhr erreichten sie das Ende der Hauptstraße, wo ihnen auffiel, daß Mr. Blade lässig im Eingang zu seinem Büro stand. Morgens um 5 Uhr! Die zweite Abweichung vom normalen Bild des Städtchens um diese Zeit war, daß Mr. Parkins vor seiner Garage stand und vor dem Hotel, ein Stück weiter, mehrere Männer und Frauen standen.

»Sieht mir aus, als sei Tatter aufgefallen«, stöhnte Allan. »Halten Sie an, wir wollen mit dem Klubsekretär sprechen.«

Blade blieb wie ein Posten in der Tür stehen, als Bony, Allan und Telfer, die ihren Polizeiwagen gegenüber abgestellt hatten, zu ihm kamen. Frisch rasiert und so tadellos angezogen wie immer, lächelte er sie an und fragte teilnahmsvoll: »Sie sind verletzt, Mr. Bonaparte? Ist es schlimm?«

»Es hätte mir schlimmer gehen können«, antwortete Bony. »Haben Sie zufällig etwas von Tatter, Rockaways Butler, gesehen oder gehört?«

»Ja, habe ich, Mr. Bonaparte, gesehen und auch gehört. Zuerst hörte ich von ihm um ein Uhr nachts, als er mit seinem Motorrad eine Meile von hier auf dem Strandweg anhielt. Ich erkannte seine Maschine genau am Klang und wunderte mich, was er um diese Zeit in Bermagui vorhaben mochte und warum er sein Motorrad so weit draußen abstellte. Da ich ärgerlich war, daß Sergeant Allan und Polizeimeister Telfer mich nicht mitgenommen hatten, nachdem mir versprochen worden war, ich sollte an einem gewissen Schauspiel aus nächster Nähe teilnehmen, zog ich mich an und ging durch die Stadt. Ich sah, wie Tatter in die Hauptstraße kam, und folgte ihm. Und was sah ich weiter? Daß er ins Hotel einbrach ...«

Blade unterbrach hier absichtlich seinen Bericht, indem er sich eine Zigarette ansteckte, was ihm Schwierigkeiten zu machen schien.

»Na, und? Was haben Sie da unternommen?« fragte Allan gespannt.

Jetzt hatte Blade seine Zigarette allmählich mit Feuer versehen und fuhr, anscheinend gleichgültig, fort: »Ach so. Na, ich folgte ihm ins Hotel.«

»Weiter, Mann, weiter doch«, bat Allan.

»Wie gesagt, ich folgte Tatter ins Hotel. War immer noch sehr ärgerlich, weil Sie und Polizeimeister Telfer mich nicht mitgenommen hatten. Als ich hineinkam, kniete Tatter vor dem Safe im Hotelkontor. Er hatte eine Taschenlampe brennen und neben ihm lagen eine Anzahl Werkzeuge. Na, da habe ich ihn beim Kragen gepackt.«

»Tatsächlich? Ausgezeichnet!« rief Allan. »Wo ist er jetzt? Sagen Sie mir bloß nicht, daß er Ihnen entwischt ist!«

»Nein, entwischt ist er mir nicht. Nur geheimnisvolltuende, hinterlistige Polizisten entwischen mir. Tatter zog, sobald er mich sah, einen Revolver und schoß. Aber er traf mich nicht. Unter jeder Achselhöhle hatte er einen Gurt mit einem Revolver. Ich nahm ihm die Schießeisen ab und hielt ihn in Schach, bis der Barkellner kam und mir half, ihn zu fesseln.«

Telfer stand mit offenem Mund da, während Sergeant Allan den Klubsekretär mit Augen anstarrte, die so rund und glänzend waren wie Glasmurmeln. »Sie haben ihn dingfest gemacht – den gefährlichen Tatter?« fragte er zweifelnd. »Und wohin haben Sie ihn gebracht?«

Mr. Parkins, der inzwischen herbeigekommen war, lachte glucksend. »Wohin er ihn gebracht hat, ist nicht so wichtig. Was er mit ihm gemacht hat, gefällt mir besser«, warf er ein.

Mr. Blade lächelte. »Ich bin nämlich, bevor ich lange im Krankenhaus liegen mußte, Ringkämpfer gewesen«, erklärte er. »Mit einem fliegenden Ansprung warf ich ihn erst mal um. Dann riß ich ihn hoch und machte ›Propeller‹ mit ihm, und dann nahm ich ihn in den Indischen Todesgriff! Weil er auf mich geschossen hatte und weil Sie mich hier sitzenließen, daß ich Däumchen drehen mußte, gab ich ihm gar keine sportliche Chance zur Gegenwehr. Ich ließ ihn dann hier ins Klubhaus schaffen, wo Sie ihn jetzt übernehmen dürfen.«

Blade trat beiseite – sie sahen Tatter fachgerecht gefesselt und geknebelt auf dem Fußboden des Büros liegen.

»Geknebelt habe ich ihn wegen der üblen Ausdrücke, die er sich erlaubte«, sagte Blade wie zur Entschuldigung.

*

Um 7 Uhr kam ein kleiner Junge vom Oberland gerannt, um Bony eine Nachricht zu bringen. Vier Minuten später klopfte Bony an die Tür von ›Notts Teestube‹. Die Straße war ganz menschenleer.

»Darf ich hinein?« fragte er Mrs. Spinks, die ihm öffnete.

»Aber gewiß, bitte schön«, erwiderte sie. »Sie sind doch Jacks Angelgast, nicht wahr? O je, was ist denn mit Ihrem Kopf passiert?«

»Ach, nichts von Bedeutung. Muß mich irgendwo gestoßen haben«, wich Bony aus. »Ist Ihre Tochter zu Hause?«

Mrs. Spinks rief laut nach Marion, und als sie kam, mußte Bony noch einmal eine mitleidige Frage nach seinem Kopf ausweichend beantworten. »Es ist noch ein bißchen früh am Tage, das weiß ich wohl«, sagte er ruhig, »aber trotzdem möchte ich sie beide bitten, mich aufs Oberland zu begleiten, wo ich Ihnen etwas sehr Interessantes zu zeigen habe.«

»Aufs Oberland? Ja. Ich bin erst gestern abend oben gewesen, um nach der ›Do-me‹ Ausschau zu halten«, sagte Mrs. Spinks. »Oh, warum kommt sie nur nicht zurück!«

»Ihr Sohn und Bob Garroway werden in den nächsten Tagen wieder bei Ihnen sein«, verkündete Bony und setzte fröhlich hinzu: »Heute aber möchte ich Ihnen etwas Feines zeigen. Nein, jetzt sage ich noch nicht, um was es sich handelt, denn das soll eine Überraschung sein. Kommen Sie! Lassen Sie alles stehen und liegen und kommen Sie mit!«

Auf der Straße war auch jetzt noch kein Mensch, als er mit ihnen am Hotel vorbeiging und sie den schmalen Pfad betraten, der aufs grasbewachsene Oberland führte, wo die zwei Frauen schon so oft verzweifelt gestanden hatten. Er schritt ihnen voraus bis zur Kante der hohen Klippe, die schützend vor dem Städtchen liegt, und hoffte, daß sie nichts von dem lebhaften Betrieb bemerkten, den gerade jetzt ein paar Autos auf der Ortsstraße machten, die sie eben verlassen hatten.

»Nanu, es muß doch schon später sein, als ich dachte!« rief Mrs. Spinks erstaunt. »Alle Barkassen laufen ja aus.«

»Ja, wahrhaftig, Mutter, du hast recht«, sagte Marion.

»Und da, sieh mal – aus Süden kommt die ›Marlin‹ 'ran!«

»Stimmt, Mutter. Am Mast steht Joe Peace. Meinen Sie, daß Jack einen großen Schwertfisch 'reinbringt, Mr. Bonaparte?«

»So etwas Ähnliches«, antwortete Bony ausweichend. »Eine Minute noch, bitte, dann werden Sie beide meine Überraschung erleben.«

Die ›Marlin‹ erschien dicht am Fuß des Vorgebirges. Sanft pflügte ihr Bug weißen Gischt auf. Draußen herrschte lebhafter Seegang, das Meer leuchtete blau und grün zwischen den vielen weißen Kämmen.

»Ich sehe aber auf der ›Marlin‹ nichts von einem Schwertfisch«, sagte Mrs. Spinks enttäuscht. »Diesen Nichtsnutz Joe vorn beim Mast, den sehe ich wohl, und Jack Wilton, der auf der Bordkante steht und das Ruder mit dem Fuß bedient.«

»Und ich kann sehen, wie –« Marion drehte sich zu Bony um, der jetzt ein Stück hinter ihnen stand. Ihre Mutter beobachtete so aufmerksam die näherkommende ›Marlin‹, daß sie nicht merkte, wie Marion impulsiv Bony bei den Oberarmen ergriff. Ihr Gesicht war milchweiß geworden, ihre glänzenden Augen glichen großen schwarzen Opalen, die Lippen waren leicht geöffnet, sie vermochte kaum zu atmen und rang nach Worten. Als sie ihre Stimme in der Gewalt hatte und gerade sprechen wollte, tippte Bony leicht mit den Fingerspitzen auf ihren Mund.

Die ›Marlin‹ war nur noch dreihundert Meter von ihnen entfernt. Bony trat neben die Mutter und bot ihr freundlich ein Fernglas an, das sie eifrig wie ein Kind annahm und sofort vor die Augen hob. Und laut schallte über die tanzenden Wellen ihr Schrei: »Es ist Bill! Mein Junge ist da! Bill, Bill – Bill!«

Und die Antwort ertönte: »Mutter! Marion! Wir kommen nach Hause!«

Die Frauen lagen sich in den Armen, als die ›Marlin‹ ums Kap einbog, hinter dem alle Barkassen aus Bermagui schon warteten, um sie durch die innere Bucht in den Hafen zu geleiten.

»Kommen Sie, wir müssen auf der Pier sein, wenn sie anlegen«, drängte Bony.

Mrs. Spinks begann zu laufen, indem sie laut rief: »Bill ist da! Mein Junge ist da, er kommt nach Hause!«

Nachdem Bony die beiden Frauen den schmalen Pfad zur Straße hinuntergeführt hatte, wo Mr. Parkins sie mit seinem Wagen erwartete, blieb er stehen und sah zu, wie Parkins sie bat einzusteigen, und wie sie dann die einzige Straße des Ortes entlangfuhren. Er sah, daß Mr. Emerys stattlicher Wagen sich anschloß, und sah weitere Personenwagen und Lastwagen erscheinen, so daß sich eine ganze Wagenschlange formierte, die polizeiwidrig schnell die Straße bis zur Biegung nach der Anlegebrücke hinabraste. Bony beobachtete noch, wie die ›Marlin‹ um den kleinen Landvorsprung an der Flußmündung bog, und wartete, bis der letzte Wagen der Prozession hinter diesem ›Kap‹ verschwunden war. Die Straße jenseits der Pier war schwarz von Autos, die Pier schwarz von Menschen. Er konnte das freudige Geschrei der Menge hören.

Bonaparte war glücklich, weil er jetzt das Gefühl hatte, für den Sturz von der Höhe, auf die ihn sein Stolz und seine natürlichen Fähigkeiten erhoben hatten, gesühnt zu haben. Doch als er auf das in der Sonne funkelnde Meer schaute und gerade noch sah, wie in der Ferne ein schöner, großer Fisch graziös über der Wasserfläche tanzte, vergaß er seinen Sündenfall. Seine feingeschwungenen Nasenflügel bebten leise.